귀매

■

PL▷Y

귀매

유은지 장편소설

문학동네

차례

귀매 _007

초판 작가의 말 _413

개정판 작가의 말 _416

귀매

귀매鬼魅

산이나 숲속에 서린 기묘한 기운에서 태어난 요괴로 내지의 오바케나 오니에 해당된다. 산과 들에서 이따금씩 느끼는 오싹하고 두려운 기분은 귀매가 일으키는 것이다. 귀신과 달리 귀매는 이른 저녁이나 새벽에 나타난다고 하는데, 조선인들은 귀매가 사람을 홀리거나 겁을 주고, 때로는 죽인다고 믿는다.

—오노다 히로오, 『조선의 귀매』(조선총독부, 1930)

꿈

아이는 멈춰 서서 짠 내음이 나는 공기를 들이마셨다. 폐 속으로 신선한 바다 냄새가 스며들었다. 아이는 고개를 들어 하늘을 본 다음 천천히 바닷가 쪽으로 걸어갔다. 오후의 나른한 햇빛이 백사장에 내려앉고 있었다. 햇빛은 하얀 모래에 반사되어 금빛으로 빛났다. 햇빛에 눈이 부신 아이는 고개를 옆으로 돌렸다.

잔잔한 파도가 치는 해변 왼편으로 숲이 보였다. 아이는 푸른 원피스 자락을 나부끼며 숲으로 뛰어갔다. 그리고 천천히 풀을 헤치며 숲속을 걸었다. 나무 사이로 하얀 형체가 어른거리는 것이 아이의 눈에 띄었다. 호기심을 느낀 아이는 그 하얀 형체를 향해 걸어갔다.

숲속에 흰말이 한 마리 있었다. 아이는 살금살금 말에게 다가갔다. 말은 피하지 않고 아이에게 다가왔다. 하얀 말이 고개를 숙이더니 만져달라는 듯 아이에게 목을 비비었다. 아이는 바위에 부서지는 파도의 포말처럼 하얀 갈기를 쓰다듬었다. 그러자 그 말은 크고 맑은 눈으로 조용히 아이를 응시했다.

그때, 숲속에서 누군가를 부르는 목소리가 들려왔다. 말은 재빨리 고개를 들었다. 아이는 말의 갈기를 매만지며 소리가 나는 쪽을 향해 고개를 돌렸다. 목소리의 주인공은 하얀 머리를 곱게 쪽찌고 한복을 차려입은 할머니였다. 할머니는 아이를 발견하고 놀라는 듯 보였지만 이내 알겠다는 듯 미소를 지었다.

─꼬마야, 이것이 너를 좋아하는 모양이구나.

아이는 할머니를 물끄러미 올려다보았다. 백마는 푸르르 고개를 젓고는 할머니의 손에 머리를 비비었다.

"얘가 할머니 말인가요?"

─그랬지. 이제 네가 데려가렴.

할머니는 말을 마치고 말의 엉덩이를 손바닥으로 툭 쳤다.

─이것도 너를 더 좋아하는 듯하니.

하얀 말은 알겠다는 듯 맑은 눈을 깜박이며 머리를 끄덕거렸다.

아이는 멋진 말을 갖고 싶은 마음과 이렇게 큰 말을 데리고 가면 엄마가 허락 안 할 것 같다는 생각을 동시에 하면서 우물쭈물 대답을 못 했다.

─괜찮다, 아가. 나중에 여기서 다시 만나게 될 거야. 그때 돌려주려무나.

할머니가 아이의 어깨 너머 먼 곳을 쳐다보며 말했다.

─어차피 여기 있어봐야 결국 사라질 수밖에 없으니까. 지금 여기엔……

할머니의 말소리가 가물가물 멀어졌다. 그와 동시에 할머니의 모습도 연기처럼 뿌옇게 흐려졌다. 아이는 손을 휘저으며 흐려져가는 할머니의 치맛자락을 잡으려고 애썼다. 하지만 손에는 아무것도 잡히지 않았다.

그때, 눈앞이 컴컴해지면서 어떤 여자의 목소리가 들렸다.

"이런 데서 자면 어떡해, 혜린아. 엄마 걱정했잖아."

아이는 눈을 비비며 일어났다. 어느새 할머니와 백마는 사라지고 백사장이 이어지는 해변 풍경만 보일 뿐이었다. 길게 그늘을 드리운 나무와 베개 삼아 베고 있던 바위도 보였다. 아이는 멍하니 엄마를 올려다보았다. 엄마는 아이의 푸른 원피스에 묻은 모래를 털어주며 말했다.

"서비스센터 아저씨가 차에는 아무 이상 없대. 곧 출발할 거야."

"엄마, 하얀 말하고 할머니는 어디 갔어?"

"너 또 꿈꿨구나? 이 동네에 말 키우는 데가 어디 있겠어."

엄마가 웃으며 나무라듯 말했다. 아이는 그런가 싶어서 고개를 끄덕끄덕하고는, 엄마 손을 잡고 백사장을 총총 걸어가기 시작했다. 아이는 연신 뒤를 돌아보며 사라진 할머니와 백마를 찾았다. 그러나 어디에도 그 둘의 모습은 보이지 않았다.

엄마는 자동차의 뒷문을 열어 아이를 태웠다. 아이의 아빠가 숲속을 가리키며 말했다.

"난 또, 우리 혜린이가 저기 간 줄 알았잖아."

그곳에는 한 무리의 사람들이 사당처럼 보이는 작은 기와 건물을 부수고 있었다. 반대하는 목소리와 그저 지켜보는 사람들의 말소리, 그리고 포클레인 소리가 멀리서 아득하게 들려왔다.

"이 동네도 개발이다 뭐다 해서 난리네. 저건 문화재로 보호해야 하는 거 아니야?"

"누가 아니래. 저런 건 나중에 다 중요한 사료가 되는 건데."

부모가 하는 대화를 들으면서 아이는 졸린 눈으로 창밖을 내다보다. 손바닥에 까슬까슬한 느낌이 나서 손을 펴보았다. 손바닥에는 나무로 만든 작은 말 인형이 있었다. 흰색 나무 인형 위에 어떤 한자가 적혀 있었지만 아이는 읽을 수가 없었다. 그러나 아이는 알겠다는 듯 미소를 짓고 말 인형을 가슴에 꼭 쥐고서 눈을 감았다. 아이는 꿈속에서 만났던 할머니와 하얀 말을 생각하며 잠이 들었다.

조사단

"난 조사 여행이라고 해서 말이야, 산속에 텐트 치고 지낼 줄 알았는데. 이런 호텔에서 묵게 되다니! 역시 따라오길 잘 했단 말이야."

성진은 가방에서 노트북을 꺼내 테이블 위에 올려놓으며 말했다. 형섭은 수선을 떠는 성진을 향해 씨익 웃으며 말했다.

"혜린이도 아까 너처럼 좋아하더라. 우리 교수님이 원래 연구비 받아내는 데는 도사라구."

"근데 혜린이랑 유정이는 어디 갔어?"

"혜린이는 이 지역 학교에 대학 동창이 있다고 해서 만나러 갔을걸. 유정이도 거기 따라갔고."

"나도 거기나 가봐야겠다. 혹시 그 대학 동창이라는 사람, 여자야?"

"왜?"

"그럼 나 좀 소개시켜달라고 하게."

성진은 짐을 꺼내면서 장난스레 말했다.

그때였다. 성진은 가방에서 옷을 꺼내던 중 불현듯 묘한 기운이 팔에 스치는 것을 느꼈다. 이상한 기분이 들었다. 그는 고개를 저으며 천장을 쳐다보았다. 눈앞에 까만 점들이 흩어졌다. 그는 하던 일을 잠시 멈추고 머리에 손을 대고 주저앉았다. 조금 괜찮은가 싶더니, 목덜미에 차가운 기운이 스쳐지나갔다. 마치 파충류의 비늘이 스친 듯 섬뜩한 감촉이었다. 성진은 몸을 부르르 떨었다.

"괜찮냐?"

어느새 형섭이 성진의 앞에 서서 걱정스러운 듯 보고 있었다.

"너 어제 꿈자리가 사나웠다더니, 뭐 안 좋은 귀신이라도 붙은 거 아니야?"

성진은 형섭을 째려보며 대꾸했다.

"나 그런 거 안 믿어. 그냥 좀 피곤한 거 같다."

성진은 고개를 한번 휘젓고 다시 위를 올려다보았다. 눈앞에 흐린 물체가 획 지나갔다. 성진은 순간 움찔했다.

"야, 혹시 어제 꿈에 나온 여자 귀신 보이는 거냐? 예쁘냐, 걔?"

형섭이 놀리듯 말했다.

"신경 좀 꺼줄래?"

성진은 퉁명스레 대꾸했다. 농담처럼 말했지만 형섭이 저럴 때는 반쯤 진심이었다. 형섭은 자신이 연구하는 귀신이나 민간신앙 같은 것들을 너무 진지하게 받아들이는 경향이 있었다. 인류학을 연구하는 대학원생쯤 되면 객관적인 입장을 견지해야 하는 것 아닌가?

성진의 생각을 아는지 모르는지 형섭은 한술 더 떠서 축귀逐鬼라도 해야 한다며 수선을 떨고 있었다.

"혜린이 불러줄까? 걔, 접때도 연구실에 붙어 있던 귀신 쫓아줬잖아."

혜린은 형섭이 특히나 더 좋아하는 주제였다. 성진은 이 이야기를 백 번도 더 들었던 것 같았지만 대꾸하기 귀찮아 묵묵히 짐만 풀었다.

"……그니깐 혜린이가 이렇게 착, 하니까 갑자기 시원해진 느낌이 나더라고. 너도 봤어야 했어."

"그래서 맨날 혜린이를 문화인류학과 무당님이라고 부르

냐?"

성진은 더이상 듣고 싶지 않아서 얼른 형섭의 말을 자르며 물었다.

"그럼! 개가 길을 걸어가면 무당들이 피해간대. 자기들 모신 귀신이 도망간다고. 참, 너는 군대 갔다 온 지 얼마 안 돼서 이런 얘기 처음 듣지?"

그때 성진의 눈에 아까의 그 흐린 물체가 또 지나갔다. 마치 존재하지 않는 것을 보는 양 눈앞이 멍해지는 느낌이었다. 그는 눈을 문지르며 말했다.

"정말 혜린이에게 가서 부탁하든지, 아님 안과에 가봐야겠다."

성진은 고개를 세차게 저었다. 조금씩 이상한 감각이 옅어졌다. 성진은 짐을 다 꺼낸 빈 가방의 지퍼를 채웠다.

그때 노크 소리와 함께 슬그머니 방문이 열렸다. 등산모를 쓴 중년의 남자가 문틈으로 고개를 들이밀었다. 김재관 교수였다. 그는 국내에서 종교민속학의 권위자로 알려져 있는데, 성진은 허구한 날 무속인이나 마을 동제를 따라다니는 김교수가 교회 집사라는 것이 늘 신기했다.

"형섭씨, 오늘 오후엔 쉬기로 한 거 아는데, 마을회장님이 꼭 지금 만나야 한다고 하더라고. 잠시, 나 좀 따라가지."

"예, 교수님."

형섭이 시원시원하게 대답하고는 후다닥 김교수를 따라 나갔다. 그는 조사단의 회의 공간으로 쓰고 있는 거실 테이블에서 필드 노트와 녹음기, 카메라 등을 챙기고는 성진의 방 안으로 고개를 빼꼼 들이밀고 한마디 더 하는 것도 잊지 않았다.

"혜린이한테 말해서 귀신 쫓아, 응?"

문이 닫히고 성진은 방안에 혼자 남겨졌다. 아까의 그 흐린 물체가 온 방안에 널려 있는 것처럼 보여 눈이 아팠다. 묘하게도 눈을 멍하게 만드는 느낌. 갑자기 주체할 수 없을 정도의 오싹함이 온몸을 엄습했다.

이곳에 도착한 뒤로 계속 이런 느낌이 들었다. 차를 오래 타고 와서 피곤한 걸까, 아니면 진짜 형섭의 말처럼 귀신이 조화라도 부린 걸까. 생각이 거기까지 미쳤을 때 성진은 자신이 말도 안 되는 생각을 하고 있다는 것을 깨닫고 고개를 설레설레 저었다.

"혜린이나 찾으러 가야겠다."

그는 혼잣말을 중얼거리며 재빨리 지도와 가방을 챙겼다. 그는 방안에 서려 있는 흐린 기운을 보지 않으려고 애쓰며 방금 형섭이 나간 문을 열고 뒤따라 나갔다.

유정은 핸드폰으로 아카이브 자료를 검색해서 읽고 있었다.

'다대포 어망 축제. 부산시 사하구 다대동 일대에서 열리던 동제로, 현재는 다대동 홍촌虹村마을에서만 부분적으로 열리고 있다. 일반적인 남해안 동제와는 조금 다른 유형으로, 도깨비가 내려와서 고기를 몰아주기 바라는……'

찌는 듯한 오후의 더위 때문에 더이상 읽을 수가 없었다. 열기에 핸드폰도 뜨거워지는 것 같았다. 문화인류학과 학부생인 그녀는 사실 민속조사보다 '여름'에 '부산'에 간다는 사실 때문에 조사단에 지원한 것이었다. 하지만 몇 시간 동안 KTX와 자동차를 갈아타고 도착하자마자 푸른 바다는커녕 아파트촌 한가운데 자리한 중학교 주차장에 앉아 있는 신세라니. 유정은 벤치에서 일어나 학교 건물 쪽으로 걸어갔다. 그늘에서는 느끼지 못했던 따가운 햇빛이 목덜미에 꽂혔다.

'괜히 따라왔네. 동창 만나는 데 따라올 게 뭐람.'

유정은 화풀이라도 하듯 땅을 발로 차며 걸었다. 놀러 나가고 싶은 마음에 혜린을 따라나선 거였는데, 이럴 바엔 그냥 호텔에서 쉬는 것이 더 나았겠다 싶었다. 그러나 후회하기엔 이미 늦었다. 자신은 이 마을에 처음 왔고 길도 모른다. 게다가 가장 큰 문제는 자동차 키를 혜린이 가지고 있다는 사실이다. 길을 물어 찾아갈 수도 있지만 그 먼 거리를 지금같이 작열하는 땡볕 아래에서 걸어가긴 싫었다. 운동장에 다다른 그녀는 입을 삐죽거리며 혜린을 찾으러 빠르게 걸어갔다.

혜린은 그때 오랜만에 만난 친구와 이야기하고 있었다. 올해 이 학교 물리 교사로 부임한 민경은 혜린의 학부 동창이었다. 문화인류학과로 전과한 후에는 거의 만나지 못했던 터라 혜린이 반가움에 학부 때 이야기를 이것저것 꺼내는데도 민경은 초조한 표정으로 건성건성 대답하기만 했다. 대화가 겉돈다는 것을 혜린이 느낀 순간, 민경이 갑자기 화제를 돌렸다.

"너, 요즘도 점 같은 거 보고 그래?"

"왜? 무슨 일 있어?"

"이 학교로 온 뒤부터 기분이 너무 나빠서 말이지. 이상하게 무슨 일이 생길 것 같은 느낌이 든다고 해야 할까. 전근 신청이라도 하고 싶을 정도라니깐."

"너 언제부터 그런 걸 믿기 시작한 거니?"

혜린은 소리 내어 웃다가 민경의 굳은 표정을 보고 웃음을 멈추었다.

"무슨 일인데?"

"아무것도 아니라고 할 수도 있는데."

민경은 망설이며 이야기를 시작했다.

"학교에서 가끔씩 늦게 퇴근할 때가 있거든. 그때마다 너무나 섬뜩한 기분이 들어. 이건 그냥 무서운 게 아니고, 정말 오싹할 정도로 기분이 나빠지는 거야."

혜린의 손이 불안스럽게 목 쪽으로 올라가서 목걸이를 만지작거리기 시작했다.

"그리고 새벽에 일찍 올 때도 그래. 복도를 걸어가고 있으면 뒤에서 누군가 나를 쳐다보는 것 같고, 또 내 목덜미를 누군가 만지는 것 같기도 하고. 사실 여기, 동네가 좀 어수선하긴 해. 자살 사건도 많거든……"

민경이 잠시 말을 멈추자, 목걸이를 움켜쥔 채 생각에 잠겨 있던 혜린은 고개를 들었다. 민경의 새하얗게 질린 표정이 보였다. 민경이 갑자기 목소리를 낮춰 소곤거리듯 작게 말했다.

"그저께 이 동네 주민 한 사람이 자살했는데, 죽기 전에 글쎄 자기 귀를 잘라다가 먹었대."

혜린은 소름이 쫙 끼쳤다.

"이런 얘기 좀 이상하지만, 다음은 내가 될 것 같다는 생각이 들어."

"무슨 소리 하는 거야, 말이 씨가 된다는 거 몰라?"

혜린은 친구를 안심시키려 애써 웃으며 말했다.

"게다가 나 아무것도 안 보이는걸? 너, 첫 발령지라서 긴장했나봐."

"그래? 그러면 다행이고."

혜린의 말에 민경은 다소 안심하는 얼굴이었다.

사실 혜린 역시 학교에 들어서면서부터 이상한 느낌을 받고 있었다. 그녀는 불안함에 주변을 둘러보았다. 평범한 사람도 느낄 정도로 심상찮은 기운이 학교를 감싸고 있었다. 하지만 쓸데없이 친구를 무섭게 할 필요는 없지 않은가.

'무슨 일이야 생기겠어?'

혜린은 보통 귀신들이 인간에게 무관심한 것을 떠올리고 속으로 중얼거렸다.

"혜린 선배!"

유정의 짜증 섞인 목소리가 들려왔다. 유정은 복도에 서서 혜린에게 손짓을 하고 있었다. 혜린은 자리에서 일어섰다.

"이제 가야겠다. 무슨 일 있으면 연락해."

"참, 너 이거 받으러 왔잖아."

민경이 책상 서랍에서 봉투를 하나 꺼내 건네주며 말했다. 그것은 1990년대 대규모 택지 개발을 하기 전에 마을에 있던 신당을 찍은 사진 자료와 옛 지도였다. 민경에게 부탁해서 학교 소장 자료를 제공받기로 했던 것이다.

"아, 챙겨줘서 고마워. 시간 되면 호텔로 놀러와. 내가 밥 쏠게."

"당연하지. 스테이크 이하로는 안 먹는다."

혜린과 이야기하면서 조금은 안심한 듯 민경이 장난스레 대꾸했다.

혜린은 목걸이를 쥐고 있던 손을 펴 민경에게 흔들어 보이며 문을 열고 나갔다. 그녀의 목에 섬세하게 조각된 작은 나무 말 펜던트가 걸려 있었다. 그녀가 고개를 들자 말의 몸에 작게 새겨진 한자가 드러났다.

'飛滴비적'

혜린은 여름인데도 서늘한 기운이 도는 어두운 복도를 지나갔다. 유정은 혜린 때문에 더워 죽겠다는 듯 손부채질을 하며 앞서 걸어갔다. 밖으로 나가자 더운 공기가 얼굴에 훅 불어왔다. 차에 타자마자 유정은 에어컨을 틀고 금방이라도 쓰러질 것 같다는 듯 과장된 동작으로 시트에 기대며 눈을 감았다.

그러게 따라오지 말라고 했잖아. 혜린은 그런 유정을 보고 피식 웃으며 핸들을 잡았다. 자동차가 서서히 속도를 내며 교문을 빠져나갔다.

그때 갑자기 목걸이의 떨림이 느껴졌다. 자주 있는 일이 아니었다. 가끔 위험한 존재가 접근할 때만 느껴지는 신호였다.

'비적.'

혜린이 마음속으로 부르자 말의 몸에 새겨진 글자가 경고라도 하듯 뜨겁게 느껴졌다. 그와 동시에 차가운 기운이 핸들을 잡은 손에서 어깨까지 스쳐지나갔다. 혜린은 급히 핸들을 꺾으며 브레이크를 밟았다.

끼이이익!

차가 앞으로 쏠리자, 유정이 놀라서 눈을 떴다. 자동차는 골목길에 있던 쓰레기통을 박고 멈춰 섰다. 그 옆으로 성진이 걸어나오는 것을 보고 혜린은 안도의 한숨을 지었다. 이상한 느낌 때문에 차를 멈추지 않았다면 자동차는 그대로 성진을 치고 지나갔을 것이다.

'이건 분명히 귀매야. 이렇게 강한 귀매는 처음 봐.'

혜린은 놀라서 멈춰 선 성진을 보며 불길한 예감을 느꼈다.

산망山望

산속의 공기는 마을과는 달리 선선했다. 암자의 계단에 주
저앉아 쉬던 성진은 혜린이 대웅전으로 들어가서 절을 하고,
또 용왕전으로 가서 향을 올리는 것을 어이없다는 듯 쳐다보
았다. 그는 중요한 조사를 앞두고 암자에서 어물거리는 혜린
이 못마땅했다. 이렇게 능장을 부리다가 도깨비 고사가 다
끝나버리면 어쩔 건지. 초조해진 성진은 애써 장난스러운 말
투로 혜린을 재촉했다.

"성혜린, 이런 데까지 와서 부처님한테 아부하냐? 게다가
용왕님한테 양다리까지."

혜린은 대답하지 않고 성진의 옆에 놓인 자신의 배낭을 집어들었다. 성진은 뭐가 들었는지 모르겠지만 배낭이 참 묵직하다고 생각했다.

"자, 이제 출발해야지."

그날 오후, 숙소로 돌아온 혜린은 뜻밖의 지시를 받았다. 어망 축제 관계자를 만나고 돌아온 김재관 교수가 벌게진 얼굴로 씩씩대며 말했다.

"혜린씨, 성진씨 데리고 밤에 아미산 위에 올라가서 도깨비 고사 촬영 좀 해."

"교수님, 도깨비 고사는 해변에서 하잖아요."

김교수는 아직 흥분이 가시지 않은 듯 씩씩대며 대답했다.

"아니, 이제 와서 갑자기 외지인이 있으면 부정 탄다고 안 된다잖아. 사람들이 이러면 안 되지! 개발되기 전에 하는 마지막 동제라고 제발 잘 기록해달라고 부탁할 때는 언제고……"

혜린과 성진은 교수의 끝없는 푸념을 피해서 재빨리 배낭을 짊어지고 호텔을 빠져나왔다.

그런 이유로 조사단은 당초의 계획과는 달리 두 팀으로 나뉘어 한쪽은 해변에 숨어서 도깨비 고사를 보고, 다른 한쪽은 해변이 잘 내려다보이는 아미산 위에서 그 과정을 촬영하기로 한 것이었다. 혜린과 성진은 후자였다.

"그런데 아까 그 절 말이야, 왜 용왕도 모시는 거지?"

성진은 무거운 배낭을 지고 끙끙대는 혜린을 쳐다보며 물었다. 숨을 헐떡대면서 산을 오르는 혜린에게, 성진은 입 모양으로 '들어줄까'라고 했지만 혜린은 고개를 저었다.

"그건 어느 절이나 비슷해. 불교는 토착신앙과 융화되면서 전파되었으니까. 그래서 부처를 모시는 동시에 토착신앙의 신도 함께 모시는 거지. 산에 있는 절에는 산신이나 선녀도 모시고, 어촌에 있는 절에는 바다의 신인 용왕도 모시고. 여기는 어촌이라서 용왕이 있을 뿐이지 이상할 건 없어."

"한국 불교는 좀 특이하구나."

성진은 아무 생각 없이 혼잣말하듯 중얼거렸다. 그 말에 혜린이 우뚝 멈춰 서서 성진을 돌아보았다. 그녀는 답답하다는 듯 성진을 한 번 쳐다보고 설명을 하기 시작했다.

"모든 종교는 서로 영향을 주고받으면서 바뀌어왔어. 인도의 시바와 인드라가 불교에서는 대자재천大自在天이나 제석천帝釋天이 되고, 그 신들이 한국 무속으로 와서는 산신이나 조상신으로 숭배되기도 하잖아. 기독교도 마찬가지고. 기독교 신앙 역시 중동이나 유럽 토착 종교와 서로 영향을 주고받았어."

"알았어, 알았다고."

성진은 손을 내저으며 말했다. 두 사람은 다시 걷기 시작했다. 성진은 혜린이 가끔씩 발끈할 때면 조금 무서웠다.

'저 성격에 민속조사는 어떻게 다니는 거지?'

그는 혜린이 현지인들과 대화를 하다가 발끈해서 민속조사를 말아먹는 것을 상상하며 피식 웃었다.

"이번에 조사하는 것도 용왕한테 지내는 제사야?"

"아니, 이건 도깨비 고사잖아. 넌 대체 종교민속학 시간에 무슨 수업을 들은 거니? 용왕은 바다의 신이라 해변에서 이뤄지는 고기잡이까지는 관여를 안 해. 그래서 연안에서 고기잡이가 잘되게 해달라고 기원할 때는 도깨비한테 비는 거야."

성진은 혜린의 말투에 살짝 짜증이 섞이기 시작하는 걸 느꼈지만, 짜증스러워하면서도 꼬박꼬박 설명해주는 것이 재미있어서 자꾸 뭔가 묻고 싶었다. 그걸 아는지 모르는지 혜린은 숨을 잠시 고른 후 다시 설명을 이어나갔다.

"그렇게 고사를 지내고 나서 도깨비가 도깨비불의 형태로 산에서 내려오면 그해의 고기잡이가 잘될지 점을 쳐. 그것을 산망이라고 해. 산을 보면서 도깨비, 그러니까 도깨비불의 형태를 띤 존재가 내려오는 것을 보는 거야."

"그런데 좀 이상하지 않아?"

성진이 갑자기 멈춰 서서 혜린을 보며 물었다.

"교수님이 평소에 민속조사 할 때는 현지인들을 존중하는 게 제일 중요하다고 하셨잖아. 현지인의 협조 없이는 억지로 조사하지 않는다, 뭐 그런 거."

"그런데?"

혜린이 건성으로 대꾸하자 성진은 혜린의 배낭을 잡고 그녀를 멈춰 세우며 물었다.

"아무리 화가 나서도 그렇지, 이렇게 몰래 숨어서 보는 게 윤리적인 일이야?"

"그러게."

혜린은 잠시 멈춰 섰다가 무심하게 대꾸하고는 다시 낑낑대며 산을 오르기 시작했다. 성진은 혜린이 뭔가 골똘히 생각하기 시작하는 것을 보고는 더이상 말을 걸지 않았다.

그들은 부지런히 걸어서 해 질 무렵 아미산 산등성이에 도착했다. 그곳에서는 홍촌마을 전체를 볼 수 있었다. 다대포에서 유일하게 옛 모습을 간직하고 있는 그 마을은 아파트와 리조트, 호텔 건물에 둘러싸여 다소 위태로워 보였다.

아미산 바로 아래 기슭에는 윤공단이 있었다. 윤공단은 임진왜란 당시 다대포 첨사였던 윤흥신의 넋을 모신 제단이다.

전형적인 양식대로 우거진 숲 사이로 사당이 보였고, 조금 떨어진 곳에 사람이 거의 드나들지 않는 듯 보이는 허름한 관리소가 위치해 있었다. 윤공단 입구에 여기저기 칠이 벗어진 홍살문이 숲의 초록색과 대비되어 또렷하게 보였다.

거기서 이 킬로미터가량 떨어진 곳에는 아파트촌이 있었고, 그 한가운데에는 민경이 근무하는 중학교가 있었다. 그 학교는 일제강점기에 지어진 초등학교를 건물만 리모델링해서 쓰고 있었는데, 운동장 곳곳에 청동으로 만든 동상들이 아직도 남아 있어서 해질녘에 보는 학교는 매우 음산해 보였다. 어두운 운동장 한구석에 팻말 하나가 그림자를 길게 늘이며 서 있었는데, 혜린은 그 팻말에 적혀 있던 '다대포 동헌이 있던 자리'라는 글씨를 어렵지 않게 떠올릴 수 있었다.

낮에도 느꼈지만 그곳에는 이상한 기운이 감도는 것 같았다. 어둡고, 빨려들어갈 것 같은 느낌. 혜린은 민경이 걱정되었다. 민경이 말한 기분 나쁜 느낌도 아마 이것일 테다. 불쾌하고 축축한, 그리고 어두운 느낌. 혜린의 손이 불안하게 움직이다가 목 부분을 더듬었다. 그녀는 목걸이를 찾고 있었다. 혜린은 목걸이가 손에 잡히지 않는 것을 알아채고, 그제야 민경에게 목걸이를 빌려줬다는 사실을 떠올렸다.

몇 시간 전, 혜린은 차로 성진을 칠 뻔했다. 그것은 알 수 없는 어떤 존재의 힘 같았다. 보통 그런 존재들은 인간의 일에 관여하지 않는다. 그러나 이번에 만난 존재는 무언가 강한 분노와 사념으로 뭉쳐 있었다. 때문에 불길한 예감이 들어 혜린은 민경에게 목걸이를 빌려준 것이었다.

'비적이 있으니까 귀매들이 접근 못 할 거야.'

비적은 하얀 말의 정령이다. 말은 십이지의 방위상으로 귀매와는 정반대의 성질을 띠고 있다. 귀매가 음기의 결정체라면 흰말은 양기의 결정체였다. 비적은 그 존재 자체로도 귀매나 귀신들을 물리칠 수 있었다.

혜린은 민속조사를 하면서 지금까지 만났던 무당들을 떠올려보았다.

"학생은 원래 무당이 될 팔자네. 머리 위에 큰 신이 좌정하고 기다리고 계시는구면. 하지만 신이 내리기는 어렵겠어."

"왜 안 내리는데요?"

"흰말이 있어서 그러지. 말이 싫어서 신들이 가까이 가지를 못하는구면."

"이 흰말이 보이세요?"

"그럼, 당연하지. 그런데, 학생. 이만 나가주면 안 되겠나?"

"네?"

"신들이 학생 옆에 있는 말이 싫어 나가려고 하신다네. 그 말을 데리고 좀 나가주게."

비적 때문에 혜린은 무당집을 찾아갈 때마다 쫓기듯 나와야 했다. 그녀는 자신이 평생 봐온 기이한 존재들을 알고 싶어서 무속신앙을 공부하려고 했지만, 정작 그 기이한 존재 중 하나인 비적 때문에 논문 주제를 바꿔야만 했다.

시원한 바람이 이마를 스치고 지나갔다. 바다 내음이 코끝에 서렸다. 혜린은 정신을 차리고 해변 쪽을 쳐다보았다. 마을과 조금 떨어진 곳에 바다가 시작되고 해변 한쪽에 몰운대라는 작은 반도가 붙어 있었다. 조사단이 묵고 있는 숙소는 울창한 숲으로 덮여 있는 몰운대에 가리어 보이지 않았다. 몰운대 바로 옆의 해변에서 불빛이 보였다. 사람들이 모여서 고사를 지낼 준비를 하고 있는 것 같았다. 하얀 깃발이 길게 늘어져 나부끼는 가운데 나무로 만든 배에는 돛이 올려지고 있었다. 이미 제의가 시작된 것이다.

혜린은 성진에게 망원렌즈가 부착된 카메라를 넘겨주었다. 성진이 열심히 촬영을 하는 동안 혜린은 필드 노트를 꺼내 도깨비 고사의 과정을 메모했다. 고사상이 차려졌고, 산 위까지 북소리며 꽹과리 소리가 들려왔다. 굿판이 끝나고 제주가 앞으로 나와서 종이를 꺼내 읽기 시작했다.

"물아래 김서방, 물위 김서방…… 위상하시오. 올해도 고기 많이 잡히게 해주시고……"

혜린은 망원경을 눈에 대고 제주의 입 모양을 따라 제문을 외웠다. 성진은 그런 그녀를 신기한 듯 처다보았다.

"넌 그게 다 기억나? 난 아직 도깨비 고사랑 당제랑 차이도 모르겠는데."

"이제 좀 있으면 끝날 거야."

혜린은 망원경에서 눈을 떼지도 않고 대꾸했다.

"이제 곧 배를 타고 제물을 바치러 갈 거야. 조금 있다가 그 모습 찍으면 될 거야."

그렇게 말하고는 망원경을 내려놓고, 배낭 안에서 메밀묵과 막걸리를 꺼내들었다. 성진은 어이가 없었다.

"야, 미쳤냐? 우리 새벽까지 깨어 있어야 한다는 거 몰라? 사람들이 전망대에서 산망을 하고 나서 다시 바닷가로 돌아가서 제사 지내잖아. 우린 그것까지 찍어야 한단 말이야! 내 말 듣고 있어?"

"우리 먹을 거 아니거든."

혜린은 무표정하게 대꾸했다.

"여기 너랑 나 말고 또 누가 있어?"

혜린은 대답하지 않았다. 그녀는 말없이 메밀묵을 접시에 담고 막걸리를 잔에 따랐다. 성진은 고개를 저으며 가방에서 손전등을 꺼내 불을 켰다. 그때였다. 산 위쪽으로부터 서늘한 바람이 불어왔다. 갑자기 손전등의 불이 점점 약해지기 시작했다.

"아까 분명히 건전지 새걸로 갈았는데. 왜 이러지? 에잇!"

성진이 손전등을 손으로 치자 불은 아예 꺼져버렸다.

"건전지를 잘못 끼웠나?"

중얼거리는 성진의 뒤로 크고 검은 그림자 하나가 접근했다. 목뒤에 뭔가 서늘한 느낌이 전해져왔다. 성진은 소름이 돋은 팔을 문지르며 뒤를 돌아보았다. 그의 뒤에는 횃불을 든 거구의 남자가 서 있었다. 남자가 움직일 때마다 마치 덤불을 뒹굴다 나온 듯 묘한 풀냄새가 났다.

저 사람 어디서 온 걸까. 산 위쪽은 바위만이 즐비해서 이런 풀냄새가 날 턱이 없는데. 성진은 의아하게 생각하며 남자를 이리저리 살펴보았다. 하얀 한복을 입고 있는 것으로 보아 도깨비 고사를 지내다 온 마을 사람 중 한 명인 것 같았다. 성진은 자신들이 숨어서 고사를 촬영하고 있었다는 것을 문득 깨닫고 더듬거리며 변명거리를 지어내기 시작했다.

"아, 안녕하세요? 도깨비 고사를 하는 중이신가봐요. 저희는 그걸 엿보려는 게 아니구요. 저기 그러니까, 옳지! 관광을

와서 말이죠."

　바람이 불어와 횃불이 남자의 얼굴 쪽으로 훅 치우치는 순간, 마치 귀면기와의 주인공처럼 생긴 남자의 얼굴이 보였다. 그 얼굴을 보는 순간 성진은 심상이 얼어붙는 것 같았다.

　'뭐 저렇게 생긴 사람이 다 있어?'

　그는 남자의 험상궂은 얼굴을 쳐다보고 놀란 가슴을 진정시키며 다른 변명거리를 생각해내려고 노력했다. 거구의 남자가 성진과 혜린을 보더니 갑자기 버럭 소리를 질렀다.

　"너희들! 여기서 뭐 하는 게야? 여기 늘어놓은 물건들 썩 치우지 못할까!"

　성진은 불 꺼진 손전등을 든 채 멍하니 남자를 올려다보았다. 어둠에 눈이 익숙해지자 남자의 손에 들린 횃불이 어렴풋이나마 그의 모습을 비춰주었다. 어깨까지 오는 곱슬곱슬한 긴 머리는 잔뜩 풀어헤쳐져 있고 옷으로 가려지지 않은 팔과 다리는 털로 덮여 있었다. 크게 부릅뜬 두 눈은 위로 찢어진데다 대추같이 붉은 얼굴은 말을 할 때마다 씰룩거렸다. 이 모든 것들이 큰 키와 쩌렁쩌렁한 목소리와 어우러져 그 남자를 야차처럼 보이게 만들었다.

　성진은 혼이 빠져버렸다. 그는 혜린을 찾는 듯 팔을 뒤로 허우적거렸다. 혜린은 말없이 메밀묵과 막걸리를 가지고 그 남자에게 다가갔다. 그녀는 메밀묵이 든 접시를 내밀었다.

"김서방 아저씨, 기다리고 있었어요. 이거 드시고 내려가세요."

야차 같은 그 남자가 허리를 굽혀 혜린의 얼굴을 보았다. 그는 어울리지 않는 미소를 지으며 물었다.

"아이고, 이 처자는 날 아나보네. 이 동네에 사는 처잔가?"

"아뇨. 여기에 볼일이 있어서 들렀어요."

남자는 막걸리를 쭉 들이켜고 털이 덮인 커다란 손으로 메밀묵을 날름 집어먹었다. 메밀묵을 우물대는 남자의 모습은 어쩐지 순박해 보이기도 했다. 성진의 놀란 가슴이 서서히 진정되었다. 성진은 안심하고 슬그머니 다가가서 앉았다.

"아저씨 뭐 하시는 분이세요?"

"나? 이 동네 사는 김서방이라고 하네. 동네 사람들은 다 아는데, 도령은 모르는가보이."

남자가 쩌렁쩌렁한 목소리로 호탕하게 웃으며 대답했다. 그 목소리에 기가 질린 성진은 기어들어가는 목소리로 대답했다.

"네. 저는 여기 사람이 아니라서요."

남자가 횃불을 들고 일어섰다.

"대접 잘 받았네, 젊은 처자. 다음에 또 보세나."

남자는 어두운 산길을 성큼성큼 걸어내려갔다. 남자가 간 쪽을 멍하니 쳐다보던 성진은 그제야 고장난 손전등이 생각났다. 어느새 손전등에는 불이 들어와 있었다. 그는 손전등을 쳐다보고 있다가 따가운 시선이 느껴져서 고개를 돌려 혜린을 보았다. 혜린이 입을 헤벌린 채 의아한 표정으로 자신을 쳐다보고 있었다.

"너는 방금 그 아저씨가 보였어?"

혜린이 물었다. 성진은 얘가 별소리를 다 한다고 생각했다.

"횃불 들고 있었으니 안 보일 리가 없잖아. 그런데 왜?"

"그래? 그럼 됐어."

혜린은 더듬거리며 대꾸하고는, 아무 일 없었다는 듯 남은 메밀묵을 하나 입에 넣고 우물거리며 새침하게 고개를 돌렸다. 성진은 낮에 형섭과 했던 이야기가 생각이 났다. 형섭은 그녀가 귀신을 볼 줄 안다고 했다. 형섭의 말이 그 아저씨가 보이냐는 혜린의 말과 겹치며 머릿속에 맴돌았다.

'그 사람이 보였냐고? 대체 그게 무슨 말이야. 그럼 방금 지나간 그 사람이 귀신이라도 된다는 말인가.'

성진은 머릿속이 어지러워졌다.

"아까 물어보려고 했는데."

그는 간신히 혜린에게 말을 꺼냈지만, 혜린은 그저 "뭘?" 하고 무뚝뚝하게 대꾸할 뿐이었다. 애가 저렇게 무뚝뚝해서야, 라고 속으로 툴툴대며 성진이 물었다.

"너, 귀신을 본다면서? 형섭이가 그러더라."

혜린은 대답하지 않았다.

"아까 우리가 본 그 사람도 귀신이니? 네가 그랬잖아. 그 사람이 보였냐고."

"그 아저씬 귀신 아냐."

성진은 안심했다.

"그럼 누군데? 이 동네 주민인가봐?"

"여기 살지만 사람은 아냐."

"뭐?"

"도깨비야."

"도깨비?"

"응."

성진은 혜린이 자신을 놀리고 있는 게 틀림없다고 생각했다. 그는 얼굴이 벌겋게 달아올랐다. 어린애도 아니고 누가 저런 거짓말에 속을까.

"야, 장난치지 마."

"정말이야."

혜린이 억울하다는 듯 큰 소리로 대꾸했다.

성진이 혜린에게 뭐라고 더 말하려는 찰나, 산 아래에서 횃불이 아른아른 보이기 시작했다. 아까 내려갔던 거구의 남자였다. 그가 뭐라고 혼잣말을 투덜대면서 산을 다시 올라오고 있었다. 남자가 가까이 오자 물에 젖은 옷자락을 손으로 짜는 모습이 보였고, 물에 빠졌다고 툴툴대는 소리도 들렸다.

"김서방 아저씨, 무슨 일이에요?"

혜린이 알은체를 했다. 남자는 화가 난 듯 보였다.

"어떤 녀석이 가지 말라고 막 조르잖아. 그것도 바짓가랑이를 잡고. 거, 정말 힘도 세지. 순간 힘이 빠져서 물에 빠지고 말았다고."

"지난번 내려가지 못했던 것도 그 녀석이 붙들어서였나요?"

혜린이 심각한 표정을 지으며 물었다.

'지난번?'

성진은 둘의 대화 내용을 도무지 종잡을 수가 없었다.

"그래. 근데, 정월에는 하나가 아니었어. 산 밑에서부터 여럿에서 나를 붙들고 못 가게 하는 거야. 내 그래서 갔다가 다시 올라왔네."

남자는 화가 난 듯 막걸리를 벌컥벌컥 들이켜고 혜린의 접시에 남은 메밀묵을 입안에 모두 털어넣었다. 그는 혜린에게 가까이 가서 귓속말로 한참을 중얼거린 다음 횃불을 집었다. 그가 돌아보며 말했다.

"처자라면 충분히 할 수 있을 걸세! 내친김에 마을에 있는 귀찮은 것들도 다 쓸어버리고! 할멈도 처자를 믿으라고 했던 걸."

"할멈은 또 누구신데요? 아니, 그것보다 김서방 아저씨. 이러면 곤란하죠. 전, 그런 걸 하는 사람도 아니라구요."

혜린이 서둘러 변명을 늘어놓았다. 그러나 남자는 험상궂은 얼굴에 어울리지 않는 귀여운 미소를 짓고 성진을 가리키며 대꾸했다.

"옳지, 저 도령이 도와줄 수 있을 거야. 저 도령, 착한 사람이거든. 암, 그렇고말고. 난 알지."

"제가요?"

성진이 무슨 말인가 싶어서 눈을 동그랗게 뜨자, 남자는 마치 바람처럼 빠르게 다가와서는 성진의 어깨를 툭툭 두드리며 물었다.

"도령도 도와줄 거지?"

"뭐, 제가 착하단 소리는 좀 듣지만."

성진은 남자의 험상궂은 얼굴을 보면서 주눅이 든 채 중얼거렸다.

"할 수 있으면 도와드려야죠, 그런데……"

"그럼 약속한 거다, 도령!"

남자가 산을 울리는 쩌렁쩌렁한 목소리로 말했다.

"맡아줘서 고맙네, 처자!"

"김서방 아저씨, 수귀水鬼 정도면 몰라도 마을 전체는 힘들다구요!"

"웅? 나 안 들려! 착한 처자, 고맙구려!"

혜린이 항변하는 동안 남자는 이미 횃불을 들고 산길을 성큼성큼 걸어가고 있었다. 혜린은 뭐라고 더 말하려고 했지만 남자는 이미 횃불과 함께 저만치 멀리 가버린 뒤였다. 정말로 순식간이었다.

남자가 사라진 쪽을 멍하니 쳐다보던 성진은 힘이 쭉 빠져서 가까이 있던 바위에 주저앉았다.

'방금 대체 무슨 일이 있었던 거지?'

성진은 설명을 바라며 혜린을 쳐다봤지만, 그녀는 한숨을 푹 내쉬면서 눈을 피했다. 잠시 어색한 침묵이 감돌았다. 혜린은 생각을 정리하려는 듯 허공을 쳐다보며 입술을 달싹댔다. 그러고는 마침내 결심한 듯 천천히 성진의 옆에 앉으며 어렵게 입을 뗐다.

"말주변이 없으니까 그냥 직설적으로 말할게. 들어줘."

혜린이 성진을 쳐다보며 사뭇 진지하게 말했다.

"나, 사실 남들이 못 보는 걸 자주 봐. 그러니까 도깨비 같은 존재들을 거의 평생을 봐왔다는 거지."

성진은 이 상황에서 진지하게 고백하는 혜린을 보고 자신도 모르게 피식 웃고 말았다. 사실 문화인류학과에서 혜린이 반쯤 무당이라는 건 모두가 아는 사실이었다. 아까 전에도 도깨비니 뭐니 하는 소리를 하지 않았던가. 혜린은 성진의 표정을 힐끔 쳐다보고 말을 이었다.

"그런데 오늘 보니까 너도 비슷한 것 같아. 일시적인 건지는 모르겠지만, 분명한 건 너한테도 어떤 능력이 있다는 거야."

"뭐?"

성진은 앉아 있던 바위에서 떨어질 뻔했다.

"내가? 나도 그럼 무당인 거냐? 나도 신내림 받아야 하는 거야?"

"들어봐."

혜린의 날카로운 눈빛에 성진은 기가 질려 말을 잇지 못했다.

"아까 지나간 아저씨, 내가 도깨비라고 했지?"

"으응……"

"도깨비는 대개 요물이지만 이 마을에서는 풍요를 가져다주는 신이야. 보통 사람의 눈에는 보이지 않지. 그런데 너는 볼 수 있잖아?"

"그럼 그게 정말 도깨비야? 농담 아니었어?"

성진의 떨떠름한 표정을 무시하고 혜린은 말을 이어나갔다.

"난, 네가 볼 수 없다고 생각하고 너 몰래 도깨비를 달래서 보내려고 메밀묵을 준비한 거야."

"말도 안 돼."

"그 아저씨 걷는 속도 봤어? 사람은 그 속도로 산길을 못 올라가. 도깨비라서 가능한 거지."

혜린의 말에 성진은 어쩐지 납득이 갔다. 하지만 믿고 싶지 않은 마음은 여전했다. 차라리 귀신이라고 했으면 그럭저럭 믿었을 텐데, 21세기에 산에서 전래동화에나 나올 법한 도깨비를 만나다니. 말도 안 되는 일이다. 성진은 메밀묵과 막걸리가 들었던 혜린의 커다란 배낭을 힐끔 쳐다보며 물었다.

"위험한 존재야, 도깨비는?"

"위험하진 않아. 그런데 산에서 내려올 때 보통 사람이 길을 막고 있으면 도깨비가 귀찮게 하거든. 장난기가 좀 많은 존재라서."

"그래서 네가 메밀묵이랑 막걸리를 제물로 준비해서 도깨비를 달래보려고 한 거구나."

성진은 여전히 믿을 수는 없었지만 뭔가 말해야 할 것 같아 아무렇게나 생각나는 대로 대꾸했다. 혜린은 그런 성진의 표정을 힐끔 쳐다보고 다시 말을 꺼냈다.

"그런데 그거 알아? 우리 아까 도깨비와 약속을 해버렸어."

"그거 말인데."

성진이 방금 전의 기억을 떠올리며 대꾸했다.

"그냥 어거지로 우리한테 뭔가 부탁한 거잖아."

"응. 그래도 도깨비와 한 약속은 꼭 지켜야 해."

"안 그러면? 해코지라도 한대?"

혜린은 뭔가 설명을 하려는 듯 입을 열었다가, 귀찮다는 표정으로 한숨을 푹 내쉬며 "어"라고만 대답했다.

성진은 도저히 믿기 힘든 주제로 토론하고 있다는 사실에 기가 찼다. 그는 민속학개론 시간에 접한 도깨비 설화들을 찬찬히 떠올려보았다. 도깨비가 약속을 어긴 사람에게 어떻게 했더라? 도깨비 설화의 결말을 기억해내려고 애쓰던 성진은 그제야 도깨비가 혜린에게 무슨 부탁을 했는지 궁금해졌다.

"근데 우리가 도깨비와 무슨 약속을 했어?"

"마을에 떠도는 어떤 존재들을 없애는 거야. 그래야 산을 내려가서 사람들에게 풍요를 가져다줄 수 있다고 하더라."

"도깨비가 그렇게 선한 존재였어?"

"선도 악도 아니야. 단지 일 년에 한 번씩은 산밑으로 내려가서 부정한 공기들을 쓸어내야 자신이 지내기에 편하기 때문에 그러는 거야. 부정한 공기를 쓸어내면 부수적으로 사람들에게는 풍요를 줄 수 있는 거지."

성진은 바지를 털며 일어섰다. 솔직히 한밤중에 산속에서 이런 대화를 하고 있다는 것이 믿어지지가 않았다.

"미안한데, 난 귀신도 안 믿고, 그런 걸 물리칠 수 있는 힘도 없거든."

혜린은 거절하고 일어서는 성진의 옷을 붙잡으며 짜증스러운 말투로 "귀신 아니고 도깨비라니까"라고 중얼거리고는, 한숨을 푹 쉬면서 말했다.

"야, 솔직히 말하면 네 책임도 있어. 난 적당히 거절하려고 했는데, 네가 대답을 어정쩡하게 하는 바람에 이렇게 됐잖아!"

성진은 정말 그런가 싶어서 잠시 주춤했다.

"간단한 거야. 그냥 가서 칼이나 한번 휘두르면 돼. 너 옛날에 검도도 했다면서?"

혜린은 어린아이를 어르듯 부드럽게 덧붙여 말했다.

"그리고 도깨비의 부탁을 들어주면 도깨비는 그 사람의 소원을 들어준대. 무엇이든지."

그 말을 들은 성진은 슬쩍 바위에 다시 앉았다.

"칼만 좀 휘두르는 정도야 도와줄 수 있지."

"좋아. 그럼 내일 하는 거야."

"근데 그 마을에 떠도는 존재라는 게 뭐야?"

성진은 지나치는 말로 물었다.

"여러 존재가 있는데, 우선은 물귀신부터 물리쳐야지."

혜린이 무심한 어투로 대답했다. 성진은 섣불리 약속한 자신의 경솔함을 후회했다. 하지만 이내 전공 서적에서 배우던 내용을 떠올리고 새로운 경험도 나쁘진 않겠다고 마음을 고쳐먹었다. 기껏해야 귀신을 쫓기 위해서 칼을 던지는 무속 의례 정도이리라고 생각한 것이다.

'참여 관찰이라고 생각하지 뭐.'

성진은 어깨를 으쓱했다.

비적

혜린은 숙소로 돌아오자마자 가방을 뒤져 초를 찾았다. 그녀는 초 하나를 꺼내서 불을 붙이고 그 앞에 가부좌를 틀고 앉았다. 촛불을 보며 서서히 눈을 감고 마음을 안정시킨 그녀는 나지막하게 소리를 내어 불렀다.

"비적."

그녀의 앞에 희뿌연 안개가 서서히 몰려들기 시작했다. 그 안개는 점점 크고 흰 점으로 변해갔다. 그 흰 점을 중심으로 어렴풋한 말의 형체가 안개 속에서 모양을 잡아갔다. 점점 또렷해진 형제는 크고 흰 말의 모습으로 변했다. 그것은 다시 흐릿해지더니, 흰 건을 쓴 젊은 남자의 모습으로 변했다. 그는 기다란 소매 속에 자신의 손을 교차해 집어넣고 가만히 고개를 숙였다. 움직일 때마다 그가 입고 있는 하얀 옷이 옅은 은빛으로 반짝거렸다. 그를 둘러싸고 있던 안개가 걷히자 혜린은 감고 있던 눈을 떴다.

"비적, 지금 민경이는 잘 있어?"

비적이라고 불린 남자는 양 소매를 들어 읍하고, 고개를 끄덕였다.

"사실은 너한테 물어보고 싶은 게 있어서 불렀어."

비적은 미소를 지으며 혜린을 쳐다보았다.

─아는 대로 대답해드리지요.

"혹시, 이 마을에서 이상한 낌새 같은 것 느끼지 못했어?"

비적은 알 수 없는 미소를 지으며 고개를 끄덕이고 답했다.

─요물들이 이 마을로 흘러들어온 게지요.

혜린은 고개를 끄덕였다.

"네 힘으로 쫓아낼 수 있는 존재인 것 같아?"

─각각은 모두 미약한 귀신이나 귀매들일 뿐입니다. 허나······

비적은 말끝을 흐렸다. 혜린은 의아한 표정을 지으며 되물었다.

"그런데?"

─각각은 미약하나 수가 워낙 많아서 한꺼번에 덤벼든다

면 당해내기 힘듭니다. 그것이 바로……

"바로?"

─제가 이 땅을 떠나게 된 이유 중 하나지요.

"여기를 떠났다고?"

혜린이 멍한 표정으로 되물었다. 비적은 바람처럼 휙 날아서 혜린의 코앞까지 다가왔다. 그러고는 혜린을 보면서 물었다.

─아씨는 기억 못하시는 겝니까. 제가 아씨와 처음 만난 곳이 바로 이 땅이었지 않습니까.

혜린의 머릿속에 어릴 적 기억이 어렴풋이 떠올랐다. 하얀 백사장과 바다의 짠 내음, 흰옷을 입은 할머니, 그리고 흰말. 혜린은 할머니가 언젠가 다시 만나게 된다고 했던 것을 떠올렸다.

혜린은 늘 그날의 기억이 꿈과 현실의 중간쯤이라고 생각해왔다. 하지만 비적의 말을 듣고 나서 보니 확실히 그것은 현실에서 일어난 일이었다.

'왜 기억을 못했을까?'

혜린은 양미간에 주름을 잡고 그날 봤던 풍경이나 부모님과의 대화를 기억해내려 안간힘을 썼다. 벌써 이십 년도 전의 일이었다. 그때 다대포는 모래사장과 넓게 펼쳐진 잔잔한 바다가 다였지만, 지금은 카페와 관광 표지판과 수많은 사람들로 북적이는 관광지가 되었다. 어쩌면 기억 못하는 것이 당연했을지도 모른다. 혜린은 참았던 숨을 푹 내쉬었다.

비적은 어느새 하얀 안개로 변해서 혜린의 주위를 맴돌고 있었다. 혜린은 비적을 향해 고개를 돌리며 물었다.

"그때 여기를 떠날 수밖에 없다고 했었잖아, 비적. 여기 있어도 괜찮은 거야?"

혜린의 말에 비적은 알 수 없는 미소만 지으며 대답을 대신했다. 혜린은 한참 동안 비적을 바라보았지만, 대답은 들을 수 없었다. 그녀는 답을 듣는 것을 포기하고 한숨을 푹 쉬며 물었다.

"그런데 궁금한 게 있어. 왜 이렇게 많은 귀매들이 여기에 머물러 있는 거지?"

─우선은 마을의 지세가 당기는 형상을 하고 있어서 그렇지요.

"그러면 마을을 정상으로 되돌리기는 힘들 것 같은데."

혜린은 도깨비와 한 약속을 떠올리고 걱정이 되었다.

─아닙니다. 원래라면 일 년에 한 번씩 도깨비가 산에서 내려와 부정한 기를 몰아내기 때문에 그걸로 충분했지요. 허나 지금은 도깨비도 힘에 부칠 정도가 되었지요.

"나, 어쩌다보니 도깨비와 약속을 해버렸어. 돕고 싶은데 뭔가 방법은 없을까?"

비적은 특유의 미소를 지으며 잠시 생각하더니 입을 열었다.

―위험하긴 하지만……

"위험하긴 하지만?"

―먼저 아씨께서 힘이 센 몇몇 존재를 물리쳐 그들의 세력을 줄이고, 나머지 잡것들을 모두 모아 봉인하시는 겁니다.

"그리고?"

―이 마을을 이렇게 만든 어떤 큰 존재를 찾아내어 앞으로 이렇게 하지 않겠다는 약속을 받아내셔야 합니다.

"큰 존재? 그럼 이 마을이 이렇게 된 것이 지세 때문만은 아니라는 거야?"

―그렇습니다. 어떤 큰 존재의 분노 때문에 이 마을이 이렇게 되었지요. 그 분노와 지세가 합쳐져서 요물들을 더 강하게 끌어당긴 것 같습니다.

"그 큰 존재란 뭐지?"

혜린의 질문에 비적은 지금까지 혜린이 한 번도 보지 못했던 기묘한 미소를 지으며 소매를 들어 읍했다. 혜린은 양미간을 찌푸리며 생각했다.

'큰 존재? 이렇게 이유도 없이 요물들을 불러오는 것을 보면 좋은 신은 아닐 테고. 대체 어떤 존재일까?'

그녀는 곰곰이 궁리하다가 비적을 쳐다보며 말했다.

"그럼 비적, 너는 그만 민경이에게 가볼래? 나중에 또 부를게."

비적은 대답 대신 하얀 얼굴에 부드러운 미소를 띠며 다시 한번 읍했다. 그의 형상은 점점 흐려져서 다시 흰말의 모습이 되었다. 말은 고개를 몇 번 저은 뒤 연기로 화해서 문틈으로 빠져나갔다.

비적이 사라진 것을 본 혜린은 잠시 그대로 앉아 타오르는 촛불을 바라보며 비적이 한 말을 곰곰이 생각해보았다. 아까부터 '큰 존재'라는 말이 마음에 걸렸다. 이상하게도 어디선가 이미 그 말을 들었던 듯한 느낌이었다. 머릿속에서 다시 옛 기억이 꿈틀거렸다.

파도가 바위에 부딪혀 하얀 포말이 이는 어느 바닷가다. 흰말 한 마리가 바닷가 옆의 숲속에서 걸어오는 것이 보인다. 비적이라는 이름의 아름다운 그 말이 곁에 다가와 다정한 눈빛으로 쳐다본다. 그리고 흰 한복을 입은 할머니가 숲을 헤치며 걸어나온다.

'어차피 여기 있어봐야 결국 사라질 수밖에 없으니까. 지

금 여기엔······'

이다음에 뭔가 중요한 이야기가 나왔었지. 혜린은 이마를 찌푸리며 그 뒷말을 기억해내려고 애썼다. 할머니의 입 모양만 가물가물 떠오르고 소리는 들리지 않았다. '지금 여기 엔······' 혜린은 눈을 번쩍 떴다. 기억이 났다.

'지금 여기엔 큰 존재의 분노가 땅을 뒤덮고 있으니.'

백마의 형상을 한 비적은 그때 '분노'라는 말에 숨을 거칠게 내쉬며 푸르르 소리를 냈다. 혜린의 기억은 딱 거기까지였다. 혜린은 참았던 숨을 훅 하고 내쉬었다.

그날 바닷가에서 만난 뒤 비적은 늘 혜린을 따라다녔다. 혜린은 어릴 때부터 이상한 것들을 많이 보곤 했다. 인간의 옆에서 자애로운 혹은 사악한 눈빛을 하고 지켜보는 괴이한 존재들. 밥을 먹을 때도, 잠자리에 들 때도 그 존재들은 늘 혜린을 지켜보곤 했다. 다른 사람들은 그 존재들을 보지 못했다. 이따금 무시무시하게 생긴 존재들이 나타날 때면 혜린은 누구에게도 말하지 못하고 혼자서 무서움을 참아야만 했다.

하지만 비적이 옆에 있게 된 후부터 혜린에게는 괴이한 존재들이 접근하지 않았다. 그들은 비적을 두려워했다. 혜린은 그 이유가 늘 궁금했다.

열 살쯤 되었을 때, 그녀는 침대 머리맡에 앉아 자신을 지켜보고 있는 비적에게 물었다.

"왜 그들이 너를 무서워하는 거야?"

—누구를 말씀하십니까?

"귀신들 말이야. 왜 널 보면 피하는 거지?"

—그건 제가 그들과 다른 존재이기 때문이죠.

"다른 존재?"

—그들은 음으로 이루어진 존재들이고, 저는 양으로 이루어진 존재입니다. 제가 옆에 가면 그들의 형체의 근원이 흩어지기 때문에 저를 피한답니다.

혜린은 비적의 말을 이해할 수가 없었다.

"비적이 옆에 가면 형체의 근원이 흩어진다구? 그건 왜 그런 거야?"

—마치 햇빛이 그늘을 비추면 그늘이 사라지는 것과 같은 이치입니다. 제가 햇빛이라면 그들은 그늘 같은 존재이니까요.

혜린이 물어보면 비적은 무엇이든 답을 해주었다. 혜린은 그렇게 주위를 떠도는 괴이한 존재들에 대해서 배우게 되었다. 옛날 생각을 하던 그녀는 문득 방금 비적의 얼굴에서 처음으로 뭔가 알 수 없는 표정을 읽었던 것을 떠올렸다.

'큰 존재가 뭔지 물어봤을 때였지.'

혜린은 고개를 갸웃했다. 비적이 자신에게 뭔가 숨기고 있는 것은 아닌지 궁금했다. 아니 무엇보다도, 비적과 같은 존재도 인간처럼 거짓말을 할 수 있는지.

그때, 노크 소리가 들렸다.

"혜린아, 잠깐 시간 돼?"

성진의 목소리였다. 혜린은 깊은 생각에서 빠져나왔다. 그녀는 고개를 돌려 문 쪽을 쳐다보았다. 바스락거리는 소리와 함께 익숙한 발소리가 들렸다. 그녀가 일어서서 문을 열자 열린 문 사이로 빛이 들어와 방안의 어둠을 몰아내었다. 혜린은 고개를 빼꼼 내밀고 거실을 두리번거렸다. 저쪽에서 걸어가는 성진의 뒷모습이 보였다.

"성진아, 방금 나 찾았어?"

혜린은 성진을 불렀다. 성진은 뒤를 돌아보았다.

"어, 근데 좀 바쁜 것 같아서."

혜린은 성진에게로 걸어갔다.

"무슨 일인데? 나한테 할말이라도 있니?"

그러자 성진은 기다렸다는 듯 상기된 얼굴로 입을 열었다.

"아까 네가 한 말 곰곰이 생각해봤는데……"

"그런데?"

"궁금한 것이 몇 가지 생겼어."

"뭐가 알고 싶은데?"

"왜 도깨비가 산을 내려가지 못하는 건지, 왜 굳이 인간에게 부탁을 해야 하는 건지, 뭐 그런 것들이야."

그는 사뭇 비장한 표정으로 말했다.

"이왕 하기로 한 거니까, 제대로 공부해야지."

혜린은 피곤한데다가 어디서부터 설명을 시작해야 할지 몰라서 적당히 대꾸하고 잠자리에 들고 싶었다. 하지만 오늘 겪은 일이 평범한 사람들에게 얼마나 혼란스러울지 이해했기에 성진에게 설명을 안 해줄 수가 없었다. 혜린은 한숨을 푹 쉬고 운을 뗐다.

"아까 형섭이한테 들었는데 너 호텔에 들어왔을 때 뭔가 이상하다는 느낌을 받았다면서? 그건 이 마을에 귀매가 잔뜩 몰려 있어서야. 그런 귀매들 때문에 물귀신도 도깨비가 감당하지 못할 정도로 활개를 치고 다니는 거지. 그래서 도깨비가 우리에게 부탁을 한 거고."

혜린의 설명에 성진의 표정이 순간 멍해졌다가 다시 평소대로 되돌아왔다. 성진이 더듬거리며 되물었다.

"귀매?"

"자연에 존재하는 정령 같은 존재인데, 설명하기 까다로워. 어떨 때는 신이 될 수도, 어떨 때는 악귀가 될 수도 있는 존재지. 지금 이 지역에 떠도는 답답한 느낌은 그런 귀매들 때문인데, 아직은 그것들이 정확히 무엇 때문에 몰려와 있는지 모르겠어."

"그럼 물귀신을 물리치면 마을에서 귀매를 몰아낼 수 있는 거야?"

"아니, 그건 아냐. 일단 물귀신부터 시작해서 귀매들을 조금씩 처리해야지."

성진은 갑자기 이런 식의 대화가 우습다는 생각이 들었다. 그는 자신도 모르게 풋, 하고 웃음을 터뜨렸다가, 혜린의 씁쓸한 표정을 마주하고는 미안한 마음이 들었다. 그는 혜린의 얼굴을 바라보며 다시 진지한 목소리로 말했다.

"내가 뭘 준비해야 하는지 알려줘."

혜린은 한숨을 푹 쉬었다. 비적 없이 혼자서 하기엔 벅찬 일이기도 했지만, 초현실적인 것을 믿기 싫은 마음과 믿고 싶은 마음이 오락가락하는 성진의 도움을 받을 생각을 하니 그게 더 걱정되었다.

"고마워. 자세한 건 내일 알려줄게."

혜린이 방으로 향하며 말했다. 그녀는 방문 앞에 서서 성진을 쳐다보며 덧붙였다.

"필요한 물건은 내가 준비할 테니까, 너는 내일 음식만 좀 조심하면 될 거야."

"예를 들면?"

"핏기가 있는 고기를 피하고, 술은 마시지 말고."

혜린의 말에 성진은 OK 사인을 하면서 눈을 찡긋했다. 혜린은 돌아서 가는 성진의 들뜬 표정을 보며 고개를 설레설레 저었다. 아무것도 모르는 성진을 데리고 이러는 것이 잘하는 짓인가, 하는 생각이 들었다. 하지만 그녀는 이내 도깨비를 만났을 때의 성진을 떠올리며 얼른 마음을 고쳐먹었다.

약간 겁먹긴 했지만 도깨비에게 홀리거나 정신을 잃지도 않았던 성진의 모습. 게다가 도깨비의 음기에 필사적으로 저항하던 성진의 기. 지금까지 성진을 보면서 한 번도 그런 기운을 느껴본 적이 없었기 때문에 혜린은 신기하다고 생각했다.

"괜찮아. 도움이 될 거야."

혜린은 침대에 누우며 중얼거렸다. 피로가 몰려왔다. 그녀는 이불을 머리끝까지 덮어쓰고 잠이 들었다.

비조이흉飛鳥以凶

비조이흉
새가 날아오른다, 그러므로 흉할 것이다.
—『주역周易』

해 질 무렵, 조용한 강가에는 청둥오리가 푸드득 하는 소리를 내며 날아오르고 있었다. 느리게 흘러가는 황금빛 강물이 모래톱에 와서 조용히 부딪쳤다. 이따금씩 강한 바람이 불어와 솜털이 보송보송하게 난 억새풀밭에 파도를 일으켰다.

혜린은 북쪽에서 불어오는 차가운 바람에 머리카락을 맡기며 양팔을 뻗었다. 바람이 손가락 사이를 간질이듯 스치고 지나갔다. 바람을 타고 억새풀이 서로 스치며 사각사각 소리를 냈다. 그 소리는 마치 누군가 경쾌한 발걸음으로 풀을 헤치고 걸어오는 듯 들렸다. 혜린은 바람에 날리는 머리카락을 쓸어넘기며 뒤를 돌아보았다. 한 무리의 청둥오리가 날아가고 있었다.

고대 가야인들은 청동오리가 죽은 사람의 영혼을 사후세계로 인도한다고 믿었다는 이야기가 생각났다. 수많은 청동오리 중 한 마리가 가까이 날아왔다. 푸드득 날갯짓 소리가 유난히 크게 들렸다. 청동오리는 조금 떨어진 바위 위에 내려앉아 혜린을 주시했다.

혜린은 새의 검은 눈동자를 바라보았다. 눈동자 속에 어떤 형상이 맺혀 있었다. 혜린은 눈살을 찌푸리며 그것을 자세히 보려고 했다. 마치 새의 눈동자에 빨려드는 듯한 느낌이 들면서 눈동자 속의 형상이 점점 또렷해졌다.

둥둥둥둥.

먼 곳에서 북소리가 들려왔다. 그와 함께 옥구슬이 굴러가는 듯한 현악기의 음색이 들렸다. 구슬프면서도 신비로운 느낌을 주는 가락이었다. 높게 세워진 솟대가 눈에 들어왔다. 여러 색깔의 천이 솟대 꼭대기에 걸려 있어, 바람이 불 때마다 펄럭거렸다. 그 옆에서 한 여인이 가락에 맞추어 춤을 추고 있었다. 흰옷을 입은 여인의 눈매는 마치 봉황처럼 길게 올라가 있었고 턱은 매우 좁아 가냘픈 느낌을 주었다. 그녀는 흰 소매를 펄럭거리며 새처럼 춤을 추었다. 그녀의 손에 들린 기다랗고 눈부실 정도로 하얀 천이 바닥에 끌렸다가 어느새 허공에 떠올라 아름다운 곡선을 만들어냈다.

여인은 사뿐한 발걸음으로 제자리에서 한 바퀴를 돈 뒤, 혜린이 서 있는 곳을 쳐다보았다. 그녀와 눈이 마주치자 혜린은 흠칫 놀라 뒷걸음질쳤다. 현악기의 박자가 점점 빨라졌다. 여인은 다시 시선을 거두고, 흰 천을 이리저리 휘날리며 춤을 추었다.

"여기가 어디죠?"

혜린은 여인에게 질문을 던졌다. 여인은 혜린의 뜬금없는 질문에 고개를 갸우뚱하더니, 미소를 지었다. 그녀는 묘한 시선으로 혜린을 쳐다보다가 손잡이 끝에 둥근 고리가 있는 은빛 칼을 꺼내들었다. 그러고는 손에 든 흰 천을 칼로 잘라버렸다. 잘려나간 천 가장자리에서 굵은 올이 하나씩 풀려나가는 것이 보였다.

"그걸 왜 자르는 거죠?"

혜린이 물었다. 여인은 대답하지 않고 묘한 시선을 던지며 쓸쓸한 미소를 지었다. 하얀 천이 휘날려 시야를 가로막았다. 혜린은 다시 큰 소리로 물었다.

"왜 자르는 거죠?"

여인은 대답하지 않고 계속해서 미소만 지었다. 흰 천이 바람에 날아갔다. 푸른 하늘이 하얀 천으로 온통 뒤덮였다.

혜린은 손을 뻗어 그 천을 잡으려고 애썼다. 혜린은 발돋움을 하며 다시 한번 물었다.

"왜……?"

혜린은 자신의 목소리가 유난히 크게 들리는 것을 느끼고 소스라치게 놀랐다. 눈앞에 붉은 기운이 왔다갔다하는 동시에, 이마에 따가운 햇살이 느껴졌다. 그녀는 눈을 번쩍 떴다. 꿈을 꾼 것이다.

혜린은 침대에서 몸을 일으켜세웠다. 꿈이었지만 실제처럼 느껴졌다.

꿈속에 보았던 여인의 묘한 미소가 머릿속을 맴돌았다. 그녀가 칼로 자른 흰 천도 뇌리에서 떠나지 않았다. 뭘 말하려는 것일까. 혜린은 혼잣말을 하며 침대에서 내려왔다. 햇빛이 유난히도 뜨겁게 느껴졌다. 버릇처럼 시계를 보았다. 오전 일곱시.

때맞춰 밖에서 노크 소리가 들렸다.

"이른 아침부터 누구야?"

혜린은 중얼거리면서 문을 열어주었다. 형섭이었다. 그는 잠을 제대로 못 잤는지 꺼칠한 얼굴을 연신 문지르며 서 있었다.

잠이 덜 깬 혜린이 약간 짜증 섞인 목소리로 "왜?" 하고 물었다. 형섭은 조금 머뭇거리다가 슬그머니 혜린의 방으로 들어서며 말을 꺼냈다.

"나, 어제 한숨도 못 잤어."

혜린은 형섭의 말에 덜컥 겁부터 났다.

'아침부터 또 무슨 소리를 하려고……'

연구실에 붙어 있던 귀신을 쫓아준 이후부터 형섭은 혜린을 볼 때마다 와서 말도 안 되는 부탁을 하곤 했다. 점을 봐 달라느니 귀신 붙은 집이 있으니 같이 가서 쫓아달라느니 하는 부탁을 말이다. 혜린은 형섭이 그런 말을 하기 전에 선수를 쳐야겠다는 생각이 들어 재빨리 말했다.

"내 정신 좀 봐! 어제까지 구술 정리를 했어야 하는데 깜빡했어!"

혜린은 메모지가 너저분하게 널려 있는 테이블을 바쁘게 정리하는 척 수선을 떨었다.

"형섭아, 노트북 좀 빌려줘. 거기 녹음 파일이 다 있을 거야. 얼른 해야 하니까 지금 좀 가져다줄래?"

혜린은 천연덕스러운 표정으로 물었다. 형섭은 혜린의 말에 어깨를 움찔했다. 그는 신기하다는 듯이 혜린을 쳐다보며 말했다.

"사실, 내가 잠을 제대로 못 잔 것도 그것 때문이야."

혜린은 잘 안 들린다는 듯이 "뭐?" 하고 귀에 손을 갖다대며 되물었다. 지금은 비적이 없어서 형섭의 부탁을 들어줄 처지가 아닌데. 혜린은 애써 형섭의 시선을 외면하며 테이블을 치우는 척했다. 형섭은 어깨를 으쓱하며 다시 말했다.

"내가 잠을 못 잔 것도 그 노트북 때문이라구!"

그는 초췌한 얼굴을 손으로 문지르며 혜린의 침대에 털썩 걸터앉았다. 그는 바쁜 척하는 혜린의 모습에 개의치 않고 자기 이야기를 꺼내기 시작했다.

"어젯밤에 있었던 일이야."

평소와는 달리 가라앉은 형섭의 목소리를 듣고 혜린은 바쁘게 움직이던 손을 멈추었다. 그녀는 형섭을 돌아보았다. 형섭은 조용한 목소리로 어젯밤의 일을 이야기하기 시작했다.

어두운 방안은 조용했다. 가끔씩 멀리서 축제의 꽹과리 소리만 들릴 뿐이었다. 형섭은 침대에 누워서 이리저리 뒤척거리다 잠이 오지 않아서 벌떡 일어났다. 아무래도 방금 전의 일이 맘에 걸렸다. 바닷가 옆의 숲에서 몰래 도깨비 고사를 조사하던 형섭 일행은 마을 사람들에게 들켜 쫓겨왔던 것이다.

'정말 이상한 노인네들이야.'

형섭은 의자에 걸어둔 바지의 주머니를 뒤져 담배를 꺼냈다. 하지만 이내 호텔 내부는 금연이라는 것을 떠올리고 담배를 다시 주머니에 넣고는, 애꿎은 라이터만 꺼내서 딸깍하고 불을 켰다. 형섭이 라이터를 켜자 순간 방안이 환해졌다. 라이터의 불을 멍하니 쳐다보고 있는데, 갑자기 바람이 불어 불이 꺼졌다. 라이터를 다시 켰지만, 다시 어디선가 바람이 불어 불이 훅 하고 꺼졌다.

'뭐지?'

그는 라이터의 점화 스위치를 다시 눌렀다. 이번에는 불이 켜지지 않았다. 가스가 다 되었나보다 생각하면서 형섭은 라이터를 테이블 위에 던져놓고는 침대에 누워 이불을 뒤집어썼다.

위이이잉……

어디선가 기계 켜지는 소리가 났다. 형섭은 밖에서 나는 소리거니 했다.

팟!

그 소리를 들은 형섭은 그제야 그것이 방안에서 나는 소리라는 것을 눈치챘다. 테이블 구석에 놓인 노트북컴퓨터에서 나는 소리였다. 형섭은 정신이 또렷해졌다. 그는 덮고 있던 이불을 걷어차고 일어서서 테이블로 걸어갔다. 모니터가 파란 빛으로 차 있는 것이 보였다. 형섭의 등에 식은땀이 흘렀다. 과거에 들었던 무서운 이야기들이 머릿속을 스쳐지나가면서 팔에 소름이 돋았다.

"에이. 귀신은 무슨!"

그는 애써 마음을 다잡고 고개를 휘저으며 전원을 눌러 강제 종료하고 노트북을 덮었다. 컴퓨터가 꺼지는 소리가 났다. 그는 회심의 미소를 지으며 침대 쪽으로 돌아섰다. 그러나 그때 형섭의 등뒤로 무언가 차가운 감각이 지나갔다. 그는 기분 나쁠 정도로 오싹한 느낌이 들어서 몸을 부르르 떨었다.

위이이이잉.

등뒤에서 다시 컴퓨터 켜지는 소리가 났다. 형섭은 재빨리 뒤로 돌아섰다. 방금 덮었던 노트북이 다시 열려 있었다. 놀란 형섭의 눈에 화면이 팟 하는 소리를 내며 켜지는 것이 보였다. 다시 화면에 파란 빛이 가득찼다. 형섭은 놀라서 전원 스위치를 꾹 눌러 컴퓨터를 껐다. 그러나 화면은 잠시 꺼졌다가 다시 켜졌다.

형섭은 당황했다.

"어휴! 내일 AS센터에 가봐야겠네!"

그는 아무 일도 아니라고 스스로에게 확신을 주려는 듯 일부러 큰 목소리로 말했다. 하지만 혼잣말과는 반대로, 노트북을 잡은 그의 오른손이 떨려오기 시작했다. 무서워서 도망치고 싶었지만 몸이 움직이지 않았다.

푸른 화면에 검은 물체가 스윽 지나갔다. 형언할 수 없이 오싹한 느낌이 드는 검은 덩어리들이 이따금씩 파란 화면을 가득 뒤덮었다. 그때마다 형섭은 자신의 뒤에서 차가운 바람이 불어와 온몸을 휘감는 것을 느낄 수 있었다. 그러기를 삼십 분. 온몸이 저려오기 시작했다. 그런 느낌과 함께 굳었던 몸이 차츰 풀렸다. 그는 정신을 가다듬었다.

그때, 기분 나쁜 유체가 그의 등뒤에서 앞으로 덮쳐오는 것이 느껴졌다. 마치 수많은 뱀이 무리를 지어 그의 몸에 엉겨붙는 듯한 느낌이었다. 온몸에 소름이 돋았다.

"으아아악!"

형섭은 소리를 지르며 방을 뛰쳐나갔다. 형섭은 닫힌 방문 앞에 기대서서 숨을 가다듬었다. 대체 그 섬뜩한 존재가 무엇인지 궁금해서 문을 열고 들여다보고 싶었지만 차마 엄두가 나지 않았다.

"그래서, 지금까지 방에 들어가지도 못하고 소파에서 지새웠다고. 정말 그렇게 섬뜩한 기분은 처음이었어."

형섭은 이야기를 마치고 조금 부끄러운 듯이 덧붙였다.

"사실, 내가 그렇게 무서움을 많이 타는 편도 아니잖아? 너도 알지?"

혜린은 그 반대라고 생각했지만 예의상 고개를 끄덕였다.

"그래서 말이지."

형섭은 망설이며 말했다.

"내 생각에는 귀신이 붙은 것 같아. 네가 가서 좀 쫓아주면 안 될까?"

혜린은 컴퓨터 문제는 그쪽 전문가에게 맡기라고 말하고 싶었지만, 형섭의 퀭한 눈동자를 보는 순간 자신도 모르게 한숨을 푹 쉬고는 대답하고 말았다.

"알았어. 지금 가보자."

혜린이 벌떡 일어섰다. 형섭은 그제야 조금 안색이 밝아져서 혜린을 졸래졸래 따라나섰다.

노트북컴퓨터는 테이블 위에 이미 꺼진 채 놓여 있었다. 혜린은 머뭇거리며 들어오지 못하고 서 있는 형섭에게 손짓을 했다. 형섭은 조심스레 방안으로 발을 들여놓았다. 혜린은 형섭의 방을 이리저리 훑어보았다. 아무런 낌새도 느낄 수가 없었다. 혜린은 고개를 절레절레 저으며 노트북에 손을 살짝 대어보았다.

"이건!"

혜린은 흠칫 놀라며 뒤로 물러섰다. 그것을 본 형섭이 놀란 토끼처럼 펄쩍 뛰고는 저만치 멀리 도망쳐버렸다. 혜린은 그런 형섭을 살짝 흘겨보고는 손의 느낌에 집중하기 시작했다. 전류가 흐르듯, 이상한 느낌이 손끝에서부터 팔 전체로 퍼져나갔다. 묘한 느낌의 요기妖氣였다.

"귀매인가?"

혜린은 혼잣말로 중얼거렸다. 문득, 어제 민경의 학교에서 나오다가 성진을 차로 칠 뻔했을 때 느꼈던 귀매가 생각났다. 그러나 그것과는 느낌이 상당히 달랐다. 뭔가 좀더 인간의 혼이나 염念 같은 느낌이 들었다.

'귀매 같으면서도 아닌, 이 느낌은 대체 뭐지?'

왠지 어디선가 느껴본 적 있는 것 같았다. 혜린은 눈을 감고 형섭의 방 안에 남겨진 이상한 존재의 흔적을 느끼려고 애썼다. 흰 천의 감촉, 구슬같이 또렷한 현악기 소리, 날아오르는 청둥오리, 그리고 불길한 검은 눈동자.

혜린은 눈을 번쩍 떴다. 그녀는 비로소 형섭의 방에 남겨진 기운이 어젯밤 꿈의 느낌과 같다는 것을 깨달았다. 어디선가 푸드득거리는 새의 날갯짓 소리가 들려오는 것 같았다. 그와 동시에 불길한 느낌이 온몸으로 엄습해왔다.

습감習坎

습김
『주역』의 4대 난괘難卦 중 하나로
'큰물이 겹침' 혹은 '겹겹이 쌓인 험난'을 뜻한다.

몰운대沒雲臺는 마치 이름처럼 안개 속에 가려서 잘 보이지 않았다. 달이 밝게 떠 있지만 안개 때문에 컴컴하게 느껴지는 밤이었다.

혜린 일행은 바닷가를 따라 반도의 안쪽으로 들어갔다. 길에는 바위들이 즐비했다. 그 옆으로 검은 물결이 밀려오고 밀려가기를 반복했다. 안개 때문인지 바다 쪽은 오 미터 앞도 보이지 않았다. 혜린은 걱정이 되어서 연신 당부를 했지만, 예상대로 형섭과 유정은 들떠서 어쩔 줄을 몰랐다. 그들은 혜린의 만류에도 불구하고 함께 따라나선 것이었다. 정말로 무엇을 하러 가는지, 어떤 위험이 도사리고 있는지도 모른 채 말이다. 혜린은 그들을 돌아보며 한숨을 푹 쉬었다.

원래는 성진과 둘만 나올 생각이었다. 그런데 성진이 형섭에게 물귀신을 물리치러 간다고 미주알고주알 이야기해버린 것이 발단이었다. '문화인류학과 무당' 혜린이 하는 것은 뭐든지 알고 싶어하는 형섭은 겁을 내면서도 당연히 따라붙었고, 나중에는 유정까지 팀에 합류했다. 형섭이 지난밤 호텔에서 겪은 귀신 이야기를 어찌나 생생하게 했던지 겁을 단단히 먹은 유정이 혼자 남아 있기 싫다고 했던 것이다. 유정은 차라리 물귀신을 만날지언정 모두와 함께 있겠다고 했다. 그렇게 결국 민속조사단 네 명이 모두 모여서 물귀신을 물리치러 가는 상황이 벌어졌다. 혜린은 교회 간다고 잠시 서울에 올라간 김재관 교수가 이 광경을 보면 무슨 생각을 할지 궁금했다.

앞서가던 혜린은 갑자기 손전등의 불이 어두워지는 것을 느꼈다. 아까보다 안개가 한층 짙어진 듯했다. 뒤에 오던 유정이 꺅 하고 나지막한 비명소리를 냈다. 일행들은 모두 신경이 날카로워져서 뒤돌아보았다. 유정의 발이 바위틈에 끼여 있었다. 형섭이 칭얼대는 유정의 발을 바위틈에서 빼주었다. 혜린은 형섭에게 말했다.

"유정이랑 숲 쪽에 가 있어. 물가에는 절대 내려오지 말고."

"응? 무슨 일인데?"

"그냥 느낌이 이상해서."

형섭은 유정을 부축해서 숲 쪽으로 부리나케 뛰어갔다.

'내가 저런 골칫덩어리들을 달고 오다니.'

혜린은 한숨을 푹 쉬었다.

"성진아, 아까 그 단검 꺼내."

"왜? 벌써 나타났어?"

성진은 단검을 꺼냈다. 혜린이 늘 들고 다니는 물건이었다. 작고 가벼운 그 단검은 사실 단검보다는 은장도에 가까운 크기였다. 인사동의 골동품 가게에서 산 평범한 물건이지만 비적의 갈기털을 감아놓았기 때문에 급할 경우 그럭저럭 쓸 수가 있었다.

손전등이 점점 꺼져가는 것을 보고 혜린은 재빨리 바위 위에 촛대를 늘어놓고 초에 불을 붙였다. 촛불은 꺼질 듯 말 듯 흔들거렸다. 그녀는 그 자리에 서서 손을 모으고 낮에 써온 제문을 촛불에 대어 태웠다.

하얀 종이가 불에 타서 허공으로 날아가자 바람도 불지 않는데 촛불이 조금씩 움직이기 시작했다. 옆에 있던 성진은 단검을 손에 단단히 쥐고 심호흡을 했다. 혜린의 옷자락이 조금씩 움직였다. 처음에는 약하게 살랑이더니 나중에는 강한 바람이라도 만난 듯 펄럭거렸다. 혜린은 차가운 기운을 느끼고 눈을 번쩍 떴다.

그녀의 앞에 검은 빛깔의 해무가 서서히 뭉치고 있었다. 점점 짙어져가는 안개가 축축한 기운을 머금고 혜린과 성진의 주위에서 회오리쳤다. 물론 이것은 혜린과 성진에게만 보였고, 숲속에서 숨죽이고 있는 형섭과 유정에게는 보이지 않았다. 그들은 단지 혜린과 성진이 동요하는 모습만을 볼 수 있을 뿐이었다.

"생각보다 숫자가 많아."

혜린이 플라스틱 그릇을 하나 꺼내들고는 무표정하게 말했다. 성진은 긴장해서 침을 꿀꺽 삼키며 고개를 끄덕거렸다.

처음에는 아무것도 보이지 않던 검은 안개 속에서 사람 그림자처럼 보이는 여러 개의 형체가 서서히 모습을 드러냈다. 그들은 나지막한 휘파람 같은 섬뜩한 소리를 내며 혜린과 성진의 주위를 서서히 돌았다. 둘은 그 소리에 정신이 몽롱해지는 가운데 등 언저리가 차가워지는 것을 느꼈다. 그것은 마치 롤러코스터에 탔을 때처럼 섬뜩하면서도 아찔한 느낌이었다. 정신이 아득해져가는 가운데, 숨이 점점 막혀왔다.

혜린은 감기는 눈을 억지로 떴다. 그녀의 눈앞에 반투명한 검은 존재들이 모여 있었다.

"성진아, 지금이야! 가까이 오지 못하도록 칼을 휘둘러!"

혜린이 날카롭게 소리쳤다. 성진은 단검을 쥐고 휘두르기 시작했다. 단검에 닿자 검은 형체들은 물처럼 갈라졌다가 다시 붙었다. 그들은 긴 휘파람 소리를 내며 웃었다. 그들이 기다랗게 늘어나는 반투명의 손을 뻗어 성진의 머리카락을 잡아당겼다. 성진은 필사적으로 그 손들을 베었다. 단검이 닿은 부분이 시간이 갈수록 투명하게 변했다. 깨지기 직전의 유리처럼 검은 안개의 이곳저곳에 투명한 균열이 생기기 시작했다. 그들은 점점 투명해지며 물로 화化했다. 튀어오른 물 때문에 성진의 옷이 축축해졌다.

성진이 정신없이 칼을 휘두르는 사이에 그들을 둘러싸고 있던 검은 안개의 회오리는 점점 잦아들었다. 회오리는 점점 아래로 내려가서 그들의 종아리 높이에 머물며 맴돌았다.

"이제 끝난 거야?"

성진이 이마의 땀을 닦으며 물었다. 혜린은 아무 대답도 하지 않았다. 그녀는 뭔가를 중얼거리며 손에 들고 있던 그릇에서 오곡을 꺼내 바다에 뿌리기 시작했다. 그러고는 다시 손을 모으고 눈을 감았다.

성진은 단검을 겨드랑이 사이에 끼고 축축해진 옷을 손으로 짰다. 물이 흘러나왔다. 성진은 물이 떨어진 곳을 무심코

보았다. 그때, 발밑에 떨어진 물이 연기로 화해서 성진의 발을 휘감고 올라오기 시작했다. 성진은 갑자기 몸이 휘청하는 것을 느꼈다. 가만히 있는데도 불구하고 몸이 점점 바다 쪽으로 끌려가고 있었다. 컴컴한 바다 쪽에서는 짠 내음과 함께 나지막한 소프라노 톤의 웃음소리가 전해져왔다.

"악! 이게 뭐야? 혜린아, 어떻게 좀 해봐!"

성진은 당황했다. 그가 몸부림칠수록 몸은 더욱더 바다를 향해 끌려갔다. 차가운 바닷물이 무릎까지 올라와서 넘실거렸다. 혜린의 몸도 점점 바다 쪽으로 이끌려가고 있었지만 그녀는 감은 눈을 뜰 생각도 하지 않았다. 둘은 계속해서 깊은 물이 넘실대는 바다로 끌려갔다. 여름인데도 차갑게 느껴지는 바닷물이 정신을 아득하게 했다. 어느새 물은 그들의 어깨까지 차올랐다. 조금만 더 있으면 물속에 빠질 것 같았다.

한편, 숲속에서 이 둘을 지켜보던 형섭과 유정은 경악했다. 그들의 눈에는 혜린과 성진이 홀린 듯 바다를 향해 걸어 들어가고 있었다. 달려가서 말리고 싶었지만 무서워서 발을 뗄 수가 없었다.

검푸른 안개의 회오리가 혜린과 성진의 주위를 휘감으며 점점 그 간격을 좁혀왔다.

성진은 물속에서 안간힘을 쓰며 팔다리를 움직이려고 했지만 소용이 없었다. 이미 팔다리는 마비된 듯 힘을 잃어가고 있었다. 등줄기를 타고 차가운 공포가 엄습해왔다. 점점 숨이 막혀오는 가운데, 차가운 기운이 성진의 팔다리를 타고 그의 몸을 휘감았다. 성진은 정신이 가물가물해지는 동안 섬뜩한 휘파람 소리를 들었다.

"혜린아……!"

성진은 혜린에게 뭔가 말을 하려고 했지만 입속으로 밀려들어오는 짠 바닷물 때문에 말이 나오지 않았다. 성진은 차가운 손이 어깨를 타고 올라와서 목을 조르는 것을 느꼈다. 마지막 숨통을 끊어놓으려는 것 같았다. 귓가에는 웅웅대며 회오리치는 물소리와 함께 나른한 기분이 들게 하는 고음의 휘파람 소리가 계속 들려왔다.

그런데 문득 성진은 출발 전 혜린이 했던 말이 생각났다. 귀신이란 산 사람의 강한 양기에 흩어지기 마련이라고. 그 말이 떠오른 순간 성진은 두려움이 사라졌다. 아랫배에서 뜨거운 기운이 맴도는 것을 느꼈다. 그것은 마치 달군 쇠를 갖다댄 것처럼 아랫배에서부터 위쪽으로 확 퍼져올라왔다.

—캬아아아아.

그의 귀 옆에서 들리던 나른한 휘파람 소리가 비명으로 바뀌었다. 그의 등뒤에 감돌던 섬뜩한 기운이 사라졌다. 목을 조르던 차가운 손도 더이상 느껴지지 않았다.

성진은 정신을 차려 주위를 두리번거렸다. 그들은 바닷물 속에 목까지 담그고 있었다. 저 옆에 혜린이 뭐라고 중얼거리면서 눈을 감고 있는 것이 보였다. 그녀는 창백했다. 성진은 재빨리 그녀 쪽으로 갔다.

"혜린아, 괜찮아?"

창백한 얼굴의 혜린이 마치 자다가 깬 사람처럼 눈을 뜨고 성진을 바라보았다.

"어서 나가자."

성진은 혜린의 손을 잡아끌었다. 혜린은 고개를 저었다.

"아직 안 끝났어. 이건 그냥 물귀신들이 아니야. 제물을 뿌리면서 저승으로 가라고 말을 걸었는데 전혀 먹히지 않았어."

성진은 혜린의 얼굴에 언뜻 비친 당혹감을 읽었지만, 아까보다는 무서움이 덜했기 때문에 도망치지 않고 가만히 혜린을 보았다.

"귀신이 귀매처럼 변할 수도 있는 걸까?"

혜린이 혼잣말을 중얼거렸다. 성진은 그게 무슨 말인가 싶어서 물어보려고 했지만 순간 파도가 밀려와 얼굴에 부딪쳤다.

―아아아아.

그의 귀 옆으로 서늘한 바람이 스쳐지나가면서 묘한 소리를 냈다. 아까의 휘파람 소리보다 조금 커진 것 같았다.

다시 섬뜩한 소리를 내면서 검푸른 안개가 접근하기 시작했다. 성진은 눈을 번쩍 떴다. 그의 다리를 무언가가 스치고 지나갔던 것이다. 마치 물뱀과도 같이 미끈하면서도 섬뜩한 물체였다. 검푸른 안개 위에 달빛이 음산하게 비쳤다. 파도는 이상하리만치 잠잠했다.

그때, 잔잔하던 바다가 일렁이기 시작했다. 수면의 작은 흔들림이 점점 커져 하나의 큰 파도로 화했다. 바다 한가운데에 푸른 덩어리가 뭉쳐 있었다. 가까이 가면 빨려들 것 같은 푸른 형체가 이리저리 헤엄치다, 혜린의 앞에 와서 가만히 섰다. 색이 점점 짙어지며 물위로 머리를 내밀었다. 뚜렷한 형체는 보이지 않았지만 분명 그것은 사람의 모습을 하고 있었다. 수귀였다.

수귀 중 하나가 섬뜩한 휘파람 같은 비명소리를 지르며 혜린과 성진 앞에 완전한 형체를 나타냈다. 그러자 다른 형체들도 하나둘씩 물속에서 고개를 내밀었다. 여러 개의 푸른 형체들이 두 사람을 둘러싸고 점점 다가왔다.

혜린은 성진에게 들릴 듯 말 듯 말했다.

"말로 해선 안 되겠다. 가까이 오면, 그냥 칼로 베어 없애 버려."

성진은 겨드랑이에 끼고 있던 칼을 더듬어 찾았다. 그러나 칼은 없었다. 아마도 아까 물속에 떠내려간 모양이었다. 성진은 식은땀을 흘렸다. 이대로 죽을 수도 있다는 생각이 퍼뜩 들었다.

"혜린아, 칼이 없어졌어."

성진이 혜린에게 빈손을 들어올리며 당혹스러운 표정을 지었다.

"뭐?"

혜린은 당황했다. 지금까지 성진만을 믿고 있었는데. 그녀는 다리에 힘이 풀리는 것을 느꼈다. 그녀는 영안靈眼은 가지고 있었지만 귀신을 없앨 능력이 없었다. 아니, 능력이 없다기보다 지금의 그녀에게는 무용지물이라고 하는 것이 더욱 적합했다.

그동안 성진은 당황하면서 물속을 더듬어 칼을 찾아보려고 애쓰고 있었다. 수귀들이 손처럼 보이는 길고 마른 부위를 혜린 쪽으로 뻗었다. 그들은 큰 비명소리를 지르며 입을 벌렸다. 아귀같이 큰 입속에서는 부패한 살 냄새가 났다. 짜고 비릿한 바닷물 냄새와 함께 구역질 나는 악취가 성진의 얼굴로 확 밀려왔다. 냄새 때문에 숨을 쉴 수가 없었다.

그때, 갑자기 따뜻한 바람이 확 밀려왔다. 밝은 빛이 그들 주위를 감싸고 돌았다.

혜린은 주변을 둘러보았다. 그녀의 옆에 백마의 모습을 한 비적이 와 있었다. 재빨리 사람으로 모습을 바꾼 비적은 어디선가 긴 칼을 꺼냈다. 그것은 환두대도環頭大刀처럼 생긴 양날검이었다. 약간 굽은 칼의 손잡이 끝에는 둥근 고리가 있었고, 그 안에 천마天馬의 형상이 조각되어 있었다. 칼이 달빛을 받아 반짝거렸다. 순백의 빛에 혜린은 눈이 부셨다.

비적은 칼을 들고 수귀들에게 달려들었다. 그 몸짓이 마치 무용을 하는 듯 우아했다. 그는 도도한 미소를 띠며 소리 없이 날아올라 칼로 수귀를 베었다.

―카아아아악.

섬뜩한 비명소리와 함께 비적의 칼에 베인 수귀가 물로 변했다. 그것은 달빛을 받아 수정 조각처럼 빛나며 바다에 떨어졌다. 비적은 빠르게 날아올라서 다른 수귀들을 차례차례 베었다. 마치 검무를 추는 듯 그는 하얀 옷자락을 휘날리며 은빛 물방울로 흩어진 수귀들 사이를 뛰어다녔다.

비적의 검무와 같은 칼놀림은 한참을 이어지다 끝이 났다. 바다는 다시 잠잠해지고 달빛을 받아서 금빛으로 뿌옇게 빛났다. 비적은 조용히 칼을 집어넣고 그의 흰 옷자락을 여미며 혜린의 눈앞에 섰다.

"비적, 도와줘서 고마워. 근데 여긴 어떻게 알고 왔어?"

"아씨가 위험해졌으니까요."

그 모습을 옆에서 지켜보고 있던 성진은 방금 일어난 일들을 믿을 수가 없었다. 하얀 말이 뛰어와서 갑자기 사람으로 변하고, 또 그 사람이 칼로 물귀신을 베다니. 성진은 자신이 꿈을 꾸고 있는 것이 아닌가 궁금해서 살짝 팔을 꼬집어 보았다.

성진은 혜린을 쳐다보았다. 그녀는 아무 일 없었다는 듯 비적이라고 불리는 존재와 이야기를 하고 있었다.

"참, 성진아. 아까 칼을 잃어버렸다고 했지?"

혜린이 성진을 돌아보며 물었다. 성진은 미안한 마음에 고개만 끄덕였다.

"비적, 그 단검 좀 찾아줄래?"

혜린의 말에 비적은 간단하게 손을 들어올려 물속을 몇 번 헤집더니, 바로 칼을 찾아냈다.

"고마워."

혜린은 칼을 받아 넣었다.

바람이 불어와서 혜린과 성진의 젖은 얼굴을 휘감았다. 혜린은 그제야 자신들이 아직 물속에 있다는 것을 깨달았다. 그들은 우습게도 바닷물에 어깨까지 담그고 있었다. 한여름이었지만 밤이라서 조금 추웠다. 둘은 재빨리 걸어서 물속을 빠져나왔다.

어느새, 해무는 걷히고 없었다. 소나기가 한차례 지나간 듯 풀잎에 물방울이 맺혀 있는 것이 보였다. 숲 사이로 맑은 밤하늘에 별이 반짝였다. 그들이 숲속으로 걸어가자 형섭과 유정이 겁에 질린 표정을 하고 나왔다. 두 사람의 얼굴은 창백하게 질려 있었다. 유정이 울상을 하더니 끝내 참지 못하고 울음을 터뜨렸다.

"흐흑, 난 선배들이 죽는 줄 알았단 말이야."

그러게 왜 따라온다고 고집 피웠어. 혜린은 그 말이 목구멍까지 밀려올라왔지만 유정의 흐느끼는 모습을 보고 따뜻하게 말했다.

"괜찮아. 이런 일로 쉽게 죽진 않아."

혜린은 유정을 달랬다. 형섭은 그 옆에서 멍한 표정을 짓고 있었다. 묻고 싶은 게 많지만 눈치껏 참고 있는 것이 눈에 보였다.

'한동안 이걸로 형섭이한테 시달리겠군.'

혜린은 추위에 몸을 부르르 떨면서 형섭과 유정을 데려온 일을 다시 한번 후회했다.

그런 혜린의 생각을 비적은 아는지 모르는지, 허공에 구름으로 '運命운명'이라고 썼다. 글자는 허공에서 점점 투명하게 흩어지다 물이 되어 바닥으로 떨어졌다. 비적이 소매를 들어 읍하며 미소를 지었다.

혜린은 문득 비적이 평소와는 달리 흐릿하게 보인다는 것을 알아챘다. 물귀신을 상대하는 것이 힘에 부쳤던 걸까? 혜린은 비적의 모습이 이상하다고 생각하다가, 이십 년 전 흰 한복을 입은 할머니가 비적을 맡기면서 했던 말이 떠올랐다. '어차피 여기 있어봐야 결국 사라질 수밖에 없으니까.'

"비적, 괜찮은 거야?"

혜린은 유정과 형섭이 눈치채지 못하도록 조용히 고개를 돌리며 이야기했다. 그들은 비적을 보지 못하기 때문에 기겁을 할 것이 틀림없었다.

혜린의 걱정어린 물음에 비적은 바로 대답하지 않고 미소만 지었다. 혜린이 다시 물어보려고 하자, 비적은 허공을 쟁쟁 울리는 목소리로 급히 혜린의 말문을 막았다.

"이만 민경 아씨에게 가봐야겠습니다."

"하지만⋯⋯"

"조심하십시오, 아씨."

혜린은 묻고 싶은 것이 한가득이었다. 하지만 그녀가 더 말하려고 하는 순간, 비적은 소매를 펄럭이며 물처럼 투명한 연기로 화해서 사라졌다. 따뜻하고 습기어린 바람만이 그가 사라진 자리에 맴돌았다. 그런 모습을 성진이 물끄러미 바라보다가 순간 몸을 부르르 떨고는 혜린에게 말했다.

"이제 그만 숙소로 가자. 나 지금 추워 죽겠어."

"그래. 나도 조금 추워. 지금 몇시니?"

혜린은 젖은 옷을 손으로 대강 짜며 물었다. 성진은 손목 시계를 보았다. 네시였다.

"새벽 네시."

형섭이 배낭에서 외투를 꺼내서 두 사람에게 건네주었다. 그들은 해변을 따라 걸었다. 혜린과 성진이 들고 있던 손전등은 물이 들어가서 켜지지 않았기 때문에 그들은 단지 손전등 두 개에만 의지하여 바위 사이를 걸어갔다.

민경은 소나기 소리에 잠이 깼었다. 그녀는 더위 때문에 열어놓은 창문을 떠올리고 벌떡 일어나서 창문을 닫았다. 이미 빗줄기가 들이쳐 창문 근처 바닥에는 물이 흥건하게 고여 있었다. 그녀는 재빨리 걸레를 가져다 물을 닦았다. 이마에 땀이 맺혔다. 바다가 가까이 있어서 그런지 이 집은 정말 습기가 많고 무더웠다. 게다가 에어컨은 무슨 일인지 툭하면 고장나곤 했다.

'직장이랑 가깝다고 무작정 부동산 계약서에 사인하면 안 되는 거였어.'

민경은 다시 침대에 누워서 잠을 청했지만 이미 잠은 달아난 뒤였다. 침대 옆의 스탠드를 켠 민경은 탁상시계를 집어 시각을 보았다. 새벽 세시 사십칠분이었다.

"내일 아침에 일찍 일어나긴 글렀네."

그녀는 한숨을 푹 쉬며 스탠드를 껐다. 그녀는 베개를 안고 억지로 잠을 청했다.

그때, 어디선가 사삭 하고 옷자락 끌리는 소리가 났다. 그녀는 몸을 뒤척였다.

사아아아아.

그 소리는 다시 뚜렷하게 들렸다. 민경은 신경이 날카로워져서 몸을 일으켰다. 그녀는 그 소리의 정체가 무엇인지 알아내려고 귀를 기울였다. 아무 소리도 들리지 않았다. 창문을 두드리는 빗소리만 불규칙적으로 들려올 뿐이었다.

"신경과민인가?"

민경은 머리에 손을 얹어보고 고개를 세차게 저었다. 다시 베개를 끌어안고 누웠다.

싸아아아아.

그녀는 벌떡 일어났다. 이것은 분명 가까이서 들리는 소리였다. 민경은 침대에서 뛰어내려 소리의 진원지를 찾으려고 집안을 둘러보았다. 집안은 컴컴해서 앞이 거의 보이지 않았다. 그러나 그녀는 부엌 쪽에서 무언가 움직인다는 느낌을 받았다. 천천히 부엌 쪽으로 걸어갔다. 한 걸음, 한 걸음 걸을 때마다 그녀의 그림자가 바닥에서 어른거렸다.

민경은 스위치를 눌러 불을 켜려고 했지만 불은 켜지지 않았다.

"전기도 나간 건가?"

그녀는 머리를 긁으며 중얼거렸다. 그때 문제의 그 소리가 다시 들렸다. 이번에는 바로 옆에서 들리는 것 같았다. 그녀는 긴장하고 옆쪽을 힐끔 보았다. 옆에는 아무것도 없었다. 단지 식탁 위에 물컵과 칼 몇 자루가 꽂힌 칼꽂이만이 올려져 있을 뿐이었다. 그녀의 등줄기를 타고 소름이 쫘악 올라왔다.

싸아아아아아……

그 소리가 다시, 이번에는 바로 옆에서 크게 들려왔다. 그녀는 비명을 질렀다.

"꺄악!"

민경은 재빨리 식탁을 더듬어 칼을 손에 쥐었다. 불 꺼진 컴컴한 부엌의 한구석에서 어떤 형체가 가물거리며 생겨났다. 이것이 말로만 듣던 귀신이구나. 민경은 머리카락이 삐죽 서는 것 같았다. 그 형체가 점점 커지며 민경의 키와 같아졌다. 그것은 사람의 형체였다.

싸아아아아아.

그것은 옷자락 스치는 소리를 내며 민경의 앞으로 다가왔다. 회색의 안개 같은 형체가 손을 내밀었다. 그 손이 민경의 코앞에서 그녀를 잡으려는 듯, 허공을 더듬었다. 민경은 등골이 서늘해졌다. 그녀는 흐느끼며 칼을 든 손을 덜덜 떨었다.

민경을 잡으려고 허공을 더듬던 손이 점점 다가와서 그녀의 머리카락을 한 움큼 쥐었다. 어둠 속에 서 있는 손의 주인이 낮은 소리로 웃기 시작했다.

민경은 머리카락이 억세게 잡아당겨지는 것을 느꼈다. 그녀는 비명을 질렀다.

"으아아아!"

민경은 허공에 칼을 휘둘렀다. 칼이 허공에서 불안하게 움직였다. 시퍼런 칼날이 어둠 속을 휘젓다가 민경의 머리카락을 잡고 있는 손목을 그었다. 바닥에 둔탁한 물체가 떨어지는 소리가 들렸다. 손이 잘린 손목에서 붉은 피가 뿜어져나왔다. 시체처럼 창백한 손목이 피로 검붉게 물들었다. 민경은 피를 보고 잠시 주춤했지만 다시 소리를 지르며 어둠 속에 몸을 감춘 손목의 주인을 찾아 칼을 휘둘렀다.

"죽어! 죽으란 말야! 너 따위는 안 무섭단 말야! 죽어! 하하하!"

그녀는 실성한 사람처럼 웃어댔다. 방금까지 자신을 지배하던 두려운 느낌은 이상하게도 사라지고 없었다. 대신 그 자리에는 정체 모를 쾌감만이 있을 뿐이었다. 그녀는 어둠 속을 헤매며 잘린 손목의 주인을 찾아 허공에다 칼을 그었다.

푹, 하고 고깃덩이에 칼이 꽂히는 소리가 들렸다. 민경은 잔인한 쾌감을 느꼈다. 섬뜩하면서도 짜릿한 감정. 민경은 미친듯이 칼로 그 형체를 찔렀다. 마침내 그 형체가 줄이 풀린 꼭두각시처럼 비틀거리면서 주저앉았다.

바닥에 무릎을 대고 주저앉은 그 형체는 민경에게 기대듯 푹 쓰러졌다. 민경은 꺅 비명을 지르며 한 걸음 뒤로 물러났다. 그녀는 앞으로 엎어진 형체를 발로 건드려보았다. 아무런 반응이 없었다. 그녀는 피로 물든 자신의 손을 옷에다 닦으며, 발로 밀어서 바닥에 쓰러진 형체를 뒤집어보았다.

어느새 밖에는 비가 그쳐 있었다. 먹구름이 걷히자 달이 환하게 드러났다. 달빛은 민경의 집 안을 깊숙이 비추었다.

덕분에 민경은 쓰러진 형체의 얼굴을 알아볼 수 있었다. 그녀는 얼굴을 보고 흠칫 놀라 뒤로 물러났다. 손에 들고 있던 칼이 바닥에 쨍 하는 소리를 내며 떨어졌다. 그것은 그녀 자신의 얼굴이었다. 피로 흥건히 물든 또다른 자신이 충혈된 눈을 크게 뜬 채 원망스레 쳐다보고 있었다.

"아냐. 아냐."

그녀는 입술을 덜덜 떨었다. 그녀는 고개를 흔들며 뒤로 물러섰다.

"이건 꿈이야. 이런 일이 있을 수는 없어. 난 이렇게 살아 있는걸."

그녀의 눈에서 눈물이 뚝뚝 떨어졌다. 이로 깨문 입술에서 피가 터져나왔다. 그녀는 고개를 저으며 뒤로 계속 물러섰다. 그리고 두 손을 들어 얼굴을 가리려 했다.

"꺄악!"

민경은 비명을 질렀다. 그녀의 왼손이 어디로 갔는지 사라지고 없었다. 손이 없는 손목에서는 검붉은 피만 쏟아져나왔다. 그녀는 흐느끼며 바닥에 주저앉았다. 예리한 고통이 어깨와 배에도 전해져왔다. 그녀는 오른손을 배에 갖다대었다. 배에서도 피가 배어나오고 있었다. 그녀는 입을 벌리고 무언가 말을 하려고 했지만 말이 나오지 않았다.

─ㅎㅎㅎㅎ.

그때 누군가 웃는 소리가 들렸다. 인간의 것이 아닌 듯 소름 끼치는 웃음소리였다. 민경은 눈물로 얼룩진 얼굴을 들고 두리번거렸다. 그것은 쓰러진 또 한 명의 민경에게서 나는 소리였다. 그녀는 무릎을 바닥에 내고 그쪽으로 기어갔다. 얼굴이 웃고 있었다. 창백한 입술을 징그럽게 벌리고 웃고 있었다.

민경의 시야가 점점 가물가물해졌다. 배와 어깨의 예리한 고통은 온몸으로 둔탁하게 퍼져나갔다. 하지만 맥박이 점점 약해질 때마다 그 고통은 조금씩 사라졌다. 민경은 바닥에 풀썩 쓰러졌다.

민경은 차디찬 바닥에 얼굴을 대고 숨을 헐떡이다 문득 혜린이 주었던 말 모양의 부적 목걸이를 떠올렸다. 밤에 잘 때도 걸고 있었어야 하는 건데.

민경의 눈앞에 검은 빛깔의 점들이 맴돌기 시작했다. 그것은 점점 커지다가 어느새 민경의 눈앞을 가득 메웠다. 몸이 부르르 떨렸다. 그녀의 마지막 숨이 잦아들자, 그녀의 옆에 누워 있던 민경을 닮은 형체가 스윽 일어섰다. 그것은 어느새 다른 형체로 변해 있었다.

나이를 가늠할 수 없는 여자의 모습을 한 그 회백색 형체는 자신의 긴 은발을 쓸어내리며 미소를 지었다. 그리고 바닥에 흥건한 민경의 피를 손가락으로 찍어 맛을 보더니, 조금 당황한 표정을 지었다. 그 존재가 서서히 일어섰다. 그것은 바닥을 미끄러지듯이 민경의 집을 빠져나갔다. 집안에는 적막만 감돌았고 이따금씩 멀어지는 옷자락 스치는 소리와 '이 사람이 아니었구나' 하고 중얼거리는 소리만이 들려왔다.

"밀물인가봐. 길이 막혔어."

형섭은 물이 찬 길을 가리키며 말했다. 올 때와는 다르게 해변 길은 온통 바닷물로 가득차 있었다. 잔잔히 밀려오는 파도 위에 크고 작은 바위들이 드문드문 솟아 있을 뿐이었다. 그들은 물속으로 잠긴 길을 바라보며 발을 동동 굴렀다.

"그냥 헤엄쳐서 갈까?"

형섭은 뒤를 돌아보며 말했다. 방금 물귀신에 시달렸던 혜린과 성진을 포함해서 어느 누구도 찬성하는 사람이 없었다. 형섭은 머리를 긁었다.

"산 위쪽으로 가볼까?"

혜린이 외투를 손으로 여미며 물었다.

"저 위에서 뭘 하자고?"

형섭이 퉁명스럽게 대꾸했다. 그는 어둠 속에 묻힌 숲을 곁눈으로 힐끔 보고 치를 떨었다.

"위쪽에 가면 혹시 민가가 있을지도 모르잖아요."

유정이 하얗게 질린 얼굴로 혜린의 편을 들었다. 그녀는 두려움과 추위 때문에 떨고 있었다.

"알았다. 그럼 위쪽으로 올라가보자."

형섭은 뒤돌아서 성큼성큼 걷기 시작했다. 그들은 형섭을 따라 산 위쪽으로 발을 옮겼다.

산길은 생각보다는 험하지 않았다. 빽빽하게 들어선 소나무 사이로 넓은 등산로가 나 있었다. 그들은 길을 따라 걸었다. 한참을 걸어가다 옆쪽을 보니 숲 사이로 언뜻 건물 한 채가 보였다. 성진이 기뻐하며 소리쳤다.

"야! 집이다!"

어두웠지만 흐릿한 형체가 마치 기와집과 같은 모양을 하고 있었다. 그들은 집 쪽으로 발걸음을 옮겼다. 혜린은 숲을 헤치며 걸어가다가 문득 이상한 느낌이 들었다. 무언가 묘한 요기가 집 쪽에서 흘러나오는 것 같았다. 혜린은 수풀 사이로 그 집을 보았다. 그것은 숲에 가려서 기와로 된 지붕밖에는 보이지 않았다.

"내가 먼저 갔다 올게. 느낌이 안 좋아."

혜린이 다른 일행들을 막아서며 말했다.

"무슨 일인데 그래? 또 귀신이라도 나타났어?"

성진이 웃으며 말했다. 그는 혜린이 농담을 한다고 생각했다.

"아냐. 그냥 느낌이 이상해. 저쪽에 길이 나 있으니 너희들은 저쪽에서 기다리고 있어."

혜린은 숲 사이로 보이는 샛길을 가리키며 말했다. 성진은 무언가를 더 말하려고 하다가 그만두었다. 성진은 혜린의 말대로 수풀을 헤치며 샛길을 향해 걸어갔다. 형섭과 유정도 뒤따라갔다. 성진은 혜린을 돌아보며 말했다.

"조심해."

혜린은 잠시 주춤하다가 성진에게 말했다.

"알았어. 고마워."

혜린은 다시 뒤돌아 묘한 요기가 느껴지는 기와지붕 쪽을 향해 올라가기 시작했다. 혜린의 뒷모습이 보이지 않을 때까지 멍하니 보고 서 있던 성진은 형섭이 어깨를 툭툭 치는 것도 느끼지 못했다.

"야! 뭘 그렇게 멍하니 보고 있냐?"

형섭이 성진의 귀에다 대고 큰 소리로 말했다. 그제야 성진은 정신이 들었다.

"으응. 아무것도 아냐. 그냥 걱정이 돼서."

"괜찮아! 혜린이는 저래 봬도 우리 문화인류학과의 전속 무당이거든."

형섭은 성진의 어깨에 손을 얹으며 걱정하지 말라는 듯이 말했다. 성진은 말없이 끄덕이며 고개를 들어 하늘을 보았다. 검푸른 하늘에 달이 파랗게 빛나고 있었다. 그는 길옆에 놓인 바위에 주저앉았다. 유정과 형섭도 따라 앉았다. 그들은 말없이 각자 오늘 있었던 믿을 수 없는 일을 떠올리며 그것을 잊어버리려고 애썼다. 그때, 성진의 뒤에 등을 기대고 앉아 있던 유정이 흠칫하며 놀랐다.

"왜? 무슨 일이야?"

성진은 눈을 비비며 귀찮다는 듯이 물었다. 아무 말도 없는 유정의 등을 타고 떨림이 느껴져왔다. 성진은 뒤를 돌아보았다.

유정이 한 손으로 입을 막고 다른 한 손으로는 길 반대편을 가리키고 있었다. 그곳에 어떤 흰 물체가 움직이고 있었다. 그 물체는 점점 커지며 뚜렷한 형태를 드러냈다. 흰옷을 입은 한 중년의 여인이었다. 그녀는 연신 손을 흰 앞치마에 닦으며 산길을 걸어왔다. 그녀가 가까이 오자 그녀의 손과 흰 앞치마에 묻은 어두운 색의 얼룩을 볼 수 있었다.

'피?'

셋은 동시에 같은 생각이 들었다.

'새벽에 소복을 입고 피를 닦으며 걸어오는 여자. 그게 귀신 아니면 뭐겠어?'

생각이 여기에 미치자, 성진은 섬뜩한 기분이 들었다. 머리카락이 쭈뼛 섰다. 나머지 둘도 마찬가지였다. 그들은 팔에 소름이 돋는 것을 느꼈다.

마침내 그 여인이 가까이 왔다. 유정이 소리쳤다.

"꺄악! 귀신이닷!"

유정의 비명에 형섭과 성진이 바위에서 뛰어내렸다. 그들은 재빨리 도망칠 준비를 했다. 그러자 중년의 여인이 서둘러 소리쳤다.

"학생들, 난 귀신 아니에요."

그들은 도망치려는 자세로 돌아보았다. 바로 뒤에 그 여인이 서 있었다. 여인의 인자한 표정과 온후해 보이는 외모 때문에 앞치마와 손에 묻은 어두운 빛깔의 얼룩을 보고도 성진 일행은 경계를 풀었다.

"아, 아주머니는 누구세요?"

성진이 쭈뼛쭈뼛 나서며 물었다. 그 말에 흰옷을 입은 여인은 손을 앞치마에 마저 닦으며 말했다.

"나야, 이 동네 사는 사람이지. 그런데 이 새벽에 학생들은 어쩐 일이야?"

"저희는 여기 놀러왔다가 밀물에 길이 막혀서 못 돌아가고 있어요. 혹시 이 주변에 건물 같은 것 없나요?"

형섭이 나서며 대강 둘러대었다.

"제 친구가 물에 빠져서 옷이 다 젖었거든요."

형섭은 성진의 옷을 가리키며 말했다. 그 여인은 미소를 지으며 말했다.

"에구, 학생 춥겠네. 저기 위쪽에 우리집이 있으니 같이 가자꾸나."

그녀는 혜린이 사라진 쪽을 가리키며 말했다.

"고맙습니다. 그런데 제 친구가 이미 그쪽으로 올라갔거든요. 그 친구가 올 때까지 기다려야 해서요."

형섭은 직접적으로 거절하지 않고 재빨리 말했다. 여인은 다시 미소를 지었다.

"지금 나랑 같이 올라가면 친구 만날 텐데."

형섭은 여인의 말투가 미묘하게 집요하다는 생각이 들었다.

"감사합니다. 이따가 가겠습니다."

성진이 형섭을 대신해서 큰 소리로 대답했다. 그 여인은 다시 한번 권하려는 듯 가까이 다가왔다. 그때였다. 유정은 확 끼쳐오는 비릿한 피냄새에 코를 막았다. 유정이 뒤로 물러서며 물었다.

"그, 근데 앞치마에 묻은 거 피인가요?"

성진과 형섭도 놀라서 뒤로 물러섰다. 여인은 앞치마를 잠깐 내려다보더니 무표정한 얼굴로 말했다.

"아, 이거? 닭 피란다."

"닭 피요?"

유정이 되물었다.

"그래. 닭을 잡아주기로 했는데 고게 날아올라서 마구간으로 들어갔지 뭐니? 그래서 말이 나갈 때까지 기다리다가 방금 전에 닭을 잡고 왔단다. 에구, 얼마나 사나운 말인지. 오래전에 아줌마 친구 한 사람이 그 말 뒷발에 차여서 크게 다쳤단다. 어휴, 지금 내가 무슨 얘기를 하는지. 학생들, 나중에 올 거지?"

여인은 수선을 떨며 말했다.

"이 동네에 말 키우는 곳도 있어요?"

유정이 미심쩍은 표정을 하며 물었다.

"몰랐구나? 저기, 학교 옆에 하나 있단다. 난 이만 올라가 봐야겠다. 우리 학생들 맞으려면 집을 좀 치워야지."

"아뇨. 그러실 필요 없습니다. 그러면 저희가 더 죄송합니다."

형섭이 정중하게 말했다. 여인은 아니라는 듯 손을 내젓고 뒤돌아 걸어갔다. 여인의 모습이 사라지자, 세 사람은 참았던 숨을 내쉬었다.

"귀신인 줄 알았지 뭐야."

유정이 웃으며 말했다. 성진도 고개를 끄덕였다. 세 사람은 다시 바위에 걸터앉아 말없이 혜린을 기다렸다.

그 여인이 올라가고 얼마 되지 않아 혜린이 산길을 터덕터덕 걸어내려왔다. 그녀는 발로 돌멩이를 차면서 말했다.

"집이 아니라, 다대포 동헌이었어."

"동헌이 뭐야?"

성진이 궁금하다는 듯이 물었다.

"옛날 관공서 같은 곳. 예전에는 객사라고도 불렀다더라고."

형섭이 설명해주었다. 성진은 고개를 끄덕거렸다.

"그럼 거기 들어가서 쉬면 안 돼? 어쨌든 집은 집이잖아."

"문화유적을 훼손하면 되나! 친구, 그냥 우리 아까 그 아줌마 집에서 신세나 지자."

형섭이 성진의 어깨를 두드리며 말했다. 혜린이 그 말을 듣고 고개를 갸우뚱하며 되물었다.

"아까 그 아줌마 집?"

유정이 나서서 아까 있었던 일을 대강 이야기해주었다.

"정말 우린 귀신인 줄 알고 얼마나 놀랐다구요. 그 아줌마는 친구 집에 닭 잡아주고 오는 길이라고 했는데."

형섭과 성진도 따라 웃으며 대꾸했다.

"그래. 우리 얼마나 놀랐다구."

"근데, 학교 옆에 닭이랑 말 키우는 데가 있는 줄 몰랐어. 그 아줌마 집에 가서 물어보고 내일 한번 놀러가자. 좋은 분 같은데 민속조사에 도움 될지도 몰라."

"근데, 얘들아."

혜린이 성진의 말을 가로막으며 말했다. 그녀는 불안한 생각이 드는 듯 손톱을 물어뜯었다.

"저 위쪽에는 동헌 말고 다른 건물은 하나도 없어."

혜린의 말에 성진은 웃음을 터뜨렸다.

"야, 농담하지 마. 무서운 건 아까 그걸로 족해."

"정말이야."

"뭐? 네가 잘못 봤나보지. 어두우니까 잘 안 보일 거 아냐."

형섭이 대꾸했다. 혜린은 말없이 고개를 저었다.

"저 위에는 동헌밖에 없어. 내가 저 위에서 몰운대를 구석구석 살펴봤는데, 동헌 말고는 아무것도 안 보였어."

혜린은 손톱을 물어뜯으며 말을 이었다.

"방금 그건 사람이 아닐 거야."

"귀신이라면 우릴 벌써 해쳤을 거 아녜요?"

유정이 따지듯 대꾸했다.

"선배, 우리가 아무것도 모른다고 겁주려는 거죠?"

"생각 좀 해봐. 새벽 네시에 닭 잡으러 가는 사람이 어디 있어? 게다가 걸어서? 여기서 학교까진 걸어서 갈 수 없는 거리야."

혜린의 마지막 말에 순간 일행은 긴장했다. 잠깐 동안 침묵이 감돌았다. 유정이 침묵을 깨고 입을 열었다.

"그럼, 우리가 본 게 정말 귀신 맞아요?"

아무도 대답을 하지 않았다. 한참 동안의 침묵이 흐르고, 혜린이 이윽고 조용히 입을 열었다.

"어쩌면 귀매 같은 존재일지도. 귀신보다는 귀매가 활동하는 시간이니까. 안 그래, 형섭아?"

"응? 어, 맞아. 지금 시각이 네시 삼십분, 인시寅時니까 귀신보다도 귀매가 활동하는 시간이긴 하지."

형섭이 더듬거리며 대답했다. 유정은 "오빠까지 왜 그

래!" 하면서 울먹이기 시작했다.

"그리고 엄청나게 강력한 존재겠지. 너희들에게 모습을 보였을 정도니까. 다행히 곧 사라질 시간이니 우릴 해칠 여유는 없었겠네."

혜린은 그렇게 말하다가, 문득 여인의 몸에 묻어 있었다던 피는 대체 뭐였을까 하는 생각이 들었다. 갑자기 팔에 소름이 돋았다. 혜린은 유정이 해준 이야기를 떠올렸다.

'학교 옆이라고 했던가. 닭을 잡으려고 했는데 닭이 마구간으로 들어갔다고 했지.'

혜린은 문득 '말'이라는 단어에서 비적을 떠올렸다.

'그렇다면 닭은?'

민경의 얼굴이 떠올랐다. 순간 불안한 예감이 온몸을 엄습했다.

"그럴 리가 없어!"

혜린은 얼른 배낭을 뒤져 초를 꺼내 바닥에 놓고 촛불을 켰다. 나머지 세 사람이 '지금 이게 무슨 상황인가' 하는 표정으로 쳐다보는 가운데, 그녀는 온몸의 힘을 다 끌어모아 비적을 불렀다. 하지만, 예감은 틀리지 않았다. 비적은 오지 않았다. 아니, 마치 존재하지도 않는 것처럼 비적의 흔적조차 느껴지지 않았다. 결국 비적은 마을에 서린 강한 기운을

이기지 못하고 사라진 걸까.

"혜린아, 왜 그래?"

성진의 목소리가 들렸다. 혜린은 멍하니 그 자리에 앉은 채 말없이 눈물을 흘리기 시작했다.

"일단, 사인은 심한 복부 외상과 손목 절단으로 인한 과다 출혈로 보인다고 합니다. 또 이유를 알 수 없는 쇼크 흔적도 있는데, 과다 출혈로 인한 것인지 혹은 다른 이유로 인한 것인지 모르겠다네요. 그리고 극심한 발작의 흔적도 있는데, 복부 외상과 손목 절단에 선행하는 것인지도 모른답니다. 제 생각에는 환각제라도 복용하고 자해한 것이 아닌가 하는데……"

"야, 증거 있어? 학교 선생이 환각제 먹고 자살하다니, 학부모들 난리 나는 거 보고 싶어? 너, 신문에 대문짝만하게 나고 싶은 거야?"

서장의 말에 형사는 들고 있던 검안서를 슬쩍 뒤로 감추고는 손등으로 땀을 닦았다. 더운 여름, 아직도 피냄새가 진동하는 변사자의 집에서 공기도 안 통하는 보호복을 입고 브리핑을 하려니 죽을 맛이었다. 서장은 무슨 변덕으로 여기까지 와서 보고를 받겠다고 한 건지. 아무래도 학교 선생의 죽음이라서 신경이 쓰였던 걸까.

"계속해봐."

서장의 말에 형사는 뭔가 더 말하려다 자신도 모르게 마음속에 있던 의문을 이야기하고야 말았다.

"그런데 아무래도 이상하단 말입니다. 무딘 식칼로 뼈까지 절단하려면 어마어마한 힘이 필요한데, 그걸 여자 힘으로 했다는 게 말이 안 돼서."

"박경장, 이 마을 변사 사건은 처음이지?"

"예, 담당자가 휴가를 가서."

"이 동네, 원래 이상한 자살 사건이 많은 곳이야. 누가 그러던데 여기 땅이 기가 세서 그렇다나. 그러니까, 적당히 하자."

"그래도 이렇게 덮어버려도 되는지……"

"어허, 오해하지 말고 들어. 덮자는 게 아니라 이 마을에는 워낙 자살자가 많으니 사람이 죽을 때마다 촉각을 곤두세울 수도 없다는 말이잖아. 안 그래도 여름휴가철이라 인력도 달려 죽겠구만. 게다가 지문 감식 결과 어땠어, 응? 칼에는 피해자의 지문밖에는 없고, 외부에서 침입한 흔적은 전혀 없고, 누가 칼에 손댄 흔적도 없고."

서장은 한숨을 푹 쉬면서 말했다. 그는 그 말을 하면서 뭔가를 찾듯이 눈으로 방안 이곳저곳을 훑고 있었다. 형사는 그 모습을 보며 서장이 무슨 단서라도 찾고 있는 것인지 궁금했다.

서장은 여전히 방안 여기저기를 둘러보면서 중얼거리듯 덧붙였다.

"너도 내 위치 되어보면 알 거야. 우리 쉽게 가자."

"알겠습니다. 보고서 마무리해서 결재 올리겠습니다."

"어, 더운데 고생 많다. 난 좀 둘러보고 갈게."

형사가 꾸벅 인사를 하고 서둘러 나가자 서장은 혀를 끌끌 차며 혼잣말을 중얼거렸다.

"에이, 또 자살이야. 자살하려면 곱게 유서 쓰고 죽을 것이지, 그냥 칼로 지 몸을 난도질해서 죽으면 당신은 편할지 몰라도 보고서 쓰는 우리는 죽을 지경이라구, 아가씨."

서장은 뒷짐을 지고 천천히 침실로 이동하며 푸념을 이어 갔다.

그때 그가 찾고 있던 물건이 눈에 띄었다. 한자가 적힌 나무 조각이었다. 말의 모양을 하고 있었는데 가죽으로 된 목걸이 줄이 말의 허리 부분에 매어져 있었다. 서장은 주머니에서 사진을 꺼내 슬쩍 물건과 대조해보았다. 사진 속 목걸이에 새겨진 한자 '飛滴'이 이 물건에도 똑같이 새겨져 있었다.

서장은 형사가 나간 쪽을 슬쩍 쳐다보고는 얼른 그 목걸이를 집어 주머니에 넣었다. 그러고는 아무 일도 없었다는 듯 방금 나간 형사를 따라 출입문으로 향했다.

민속조사

김재관 교수는 책상에 앉아 머리카락을 움켜쥐었다. 이번 조사는 뜻대로 되지 않았다. 도깨비 고사를 몰래 조사하려던 일은 실패했고, 이제는 마을 사람들이 질문에 대답도 해주지 않았다. 조사단 때문에 '도깨비님'이 산에서 내려오지 않았다고 믿는 것 같았다.

"노인네들이 지금이 어느 땐데 아직도 도깨비 같은 미신을 믿고 있어."

김교수는 본인의 직업을 잠시 망각한 채 투덜댔다. 그는 초조한 나머지 손가락으로 책상을 툭툭 두드리기 시작했다.

문득, 조사를 후원한 사람이 생각났다. 지난 2월, 한 남자가 연구실로 찾아왔었다. 다대포 일대 개발을 하는 사업가인 그 남자는 자신이 이사장으로 있는 기업 재단을 통해 거금을 지원했다.

보통 민속조사는 지자체 재단이나 정부에서 예산을 지원받아 이루어진다. 그 예산은 참으로 빈약하기 짝이 없고 제약도 많다. 지자체나 정부의 입맛에 맞는 조사를 해야 하는데다, 조사 후에는 방대한 양의 보고서를 쓰느라 연구 결과를 제대로 정리할 시간도 없을 정도였다.

하지만 이번에 조사를 후원한 그자는 달랐다. 그는 다대포에 유일하게 남은 홍촌마을 동제가 개발로 인해 사라지는 것이 아쉽다면서 누가 기록을 해줬으면 한다고만 했다. 엄청난 분량의 보고서를 요구하지도 않았고, 심지어 보고서의 제출 기한도 없었다. 단 하나 특이한 조건이 있었을 뿐이다. 혜린과 성진을 데려가는 것. 재능 있는 대학원생과 학부생을 지원해주고 싶다고 말하긴 했지만 그 둘을 꼭 집어서 이야기하는 건 정말 이상했다. 하긴, 개인이 민속조사에 거금을 내놓는 것도 드문 일이긴 했다.

그렇게 김재관 교수는 지난봄부터 도깨비 고사와 이 일대의 전설에 대한 기초 조사를 시작했다. 안 그래도 쥐꼬리만한 장학금에 의존하는 대학원생들이 이런 프로젝트에 목말라하던 터였다. 정월에 했어야 하는 도깨비 고사를 8월에 다시 한다는 말을 들었을 때는 하늘이 돕는다고까지 생각했다. 그렇게 종교민속으로 논문을 준비하는 형섭과 혜린을 데리고 조사단을 꾸렸다. 물론 성진을 포함시키기 위해 표면적으로는 학부생 지원도 받았는데, 다행히 학과 내 발이 넓은 형섭을 통해서 성진과 유정이 조사단에 지원했다. 그렇게 대학원생 두 명과 학부생 두 명으로 이뤄진 조사단이 꾸려졌다.

그러나 지금은 이상하게도 점점 일이 꼬여갔다. 도깨비 고사의 마지막 부분은 취소되어서 그만 현지 조사를 못 하게 되었고 사람들은 조사단을 경계하기 시작했다. 게다가 혜린의 동창이라는 사람이 자살하는 사건까지 생겼다.

일이 이렇게까지 되자, 김재관 교수는 모든 것이 미심쩍었다. 후원자부터가 이상했다. 혜린과 성진을 조사에 데려가는 게 의뢰의 조건이라니. 그 둘과 무슨 관계인 걸까. 김교수는 '문화인류학과 무당' 혜린의 얼굴을 떠올렸다. 별명에 걸맞게 무속 연구를 하겠다며 대학원에 들어왔는데 얼마 전에 갑자기 논문 주제를 바꾸고 싶다고 했다. 그리고 성진은…… 김교수는 성진이 학부생이라는 것 외에는 딱히 생각나는 점이 없었다.

김재관 교수는 의자 뒤로 고개를 젖히고 손으로 눈 사이를 주물렀다. 계속 무언가 이상한 기분이 들었다.

'애초에 왜 이런 이상한 후원을 받아들였을까. 게다가 무리하게 도깨비 고사를 훔쳐보려고까지 하고.'

교수는 자신이 귀신에라도 씌었던 것이 틀림없다고 생각하다가, 순간 책상 위에 놓인 성경책을 발견하고는 고개를 휘휘 저었다.

잡생각은 그만하고 일어나 하자고 생각하며, 김교수는 손을 뻗어 책상 한구석에 있던 녹음기를 집었다. 재생 버튼을 눌러 녹음 파일을 하나씩 들어보았다. 어느 할머니의 목소리가 들렸다. 권순자, 85세. 이 마을에서 태어나 한 번도 떠나지 않고 지금까지 살아왔다고 했다.

―……옛날에 쩌기 그 객사가 학교 안에 있었는기라. 그런데, 비만 오면 객사에서 이상한 불빛이 보이고, 허연 소복을 입은 여자가 피칠갑을 하고 돌아다니기도 하고, 그러니께 일본놈들이 무섭다고 헐자는 거 아이겠나.

―학교라면, 저기 있는 중학교를 말씀하시는 건가요?

김재관 교수 자신의 목소리였다. 할머니는 그 질문을 잘 알아듣지 못한 듯, 잠시 뜸을 들이다가 말을 이었다.

―……그렇지, 그렇지. 그 학교가 일제 때는 국민학교였다 아이가. 나도 그, 다니면서 많이 봤다.

―뭘요?

─아, 아까 말한 허연 소복 입은 여자 말이야. 그래서 일본놈들이 객사 때문이라고 그걸 헐어버리려는 게야. 그때 경찰서에서 높은 사람이 와서 중요한 유적이라면서 저 몰운대로 옮겼다 카더라. 그 사람 이름이 아마 오노다 뭐라고 하는 높은 양반이라 카데.

순간 그 학교 선생이었던 혜린의 친구라는 사람이 죽었다는 사실이 떠올라 소름이 끼쳤다. 교수는 녹음기를 뒤로 감았다가 다시 재생 버튼을 눌렀다. 이번에는 어떤 남자의 목소리가 들렸다. 약간 쉰 목소리였다. 교수는 그가 동제를 주관하는 홍촌마을 발전위원회 사람이라는 것을 기억해냈다.

─……그걸 헐고 난 뒤부터 사람이 많이 죽었다 안 카나. 아마, 거기가 지금 호텔이 있는 자리제. 한창 개발한다 뭐다 해서 동네에서 들고 일어나서 젤 먼저 헐어버린 게 그거 아이겠나.

교수는 잠시 정지 버튼을 누르고 기억을 더듬어보았다. 어떤 신당에 대해 얘기하던 중이었지. 그는 다시 재생 버튼을 눌렀다.

─그 신당에서 뭘 했습니까?

─뭐 하긴 뭐 했겠노? 아랫신당이니까, 잡신들한테 젯밥 챙려주고, 일 년 동안 나쁜 짓 못 하게 가두는 거 아이가. 그

래야 탈이 없제.

─그럼, 그게 지금 호텔 자리에 있었다는 건가요?

─그래, 그렇지. 그러니까 호텔 직원들이 만날 천날 귀신 봤다고 안 카나.

─그래도 호텔은 잘되고 있잖아요. 귀신이 있다면 잘 안되는 게 이치에 맞지 않나요?

─교수라는 양반이 와 이렇게 모르노. 잡신들이 있으니까, 사람도 모이고 돈도 모이는 거 아이가. 잡신들은 원래 사람 많고 더러운 거를 좋아하거든.

─하하. 그럼 돈이 더러운 건가요?

─허어, 그렇다 안 카나. 돈이 세상에서 제일 더럽지. 사람 손도 많이 타고 욕심도 덕지덕지 묻어 있으니까.

─하하하. 그렇게도 말이 되는군요.

그는 다시 녹음기를 뒤로 감았다.

─……그럼 윗신당도 있었습니까?

이번에는 어느 할머니의 목소리가 나왔다. 그 할머니는 대대로 이 마을 동제를 주관해온 세습무 집안의 마지막 후손이라고 했다.

녹음기 속에서 할머니가 아이 같은 목소리로 말했다.

─윗신당에서는 당할미를 모셨지.

─당할미요?

─그래, 당할미를 잘 모셔야 잡신을 쫓아주고 복을 가져
다주지.

머리가 어질어질한 것이 집중이 되지 않았다. 김교수는 녹
음기를 껐다. 그는 녹음기를 책상 위에 내던지고, 관자놀이
를 손가락으로 주무르며 조사를 의뢰한 남자에 대해서 다시
생각해보았다. 아무리 생각해도 알 수가 없었다.

왜 혜린과 성진을 데려오라는 조건을 걸었을까? 무슨 출
생의 비밀 같은 건 아니겠지. 숨겨진 자식들이라든가 하는.
김교수는 훗 하고 웃었다. 어이가 없는 상상이다. 그는 녹음
기를 가방에 집어넣고 호텔방을 나섰다.

"잠시 바람 좀 쐬고 오면 집중이 되겠지."

그는 혼잣말을 중얼거리며 호텔을 나서 몰운대 쪽으로 향
했다. 시원한 바람이 불어와서 한낮의 더위를 씻어주었다.
그는 어느새 후원자에 대한 일은 잊어버리고 새로운 연구 주
제를 생각하며 걸었다. 문득 도로 쪽을 쳐다보자, 혜린과 성
진이 탄 차가 지나가는 것이 보였다. 교수는 어딘지 모르게
묘한 느낌이 들었다.

혜린은 계속해서 딴생각에 잠긴 채 핸들을 쥐고 있었다.

그녀는 며칠 전 민경의 죽음에 대해 골똘히 생각하고 있었다.

그날, 몰운대를 벗어나자마자 그녀는 민경의 집으로 갔다. 그리고 거기서 피로 얼룩진 처참한 현장을 발견하고야 말았다. 민경의 참혹한 시신이 머릿속에 떠올랐다. 민경은 피투성이가 된 채 눈을 부릅뜨고 죽어 있었다.

혜린은 고개를 내저었다. 민경의 죽음도 인정하기 싫었지만, 동네 사람들에게서 받은 기묘한 느낌을 머릿속에서 지워버릴 수가 없었다. 사람이 그렇게 참혹하게 죽었는데도 불구하고 어떤 동요도 없었던 것이다. 앰뷸런스와 경찰차가 와서 법석을 떠는데도 누구 하나 나와보지 않았다. 사람이 죽었다는 사실이 알려진 지 몇 시간이 지나도록 관심을 보이는 사람도 없었다.

"정말 이상한 곳이지? 사람이 죽었는데 아무런 반응이 없다니."

혜린은 마치 혼잣말이라도 하듯이 성진에게 물었다. 성진은 말없이 고개만 끄덕였다.

"정말 이상해. 비정상적으로 많은 귀매들, 사람이 죽어도 아무런 반응을 보이지 않는 사람들도 그렇고, 도깨비가 귀매 때문에 산을 내려가지 못하는 상황도."

혜린은 고개를 저었다. 성진은 계속해서 이상한 말만 중얼거리는 혜린 때문에 정신이 날카로워졌다. 성진은 혜린이 민경의 시신을 발견한 뒤 조금 이상해졌다고 생각했다. 하긴, 누구든 그렇게 참혹한 시신을 목격한 뒤에는 조금 이상해지기 마련일 것이다. 하지만 혜린의 행동은 아무리 봐도 정상이 아니었다.

민경이 죽은 지도 나흘이 지났다. 다들 혜린에게 민속조사같은 것은 접고 짐 챙겨서 집에 가라고 말했지만 혜린은 뻔한 말만 둘러대며 계속 호텔에 남았다. 그리고 며칠 내내 방 안에 처박혀 나오지 않았다. 그동안 조사단에는 무거운 기운이 머물렀다.

그러던 혜린이 다시 민속조사를 돕겠다고 나섰다. 하지만 성진은 혜린에게 뭔가 조사하고 싶은 부분이 따로 있다는 것을 느꼈다. 그는 혼자 조사를 나가겠다는 혜린이 걱정되어 억지로 함께 따라나선 참이었다.

"내가 운전할까? 차 잠깐 세워봐."

성진이 말했지만 혜린은 조용히 고개만 저었다.

"어디 가는 건데?"

또 대답이 없었다. 성진은 혜린에게 묻는 것을 포기한 채 조용히 붉은 신호등만 쳐다보았다.

혜린은 억지로 따라오는 성진이 성가시면서도 한편으로는

고마웠다. 어쨌거나 걱정이 되어서 챙겨주려는 것 아닌가. 그렇지만 혜린이 지금부터 찾아보려는 것은 설명하기 복잡한 일이었다. 그녀는 처음부터 제대로 설명해주는 게 나을까 잠시 망설이며 성진을 쳐다보았다. 성진이 시선을 느끼고 돌아보는 순간 혜린은 다시 자신이 없어져 시선을 딴 데로 돌렸다.

하얀 백사장과 옅은 초록 빛깔이 나는 바다가 보였다. 그리고 그 옆에 녹음이 우거진 숲이 펼쳐져 있었다. 카페와 표지판, 관광안내소가 들어서 있긴 했지만 혜린은 이십 년 전 이곳에 처음 왔을 때의 기억을 어렵지 않게 떠올릴 수 있었다. 흰 한복의 할머니와 밀려오는 물거품처럼 하얀 말. 그리고, 나중에 다시 만나게 될 것이라던 할머니의 말.

혜린은 자신이 왜 그렇게 도깨비의 부탁을 들어주려 애썼는지 알 것 같았다. 그녀는 괴이한 존재들을 피하기 위해서 언제나 무관심한 태도를 보였다. 하지만 이유는 몰라도 이 마을에 들어서면서 자신의 무관심한 태도가 바뀐 것 같았다. 수귀를 물리친 일도 그랬다. 보통 때라면 그냥 넘어갈 일이다. 아무리 도깨비가 고집을 피운다고 해도 비적을 시켜 쫓아버리면 그만이었다.

하지만 이제 도저히 그럴 수가 없었다. 이곳은 과거와 맞닿아 있는 곳이다. 혜린에게 가장 중요한 과거. 그래서 이곳의 일은 그녀에게 뭔가 다른 의미로 다가왔다. 이 일을 해결하지 않으면 미래로 나아가지 못하고 영원히 과거 속에 갇혀버릴 것만 같은 느낌이 들었다. 마치 시작과 끝이 없는 원 안에 갇히듯이 말이다.

혜린은 어쩌면 이 일이 과거와 현재, 처음과 끝이 만나는 폐곡선 같은 시간을 깨고 밖으로 나갈 기회라는 생각이 들었다. 그래서 더욱 이 일에 집착하고 있는지도 몰랐다.

성진은 신호가 바뀐 줄도 모르고 생각에 빠져 멍하니 앞만 바라보고 있는 혜린을 쳐다보며 헛기침을 했다. 혜린은 멍한 표정으로 두리번거리더니 이내 정신을 차려 차를 출발시켰다. 시원한 바닷바람이 창문을 통해 흘러들어왔다. 짭조름한 바다 냄새가 바람 속에 실려왔다. 성진은 신선한 바다 냄새가 나는 쪽으로 고개를 돌리다가 문득 며칠 전에 보았던 하얀 말의 신령이 생각났다.

'그 비적이라는 신령은 지금 어디 있을까. 낮이라 안 보이는 걸까.'

성진은 그날 보았던 안개의 형상을 한 존재를 떠올리며 생각했다.

혜린과 성진이 도착한 곳은 빼곡히 들어선 아파트촌과 해변의 호텔과 리조트 사이에 위치한 홍촌마을이었다. 다대포에서 유일하게 시골의 정취를 풍기는 지역이었다. 혜린과 성진은 그 마을 산기슭에 있는 한 시골 가옥으로 찾아갔다. 머리가 하얗게 센 할머니가 나와 그들을 반갑게 맞이하며, 마루에 앉으라고 권했다.

할머니는 며칠 전 구술을 채록해간 김재관 교수의 안부를 물었다. 이 마을 세습무 집안의 마지막 후손인 할머니는 조사가 시작하자마자 김교수가 제일 먼저 방문했던 마을 사람 중 하나였다. 할머니는 통영에 사는 당숙이 인간문화재라고 자랑스럽게 이야기하면서, 이 마을에서는 동제가 맥이 끊기다시피 했다고 푸념하기 시작했다. 예전에는 이틀 동안 크게 열렸던 마을굿이 새마을운동의 여파로 정월에 하는 작은 제사로 바뀌었다가 다대포 일대 개발이 시작된 이후로는 다대포 홍촌마을에서 지역 축제 형식으로만 열리고 있다는 것이었다.

"내년 되면 이것도 사라질 끼다."

할머니는 방금 만들었다며 화채 한 접시를 작은 상 위에 놓고선 말했다.

"개발 들어가믄 여기도 전부 아파트 되어뿌려서 다 없어진다 아이가."

할머니는 앞치마에 손을 닦으며 혜린과 성진에게 "얼른 무라" 하고 화채를 권했다. 그녀가 마루에 걸터앉으며 물었다.

"그래, 뭐가 궁금하노?"

성진이 혜린의 얼굴을 쳐다보았다. 혜린은 화채를 조금 먹고 나서 조심스레 물었다.

"혹시 큰 존재라거나 분노라는 말에 대해서 알고 계시나요?"

혜린은 말하고 나서 아차 싶었다. 그것은 비적과 예전에 보았던 흰옷 입은 할머니만이 썼던 말이었다. 혜린은 의아한 표정을 짓는 할머니를 보고 다시 고쳐 말했다.

"제 말은, 이 동네에 전해 내려오는 전설 중에 어떤 큰 존재나 그 존재의 분노에 관한 내용이 있느냔 거죠. 혹시 알고 계세요?"

"내가 죽을 때가 다 됐나, 기억이 가물가물헌데."

할머니가 중얼거리다가 문득 생각난 듯 혜린을 쳐다보며 말했다.

"오래전에 이 마을 제사 모시는 무당을 큰무당이라고 했다 카더라. 우리 큰이모님도 큰무당이었는데 요절하셨지. 왜놈들 있을 때였는데, 그때는 큰무당이 위세도 대단했지. 굿이 열리면 경성에서 높은 사람들이 와서 보고 갔다 카데."

"만나보신 적 있으세요?"

"내가 태어났을 때쯤 돌아가셨을 끼다. 그때 왜놈들이 처녀들 징용 보낸다고 난리라서, 할아버지가 우리 어무이를 얼른 다른 마을로 시집 보내버렸다 카데. 그래서 우리 어무이도 돌아가실 때까지 못 만났댄다. 그게 한이 되셨는지 아이고, 언니, 언니, 하고 당신 돌아가실 때 한탄하더라."

"혹시 그분 함자가 어떻게 되세요?"

"지씨 성에 금자였던가……"

할머니는 말을 하다가 옛일을 생각하는 듯 한참을 허공만 보고 앉아 있었다. 혜린은 조용히 앉아 있다가 할머니가 더 이상 이야기를 하지 않자 화제를 돌렸다.

"참, 이 마을에 물에 빠져 죽은 사람이 많다던데, 알고 계신가요?"

"그렇지. 다들 물에 뛰어들어서 죽었지."

"모두 자살이었나요?"

혜린이 날카로운 표정을 지으며 물었다. 옆에서 듣고 있던 성진은 혜린의 질문이 종잡을 수 없다는 생각이 들었다.

"그렇지. 유서도 안 넘기고, 갑자기 물에 뛰어든다 카데."

할머니가 갑자기 목소리를 낮추며 말했다.

"그게 다 제사를 소홀히 한 탓인 게야."

혜린은 눈을 빛내며 물었다.

"동제 말씀하시는 건가요?"

"아랫신당 제사 말이다. 일 년에 한 번씩 아랫신당에 음식 차려놓고, 잡신들을 사직각에다가 가뒀지. 동제기 끊긴 뒤에는 내 혼자서 작게 했는데, 인자 힘이 없어가꼬 그것도 못 하겠다."

"사직각이 뭐죠?"

옆에서 잠자코 있던 성진이 물었다.

"호텔 자리에 있었던 사당같이 생긴 작은 건물이죠? 사진에 있던데."

혜린이 민경의 학교에서 가져온 사진 자료를 보여주며 물었다. 할머니가 고개를 끄덕이며 대답했다.

"그렇지. 거기다 잡신들을 잡아넣는다 아이가. 아랫신당 제사를 안 지낸 지가 벌써 오 년이 넘었네. 그러니까 고 잡것들이 마을에 와가꼬 사람들을 홀리지. 물에 빠져 죽은 사람들도 다 그 때문이제."

"그래서 이 마을에 물에 빠져 자살한 사람이 많군요."

혜린이 알았다는 듯이 말했다.

"그것뿐이 아니고, 지 손으로 지 배를 따고 죽은 사람도 많데이. 자기 손목을 지가 그어버리든지. 거의 두 달에 한 사람은 자살한다 카더라."

할머니는 끔찍하다는 듯이 소곤소곤 덧붙였다.

"참! 며칠 전에도 뭐냐, 그 중학교 선생인가 하는 사람이 죽었다 카데. 니도 들었제?"

혜린은 말없이 고개를 끄덕였다. 성진은 황급히 혜린의 안색을 살폈다. 그녀의 표정은 아무런 변화도 보이지 않았다.

"에구. 그때 아랫신당을 다 때려부수고 나서부터 마을이 이상해진 기다. 윗신당도 새마을운동 할 때 태워버렸으니."

"그랬군요. 그런데 왜 중간신당은 그대로 두었을까요?"

"돗째비가 마을에 돈을 갖고 온다꼬 뒀지. 꼴에 욕심들은 많아가지고."

할머니는 동네의 사정에 대해서 많은 이야기를 해주었다. 과거에 객사라고 부르던 다대포 동헌이 학교 안에 있었다는 사실과 귀신이 자주 나타났었다는 사실, 지금 혜린이 묵고 있는 호텔 자리에 원래 아랫신당이 있었다는 사실까지 모두 말해주었다. 성진과 혜린은 할머니에게 감사 인사를 하고 일어났다. 혜린은 할머니에게 연락처를 적어주면서 혹시 '큰 존재'나 '분노'에 관한 전설이 기억나면 연락해달라고 당부했다. 할머니는 알겠노라고 대답하다가 문득 생각난 듯 덧붙였다.

"참, 큰무당이 궁금하믄 책도 있다. 옛날에 우리 큰이모님이 갖고 있던 우리 집안 무당 족보 같은 긴데, 일제 때 마을에서 따로 동제 장부를 만들어 쓴다꼬 캐서 우리 어무이가 갖고 있었거든. 재작년에 내가 그거를 저기 도서관에다가 맡겼다 아이가. 국민학교 옆에 있는 거 말이제."

"지금 중학교로 바뀐 거기 말씀이세요?"

할머니가 그렇다고 하자, 혜린은 꼭 가보겠노라고 대답하고 인사를 했다.

할머니의 배웅을 받은 성진과 혜린은 차에 올라탔다. 성진은 차에 타자마자 혜린에게 질문 공세를 했다.

"난 대체 무슨 말 하는지 하나도 모르겠더라. 큰 존재는 뭐고, 분노는 또 뭘 말하는 거야? 그리고 아랫신당이랑 윗신당이랑, 중간신당은 대체 뭐길래 그렇게 심각하게 이야기하는 거야. 나는 듣고 있다가 좀 뻔했어."

"내가 설명해줄게."

혜린이 성진의 말을 가로막으며 말했다. 그녀는 차를 출발시키고 성진을 힐끔 쳐다보며 말을 이었다.

"그 대신 하나씩 물어봐."

"알았어."

성진이 고개를 끄덕였다.

"먼저, 신당이 뭐 하는 곳이야?"

혜린은 이맛살을 찌푸리며 대답했다.

"신당은 사당하고 비슷한 거야. 사당이 죽은 조상들을 모시는 곳이라면 신당은 혈연과는 관계없이 그냥 어떤 복을 주는 영이나 깊은 원한을 가진 영들을 모시는 곳이지. 아마 너도 당나무 같은 건 알고 있을 거야. 그런 나무 옆에 신당을 주로 지어놓거든."

"당나무가 뭔데?"

혜린은 그것도 모르냐는 표정으로 인상을 쓰며 대답했다.

"큰 느티나무 같은 것에 빨갛고 파란 끈을 마구 매달아놓은 거 많이 봤을걸. 그런 나무를 당나무라고 하는 거야. 그리고 그 옆에 있는 신당에서는 산신 같은 걸 모시지."

혜린은 그렇게 말하면서 순간 꿈 생각이 났다. 기다란 솟대 위에 흩날리던 여러 색깔의 천. 그리고 그 옆에서 춤을 추던 여인.

"그렇구나. 그럼 아랫신당하고 윗신당, 그리고 중간신당은 다 뭐야?"

성진의 쾌활한 목소리가 혜린의 생각을 끊었다. 혜린은 "으응" 하고 말을 끌며 성진이 방금 무슨 질문을 했는지 기억을 더듬어보았다. 아랫신당과 윗신당, 그리고 중간신당이 무엇이냐는 질문이었다.

"그건, 신당의 격을 말하는 거야."

혜린이 말했다.

"격?"

성진이 되물었다.

"그래. 마을과 같은 위치에 신당을 지었으면 중간신당, 위쪽에 지었으면 윗신당."

"아! 알겠다. 그리고 마을의 아래에 지었으면 아랫신당이지?"

성진이 혜린의 말을 끊으며 의기양양하게 외쳤다.

"맞았어. 아랫신당에서는 인간보다 못하다고 생각하는 존재들을 주로 모시지. 잡신 같은 것들을 말이야. 그리고 윗신당에서는……"

"그것도 알겠어. 인간보다 더 뛰어난 존재들을 모신단 말이지? 산신이나, 용왕 같은."

이번에도 성진은 자랑스레 말했다. 혜린은 한숨을 푹 쉬면서 덧붙였다.

"그래. 이 마을에서는 당할미라는 신도 같이 모신대. 삼신할미 같은 존재인데, 마을을 지켜주는 수호신이지."

"그럼 중간신당은 뭐야?"

"중간신당은 이 마을에서 도깨비를 모시는 곳이야. 우리가 봤던 그 도깨비 말야."

"그렇구나. 그런데 이 마을에서는 잡신들을 그냥 모시는 게 아니라 가둔다면서? 사직각이라고 했던가?"

"그건 다른 곳에서 볼 수 없는 이 마을만의 특색인 것 같아."

혜린은 잠시 생각하다가 비적이 했던 이야기를 떠올리며 말을 이었다.

"왜냐면 이 마을은 지세가 귀매들을 끌어들이는 형상이거든. 한번 잡신을 모시기 시작하면 더 많이 모이겠지. 그러니까 모시지 않고 가두는 거지."

"그렇구나."

성진은 아직 혼란스러운 듯, 팔짱을 끼고 조수석에 몸을 파묻은 채 뭔가를 곰곰이 생각하다가 갑자기 생각난 듯이 물었다.

"그런데 귀매가 뭐더라? 며칠 전부터 자주 말했던 것 같은데."

혜린은 핸들을 꺾으며 마음을 내려놓은 듯 설명을 시작했다.

"귀매는 말 그대로 귀신 귀鬼에 도깨비 매魅를 쓰는데, 귀신하고 도깨비와는 약간 달라. 자연의 기운 같은 존재인데 사람을 홀리기도 하고 해악을 끼치기도 하는 요괴라고 할까. 우리나라 민담에도 많이 등장하고 일제시대까지도 귀매와 관련된 미신이 많이 남아 있었대. 참, 너도 일제시대 민속지 강의 들었잖아. 거기서 조선총독부 보고서 『조선의 귀매』 정도는 들어봤지?"

"응."

성진은 건성으로 고개를 끄덕이며 대답했다. 혜린은 시선을 앞쪽으로 돌리며 "이제 질문은 끝났니?" 하고 물었다. 성진은 아까 궁금했던 것을 마저 물어봐야겠다는 생각이 들었다. 그는 혜린 쪽으로 시선을 돌리며 물었다.

"그런데 아까 물에 빠져 죽은 사람들 이야기는 왜 한 거야?"

"며칠 전 물귀신들을 보면서 이상한 느낌이 들어서."

"이상한 느낌?"

"그래. 이상한 느낌. 보통 물귀신들은 그렇게 강하지도 않고, 무리 지어서 나타나지도 않아. 그런데 그날 본 물귀신들은 물 밖에 있던 우리를 끌어당길 정도로 강했어. 게다가 한꺼번에 약속이라도 한 듯이 우리에게 덤벼들었구."

성진은 그날 밤의 소름 끼치는 경험을 떠올리며 물었다.

"그게 이상해? 원래 물귀신이 다 그렇지 않아?"

혜린은 고개를 저었다.

"아냐. 설명할 수는 없지만, 내가 지금껏 봐왔던 물귀신과는 달랐어. 아무래도 그들을 한꺼번에 조종하는 어떤 존재가 있는 것이 분명해. 그것이 많은 사람들을 물에 빠져 자살하게 만들었고, 그들의 영혼을 틀어쥐고 있는 거지. 그것이 바로 큰 존재일까?"

혜린은 말을 얼버무렸다. 그녀는 민경의 죽음을 떠올리고 가슴이 저려오는 것을 느꼈다. 경찰은 민경의 죽음은 자살일 가능성이 크다고 했다. 하지만 사실 민경의 '자살'도 어쩌면 어떤 존재의 짓일지도 몰랐다.

"어떤 존재가 분명히 있어."

혜린은 혼잣말을 중얼거렸다. 성진은 궁금한 듯 혜린을 쳐다보며 물었다.

"어떤 존재?"

"나도 몰라."

"지금부터 알아내야겠네."

성진이 사뭇 진지하게 말했다.

"그걸 알아내고 없애든 뭐든 해야 도깨비와 했던 약속을 지킬 것 아냐."

혜린은 성진이 갑자기 왜 이리 적극적으로 나서는 걸까 궁금해하다가, 문득 성진이 자신의 관심을 다른 데로 돌리려고 한다는 사실을 깨달았다. 며칠 동안 방안에 틀어박혀 있는 동안 성진은 하루에도 몇 번씩 문을 두드리고 필요한 것이 없는지 물어보곤 했다. 혜린은 도깨비가 성진을 가리키며 했던 "저 도령, 착한 사람이거든"이라는 말이 떠올라서 자신도 모르게 피식 웃고 말았다.

혜린은 잠시 생각해본 뒤에 성진에게 말했다.

"그럼, 오늘밤에 한번 불러볼까?"

그러자 성진이 질겁하며 손을 내저었다.

"아니, 내 말은 자료 같은 걸 찾아보자는 뜻이었지. 지난번 그런 물귀신 같은 걸 다시 만날 생각은 없다구!"

"물귀신은 아냐. 단지 물귀신들을 조종하는 어떤 존재를 불러보자는 거지."

"너 혼자 실컷 해라."

"도와줄 거지? 말은 그렇게 하지만 도와줄 거란 거 다 알고 있어."

혜린의 말에 성진은 아무 대답도 하지 않았다. 혜린은 그런 성진을 보며 살짝 미소를 짓고 말했다.

"걱정 마. 그냥 불러서 질문하려는 것뿐이니까."

"뭐, 그 정도야."

성진은 옆으로 돌아앉으며 '내가 부탁하기에 만만한 상대인가'라고 속으로 생각하다가 덧붙였다.

"상황이 안 좋아지면 지난번처럼 비적이라는 분이 나와서 도와줄 테니까, 뭐."

성진의 말에 혜린은 아무 대답도 하지 않았다.

어느새 그들이 탄 차가 호텔에 도착했다. 날이 거의 저물어, 몰운대 쪽으로 해가 서서히 넘어가고 있었다. 몰운대는 짙은 해무에 가려져 거의 보이지 않고 그 윤곽만 어두운 실루엣으로 희미하게 나타났다. 그 주위에 저녁노을이 음산한 다홍빛으로 걸쳐져 있었다. 혜린은 노을을 보며 몸을 부르르 떨고는 호텔로 서둘러 걸어들어갔다.

소환

어두운 방안에는 혜린과 성진만이 서 있었다. 그들 앞에는 작은 탁자가 있고, 그 위에 두 개의 촛불이 말없이 타오르고 있었다. 두 개의 초 사이에는 세 개의 발이 달린 작은 놋그릇이 물이 반쯤 찬 채 놓여 있었다. 비적은 방안 어디에도 보이지 않았다.

성진은 향을 쥔 손에 힘을 주었다. 손바닥에서 진땀이 배어나왔다. 혜린 또한 잔뜩 긴장한 채로 놋그릇에 담긴 물을 뚫어져라 쳐다보고 있었다. 그릇 속에 든 물에 미세한 진동이 일었다. 혜린이 성진을 쳐다보며 조용히 이야기했다.

"성진아, 지금이야. 향에 불붙여!"

성진은 촛불에 향을 갖다대어 불을 붙였다. 향이 타오르기 시작하자 성진은 물그릇 위에 향을 몇 번 돌리며 연기가 퍼지게 했다. 혜린은 성진의 행동을 하나하나 쳐다보고 있었다. 물그릇 위에 퍼진 향의 연기는 서서히 놋그릇을 채우더니, 마침내 놋그릇 바깥으로 흘러나왔다. 안개처럼 흩어지는 연기가 점점 탁자를 뒤덮기 시작했다.

"이제 향을 치워도 돼."

혜린이 조용히 말했다. 성진은 천천히 향을 껐다. 그는 혜린을 돌아보며 이러면 되느냐는 눈빛을 보냈다. 혜린이 고개를 끄덕였다.

자욱한 향의 연기가 점점 위로 솟기 시작했다. 그것은 연기로 된 어떤 형상을 만들어냈다. 마치 작은 뱀의 모습과도 같은 그 형상은 몇 번 꼬리를 내저으며 주변을 휘휘 둘러보더니, 혜린과 성진을 발견했다.

"이제 검을 쥐고 저것의 코앞에 대고 말해."

혜린이 아까보다 더욱 작은 소리로 말했다. 성진은 침을 한번 꿀꺽 삼키고 앞으로 다가갔다. 그는 검을 두 손에 쥐고 천천히 들었다. 연기로 된 형체가 또아리를 틀고 가만히 노려보았다.

"이제 말해. 갑진에 팔월 열이틀 상향尙饗이오."

혜린이 성진의 귀에다 대고 말했다. 성진은 다시 한번 침을 꿀꺽 삼키고, 칼을 다잡았다.

"갑진에 팔월 열이틀 상향이오."

뱀 모양의 연기가 또아리를 풀었다. 혜린은 그것을 가만히 쳐다보고 있더니, 다시 성진의 귀에다 대고 말했다.

"물속의 많은 영혼을 조종하는 존재가 무엇이오, 데려오시오, 이렇게 말하고 우리가 보았던 그 물귀신들을 생각해. 정신을 집중하라구."

성진은 앞으로 약간 걸음을 옮기며 말했다.

"물속의 많은 영혼을 조종하는 존재가 무엇이오. 데려오시오."

그는 눈을 감고 물귀신들을 떠올렸다. 그때 느꼈던 섬뜩한 느낌도 함께 떠올리며 정신을 집중했다. 연기가 성진의 발에 휘감기기 시작했다. 그것은 점점 위로 타고 올라와서 마침내 성진의 온몸을 뒤덮었다. 성진은 온몸에 힘이 쭉 빠지는 것이 느껴졌다. 그 순간 연기가 공중으로 확 흩어져버렸다. 놀라서 눈을 뜬 성진의 옆에서 혜린이 고개를 끄덕이며 말했다.

"잘했어. 이제 그 존재를 불러올 거야. 그때까지 우리 좀 기다릴까?"

성진은 바닥에 털썩 주저앉았다. 정말 아무것도 아닌 듯해도 힘이 많이 소모되는 일이었다. 성진은 힘이 빠진 목소리로 말했다.

"야, 이거 원래 이렇게 힘든 거냐?"

"그럼, 당연하지. 저세상 존재를 불러온다는 게 쉬운 줄 알았냐?"

혜린이 성진 옆에 앉으며 대꾸했다. 성진은 문득 궁금증이 들었다.

"그런데, 아까 불렀던 건 뭐야? 혹시 비적처럼 네 심부름꾼이라도 되냐?"

혜린은 '비적'이라는 말에 잠시 뭔가를 생각하다가 고개를 끄덕이며 대답했다.

"맞아. 자연에 흩어져 있는 정령 같은 거야."

"그러면 그것도 귀매 아니야?"

"뭐, 네가 굳이 비교하고 싶다면. 그치만 이건 귀매처럼 의지를 가지고 사람을 죽이진 않으니까, 일단 다르다고 하자."

그렇다면 비적이라는 존재도 귀매의 일종인 걸까. 성진은 그때 보았던 비적의 칼춤이 갑자기 무시무시하게 느껴졌다. 혜린은 성진이 무슨 생각을 하고 있는지 모른 채 계속 말을 이었다.

"방금 불러낸 정령은 물귀신들을 조종하는 어떤 존재를 끌어올 수 있는 물의 속성을 가졌기 때문에 불렀던 거야. 조금 위험하긴 하지만 생각보다 간단하지 않니?"

"그럼 난 왜 부른 거야? 그렇게 간단한 거면 직접 하지 그래?"

성진은 퉁명스럽게 대꾸했다.

"말했잖아."

혜린은 애써 외면하며 말했다. 성진은 그런 혜린을 똑바로 쳐다보며 대답했다.

"아니. 넌 말한 적 없어. 이유가 뭔데? 물귀신들을 없앨 때도 그렇고, 왜 내가 널 도와줘야 되는데?"

성진은 낮은 목소리로 진지하게 물었다. 늘 장난기가 가득한 성진이 갑자기 진지하게 물어보자 혜린은 말문이 막혔다. 그녀는 어떻게 하면 평범한 사람들이 알아들을 수 있을까 생각을 정리하고는 천천히 입을 열었다.

"그건…… 네가 뛰어난 능력을 가지고 있기 때문이야."

"그거야 네가 말했으니까 나도 알지."

성진이 퉁명스레 대꾸했다.

"그것 말고, 난 네 얘기를 듣고 싶어. 비적같이 강한 심부름꾼을 거느리는 네가 왜 이런 일에는 직접 나서지 않는 거야? 너 혹시 몸 사리는 거 아냐?"

혜린은 고개를 저었다.

"아냐. 그건 절대 아냐. 난 단지……"

"단지?"

혜린은 성진이 포기할 기미를 보이지 않자 이윽고 결심한 듯 한숨을 푹 내쉬며 말했다.

"단지, 내 주변 사람들을 다치게 하고 싶지 않아서야."

"그게 무슨 말이야?"

성진이 콧잔등에 주름을 잡으며 물었다.

혜린의 머릿속에 꿈인지 실제인지 모를 어떤 기억이 주마 등처럼 스쳐지나갔다. 주황색 가사를 몸에 칭칭 감은 한 노인. 노인이 카랑카랑한 목소리로 말한다.

—너는 춤으로 세상을 창조하고 춤으로 세상을 멸하는 존재다.

혜린은 그 목소리가 지금도 들리는 것 같아 머리를 세차게 저었다. 그 목소리가 더욱 소름 끼쳤던 이유는 그 노인의 뒤에 서 있던 커다란 형체 때문이었다. 해골 목걸이를 두른 푸른색 피부의 여신이 빙글빙글 돌면서 춤을 추고 있었다. 무시무시한 모습이었지만 혜린은 이상하게도 그 존재가 여신이라는 것을 느낄 수 있었다. 그러던 중 혀를 쭉 내민 채 악귀의 피를 맛보고 있던 여신과 눈이 마주쳤다. 그 순간 마치 공명이라도 하듯 징 하고 머릿속이 울렸고 동시에 어디선가 피비린내가 밀려왔다.

그 냄새에 압도된 혜린이 눈을 질끈 감았다가 다시 떴을 때 그녀는 서늘한 기분이 드는 박물관 전시실에 서 있었다. 주황색 가사를 입은 노인도, 푸른 피부의 여신도 보이지 않았다. 혜린은 커다란 티베트 탱화 앞에 서 있었다. 그 그림 속에는 방금 보았던 여신과 비슷하게 생긴 존재가 그려져 있었다. 혜린은 커다란 징이 울리듯 웅웅대는 소리를 애써 무시하려고 애쓰며, 그림 옆에 부착된 설명을 읽었다.

대흑천大黑天, 혹은 마하칼라Mahakala. 힌두교에서 유래된 불교의 수호신으로, 여성형으로 마하칼리Mahakali라고도 부른다.

혜린은 그날 도망치듯 박물관을 나온 뒤 다시는 그 생각을 하지 않았다. 하지만 왜 갑자기 이 기억이 떠오른 걸까. 혜린은 그날 맡았던 피비린내를 떠올리며 몸을 부르르 떨었다.

"혜린아?"

한참 동안 골똘히 생각에 빠져 있는 혜린을 성진이 불렀다. 혜린은 마치 꿈에서 깨어나듯 퍼뜩 정신을 차렸다.

혜린은 의아한 표정으로 자신을 쳐다보는 성진의 시선을 외면하면서, 내키지 않는 목소리로 천천히 입을 열었다.

"그러니까, 나 예전부터 주술 같은 것을 공부했거든."

"혼자서?"

성진이 놀라자 혜린은 "가르쳐주는 사람이 있었어야지"라고 대꾸하며 말을 이었다.

"주술은 어떠한 영적인 파동의 발현이지. 그 사람과 그 사람의 주변에 있는 어떤 영적인 파동이 주술을 성립시키는 거야."

"그런데?"

"처음에는 재미있다고 생각했어. 책을 뒤져서 거기서 본 주술을 직접 해보며 실험을 했지. 그때까진 내가 누군가에게 해를 끼치리라고는 전혀 생각 못했어. 그런데 고등학교 다닐 때……"

혜린은 숨을 훅 하고 들이마시며 말했다.

"성적을 올려달라고 쓴 주술이었을 거야. 알아, 유치하지? 그런데, 그걸 쓰고 사흘 뒤에 사촌 언니가 유산을 했어. 그때는 그냥 우연일 거라고 생각했지. 그런데 대학에 들어가고 나서 사랑을 이뤄준다는 주술을 써본 적이 있거든. 그 사흘 뒤에 할머니가 돌아가셨어."

혜린은 눈시울이 붉어졌다. 죄책감이 다시 몰려왔다. 그녀는 눈을 깜빡거려 눈물을 떨구었다. 어두워서 그런지 성진은 보지 못한 것 같았다.

"처음엔 내 탓인 줄 몰랐어. 그런데 돌아가신 지 며칠 뒤에 할머니가 꿈에 나타나셔서 어떤 존재가 자신을 끌고 가고 있다고 호소하시는 거야. 그래서 비적에게 그들이 왜 죽었는지 물어봤어. 비적이 그러더라. 내가 가진 힘이 주위의 요물들을 끌어들였다고."

혜린은 고개를 푹 숙였다. 그녀의 머릿속에 다시 주황색 가사를 입은 노인의 목소리가 들려왔다. 춤으로 세상을 창조하고 춤으로 세상을 멸하는 존재.

'창조는 모르겠지만, 멸하는 것은 확실하지. 뭘 하려고 할 때마다 사람들이 죽어나가니까.'

혜린은 자조하듯 덧붙였다.

"난 원래 그렇게 생겨먹은 거지 뭐."

성진은 혜린에게 다가가 그녀의 등을 토닥거렸다.

'혜린이도 나름대로 아픈 곳이 있었구나. 건방지고 제멋대로인 애라고만 생각해왔는데……'

성진의 다독임에 혜린은 정신을 차린 듯, 눈물을 손으로 훔치며 일어섰다.

"벌써 시간이 이렇게 됐네. 아무 대답도 없는 걸 보니 실패했나보다."

혜린이 시계를 보며 말했다. 주술을 시작한 지 벌써 두 시간이 지나 있었다.

"이렇게 책으로만 배우면 실패할 때가 많지, 뭐."

그녀는 울던 것이 부끄러운 듯 피식 웃으며 일부러 농담처럼 덧붙였다. 그러고는 성진이 뭐라고 더 묻기 전에 서둘러 놋그릇과 초를 치웠다.

"잘 자."

괜찮은지 걱정이 되어 물끄러미 쳐다보는 성진을 보며, 혜린이 건조한 목소리로 말했다. 성진은 뒤를 연신 돌아보며 혜린의 방을 나갔다. 혜린은 그런 성진의 뒷모습을 바라보며 잠깐 생각에 잠겼다가 시계를 보고 침대에 누웠다. 머릿속이 복잡했다. 그녀는 비적을 떠올렸다.

'지금 비적이 있으면 좋을 텐데.'

민경이 죽은 뒤부터 비적은 흔적도 없이 사라져서 아무리 불러도 나타나지 않았다. 지난 며칠 동안 혜린은 방에 틀어박혀 비적을 불러내려고 애썼지만 모두 헛수고였다. 며칠 사이 혜린은 비적의 고마움을 사무치게 느끼게 되었다. 비적이 사라진 지금, 그녀는 마치 자신을 둘러싸고 있던 보호막이 사라진 느낌이었다.

'거기다가 마음대로 주술도 못 쓰지.'

영안은 있는데 아무것도 할 수 없는 자신의 체질이 혜린은 저주스럽게 느껴졌다.

─아씨의 주변에는 제가 막을 수 없을 정도로 많은 요물들이 모여 있습니다. 아씨의 영적인 파동이 그들을 강하게 끌어들이기 때문이죠. 그래서 아씨는 자신도 모르게 요물의 힘을 빌려 쓰고, 그 대가로 주변 사람들의 영혼을 내어주는 게지요.

할머니가 돌아가셨을 때, 혜린이 물어보자 비적은 그렇게 말했다.

"내가 춤으로 세상을 멸하는 존재라서?"

─아닙니다.

혜린의 질문에 비적은 연기로 화해서 혜린의 바로 앞까지 다가와서는 다시 인간의 모습으로 되돌아와서 두 손을 모아 읍하며 말했다.

─아씨가 자신이 어떤 존재인지 온전히 깨닫지 못해서지요.

"이해할 수 없어."

─언젠가는 이해하시게 될 겁니다. 그때까지 제가 아씨를 지켜드리지요.

그러면서 비적은 고개를 수그리며 미소만 지었다. 바닷바람을 머금은 안개가 되어 살며시 혜린의 어깨에 내려앉았다가 사라졌다.

'지켜주겠다고 했으면서, 대체 어디 간 거야.'

혜린은 중얼거리면서 스르르 잠에 빠져들었다.

푸드득 날아오르는 청둥오리의 모습이 보였다. 높게 세워진 솟대와 나부끼는 천. 솟대 옆에는 며칠 전 꿈에서 보았던 여인이 서 있었다. 혜린은 어느덧 자신이 꿈속에 들어와 있다는 것을 알았다.

꿈속의 여인은 춤을 추고 있었다. 여인의 손에 들린 흰 천이 바람에 나부꼈다. 여인이 천을 자르기 시작했다. 혜린은 그 여인에게 다가가 물었다.

"왜 자르는 거죠?"

여인은 고개를 푹 숙이며 대답했다.

"이제 더이상 춤을 출 사람이 없기 때문이죠."

여인의 말소리는 왠지 쓸쓸하게 들렸다. 어느새 북소리와 현악기 소리는 그쳐 있었다. 그래서 여인의 목소리가 더욱 크게 울리는 것 같았다. 혜린은 여인의 말에 이상하게도 가슴 한구석이 뻥 뚫린 것 같은 느낌이 들었다. 묘한 떨림이 심장에서부터 온몸으로 퍼져나갔다. 혜린은 고개를 푹 숙였다. 여인의 손에서 떨어진 흰 천이 흙바닥에 나뒹굴고 있었다. 혜린은 살며시 그 천을 주워들었고 잠시 망설이다가 여인에게 그것을 내밀었다.

"이거, 받으세요."

여인은 하얀 손을 내밀어 천을 받아들었다. 그녀는 처량한 미소를 지으며, 하얀 천으로 자신의 얼굴을 감쌌다. 붉은 피가 여인의 눈, 코, 입에서 흘러나와 하얀 천을 붉게 적셨다. 검붉은 피가 바닥에 뚝뚝 떨어졌다.

"꺄악!"

혜린은 비명을 질렀다. 여인의 모습이 깨어진 거울처럼 이리저리 일그러지다가 어느새 팍 하는 소리를 내며 터져버렸다. 깨어진 조각들은 땅바닥에서 이리저리 움직이다가 어느새 연기로 화해 사라졌다.

연기 속에서 새로운 무녀의 모습이 보였다. 아까와는 전혀 다른 사람이었다. 그녀는 피로 물든 천을 이리저리 흔들며 춤을 추었다. 비릿한 피냄새가 확 끼쳐왔다. 무녀는 한 손에는 긴 칼을, 다른 한 손에는 피에 젖은 천을 들고 있었다.

그녀의 손은 물론이고, 소맷자락과 치마도 붉게 물들어 있었다. 무녀는 잔인함과 슬픔이 섞인 묘한 표정을 지었다. 혜린은 그녀의 표정이 과연 무엇을 뜻하는지 읽어내려고 했지만, 도무지 짐작조차 할 수 없었다.

무녀가 혜린에게로 손을 뻗었다. 피로 물든 손에서 검붉은 선혈이 뚝뚝 떨어졌다. 무녀는 초점이 없는 흐린 눈으로 뭐라고 말을 하려고 했다. 그러나 그녀의 입에서는 쉿쉿 하는 소리만이 나올 뿐이었다. 혜린은 비명을 질렀다.

고양이

성진은 침대에 엎드린 채로 고개를 들어 시계를 슬쩍 보았다. 새벽 두시를 가리키고 있었다. 그는 한숨을 쉬면서 베개에 머리를 파묻었다. 속에서 불이 나는 듯 매우 더웠다. 이상하게도 무더운 밤이었다. 몇 번이나 에어컨에서 바람이 나오는 것을 확인했지만 에어컨에는 아무런 이상이 없었고, 방안은 찌는 듯이 덥게 느껴졌다.

"아, 짜증나."

성진은 베개를 주먹으로 쳤다. 하얀 베개에 푹 파인 주먹 자국이 나는 것을 보고 마음이 좀 풀린 그는 다시 엎드려서 잠을 청했다. 잠은 오지 않았지만, 더위에 정신이 몽롱해졌다.

얼마간 시간이 지난 뒤, 그는 숨이 막혀서 눈을 떴다. 그런데 눈앞에 자신의 모습이 보였다. 자신이 둘로 나뉘어 있었다. 침대 위의 자신과 천장에서 그것을 내려다보는 자신.

그는 당연히 꿈이라고 생각했다. 침대 위에서 자신이 뭔가에 상당히 괴로워하며 몸을 뒤틀었다. 내려가서 봐야겠다고 생각을 하자, 어느덧 자신의 모습이 가까이서 보였다. 침대 위의 자신이 눈을 감고 소리를 치며 손을 뻗었다.

"어억······"

가위라도 눌렸는지 침대 위의 성진은 숨이 막히는 듯 쉰 목소리를 내며 손을 뻗었다. 성진은 침대 위의 자신에게 손을 내밀어 그 손을 맞잡았다. 손을 잡자 침대 위의 자신이 느끼는 괴로움이 전해져왔다.

답답한 느낌에 성진은 침대 위의 자신이 붙잡고 있는 손을 놓으려고 안간힘을 썼다. 그러나 손은 점점 성진의 손을 죄어왔다. 동시에 목이 졸리는 듯 숨이 막혔다.

성진은 엎드려 있는 자신의 모습을 보았다. 침대 위의 자신은 땀을 뻘뻘 흘리며 괴로워하고 있었고, 그의 등 위에는 하얀 덩어리들이 엉켜 있었다. 그 덩어리들은 서서히 침대 위의 성진의 몸을 휘감았다. 섬뜩한 기분이 온몸을 엄습했다. 성진은 소리를 치려고 했지만 목소리가 나오지 않았다.

마치 물뱀처럼 성진의 등을 타고 머리 쪽으로 서서히 기어올라가던 하얀 덩어리는 조금씩 가늘고 길게 늘어지더니 어느새 여인의 모습으로 변했다.

여인은 슬며시 고개를 들어 성진을 보았다. 성진은 놀라서 도망치려고 했지만 침대 위에 누워 있는 자신이 손을 놓아주지 않았기 때문에 제자리에 주저앉고 말았다. 여인은 밤처럼 새까만 머리털에 하얀 얼굴을 하고 있었다. 여인이 쳐다보자 성진은 심장이 얼어붙는 것 같았다.

'그 여자다.'

성진은 부산에 오기 전 꿈에서 보았던 여인의 얼굴을 떠올렸다. 그때는 이렇게 무시무시하진 않았는데. 성진은 자신의 앞에 나타난 여인의 모습을 보며 경악했다.

이 여인은 눈이 없었다. 아니, 눈은 있었지만, 그 눈 안에 아무것도 없었다. 마치 무無를 연상케 하는 그녀의 눈이 초점 없이 이리저리 움직였다. 성진은 온몸에 소름이 돋는 것을 느꼈다. 여인이 다시 고개를 숙여 침대 위의 성진의 목에 키스를 했다. 차가운 입술의 느낌이 손을 타고 성진에게 전해져왔다. 성진은 온몸을 부르르 떨었다. 침대 위의 자신도 몸을 떨었다. 여인은 손을 뻗어 성진의 목을 만졌다.

차가운 손이 목을 만질 때마다 숨이 막혀왔다. 성진은 캑

캑대다가 문득 가위에 눌릴 때 대처하는 방법이 생각났다.

'손가락 하나를 움직이면 된다!'

그는 손가락을 살며시 움직여보았다. 손가락은 뜻대로 움직여주지 않았다. 침대 위의 성진과 또다른 성진 모두 진땀을 흘렸다. 여인이 초점 없는 눈으로 두 성진을 쳐다보았다. 성진이 진땀을 흘리는 것을 본 그녀는 차가운 입술에 슬며시 미소를 띠며 일어섰다.

성진은 눈을 번쩍 떴다. 그는 누운 채로 손가락을 옴짝거리고 있었다. 잠에서 깬 건가? 손가락이 마음대로 움직여졌다. 몸이 조금씩 풀렸다. 성진은 진땀으로 흠뻑 젖은 베개의 감촉을 느끼며 벌떡 일어났다.

주변을 휘휘 돌아보았다. 어두운 방안에는 아무도 없었다. 방안을 둘러보던 성진의 시선이 테이블에 놓인 형섭의 노트북컴퓨터에서 멈췄다. 소름이 오싹 돋았다. 형섭이 무섭다고 방을 바꿔달라고 부탁해서 들어줬는데, 정말로 이 방에 뭔가가 있긴 있는 모양이었다.

성진은 얼른 일어나서 노트북컴퓨터를 덮고 가방 안에 집어넣었다. 그는 다시 침대로 걸어가면서 정말 방안에 아무도 없는지 다시 한번 확인했다. 침대에 누우며 시계를 보았다. 이제 새벽 두시 반. 겨우 삼십 분 동안 잤던 것이다. 그는 땀으로 흠뻑 젖은 베개를 뒤집어서 베고 다시 잠이 들었다.

얼마나 잤을까, 성진은 엎드린 채 잠에서 깼다. 갑자기 등 위에 무언가 오싹한 것이 지나가는 것이 느껴졌다. 아까 본 그 초점 없는 눈을 가진 여인이 생각났다. 뒤를 돌아보려고 했지만 두려움에 돌아볼 수가 없었다. 여인이 침대 옆으로 기어내려와 성진의 얼굴을 쳐다보았다. 성진은 그녀와 눈이 마주치자 얼른 눈을 감았다. 쳐다보기만 해도 몸이 얼어붙을 것 같았다.

성진은 눈을 꼭 감고 기도를 했다. 무신론자인 성진이 처음 하는 기도였다. 자신의 눈앞에 있는 여인이 사라지기만 한다면 내일부터라도 교회에 갈 작정이었다.

"하늘에 계신 아버지……"

그는 어디서 주워들은 기도문을 생각나는 대로 외기 시작했다. 목소리가 점점 커져 고함소리로 변해갔다. 방안을 쩌렁쩌렁 울리는 기도 소리가 애처로울 정도로 다급하게 느껴졌다. 그러나 성진의 바람과는 정반대로 여인은 사라지지 않았다. 대신 그는 눈이 서서히 떠지는 것을 느꼈다. 눈을 뜨지 않으려고 눈꺼풀에 힘을 주었지만 마음대로 되지 않았다.

눈을 뜬 성진은 소스라치게 놀랐다. 아까의 그 초점 없는 눈을 가진 여인이 바로 코앞에서 쳐다보고 있었다. 그녀는 창백한 얼굴을 가까이 들이대며 고음으로 무언가를 말하고 있었다. 성진은 도망가려고 했지만 몸이 말을 듣지 않았다.

여인의 목소리가 귓속을 파고들었다. 그 소리는 마치 혈액 속으로 스며드는 차가운 얼음과도 같았다. 성진은 심장이 멈추는 것 같았다. 그녀가 중얼거리는 소리가 계속되자 그는 미쳐버릴 것 같았다. 무언가 말을 해야 자신이 살 것 같다는 생각이 머리를 스치고 지나갔다. 그는 자신도 모르게, 있는 힘껏 고함을 쳤다.

"넌 누구야?"

여인은 중얼거리는 소리를 멈추고 한동안 초점 없는 눈으로 성진을 빤히 쳐다보았다. 그녀는 흰색의 덩어리로 변해서 성진의 목을 휘감으며 다시 중얼거렸다. 그 덩어리들은 연기로 화해 서서히 사라지며 합창 같은 소리를 냈다. 성진은 그 소리에 귀를 기울였다.

—여어엉……주우우…… 여엉……주…… 영주……

"영주?"

성진은 그것을 되뇌었다.

"영주라고? 영주야……?"

성진은 계속 그 이름을 불렀다. 그가 한 번씩 소리칠 때마다 몸이 점점 풀리고 목소리도 정상으로 돌아오는 것 같았다.

"영주야!"

그는 소리치며 잠에서 깨었다. 아직도 귓속에서 '영주'라는 이름이 맴돌았다. 숨죽인 채 귀를 기울여보았다. 작은 소리의 파편들이 귀 안에서 돌고 있는 것 같았다.

—여엉주…… 여어어엉주우우…… 여어……엉. 주우우우.

성진은 다시 한번 귀를 기울여보았다.

이번에는 그 소리가 점점 아기 울음소리같이 변해갔다. 그러다 이내 고양이의 울음소리가 되었다.

—냐아아옹…… 냐아아아옹……

그는 벌떡 일어났다. 커튼을 젖히고 바깥을 내다보았다. 밖에서 고양이 울음소리가 들려왔다.

"뭐야. 저 소리 땜에 이런 꿈을 꾼 거야?"

그는 기가 차서 혀를 끌끌 차며 다시 침대에 누웠다. 고양이 울음소리가 계속 들려왔다. 그 소리는 텅 빈 거리에 메아리치듯 퍼져나갔다. 묘하게 한 맺힌 듯한 울음소리. 그 소리는 마치 무언가를 애타게 찾는 것처럼 텅 빈 주택가를 음산하게 감싸고 돌았다.

—캬아오옹…… 캬아오옹.

성진이 귀를 기울여서인지 울음소리는 점점 크게 들렸다.

그는 돌아누우며 애써 잠을 자려고 노력했다. 잠은 오지 않고 고양이의 울음소리만이 귓가에 차갑게 맴돌았다.

"고양이들이 단체로 애정 행각이라도 하나?"

성진은 혼자 농담을 하면서 고양이 소리를 귀에서 떨쳐버리려고 애썼지만 소용이 없었다. 동이 터올 때쯤 고양이 울음소리가 그치자, 성진은 그제야 붉게 충혈된 눈을 감고 잠간의 휴식을 취할 수 있었다.

"너네 어젯밤에 고양이 울음소리 들었어?"

성진이 토스트를 입에 물고 말했다. 조식 시간이 끝나가는 때라 식당에는 사람이 거의 없었고, 그래서 말소리가 식당 전체에 울려퍼졌다. 성진은 얼굴을 숙이고 다시 작은 목소리로 말했다.

"나 어제 고양이 울음소리 땜에 악몽 꿔서 한숨도 못 잤잖아."

혜린은 피곤한 눈을 내리깔며 묵묵히 커피를 마셨다.

"나도 어제 그 소리 들었어요. 밤중에 들으니까 정말 오싹하던데요?"

유정이 말했다. 형섭이 이때다 싶었는지 얼른 끼어들어 말했다.

"너네 그거 아니? 고양이가 밤중에 마구 울어대는 건 귀신을 불러내는 거래."

형섭은 뭔가 재미있는 이야기가 나오지 않을까 해서 얼른 혜린을 쳐다봤지만, 그녀는 심드렁한 표정으로 커피만 홀짝이고 있었다.

"어제, 정말 무서웠거든. 어떤 꿈이었냐면 말이야."

성진은 어제 꿨던 꿈을 대강 이야기해주었다.

"……영주, 영주, 하고 부르니까 가위눌린 게 점점 풀리는 거야."

"너 여기 오기 전에도 악몽 꿨다면서? 그 처녀 귀신이 여기까지 따라왔나봐. 이름은 영주고."

형섭이 낄낄 웃으며 놀리기 시작했다. 성진은 그를 한번 째려보고 다시 말을 이었다.

"끝까지 들어봐. 그런데 알고 보니까 그게 고양이 소리였어. 야옹, 야옹, 하는 소리가 영주, 영주, 로 들린 거야. 결말이 좀 허무하지?"

"선배, 혹시 전생의 애인 아니었을까요?"

유정이 웃으며 말했다. 성진은 손을 내저으며 너스레를 떨었다.

"이상한 소리 하지 마! 난 그런 무서운 여잔 싫단 말이야."

"근데 그 고양이는 왜 그렇게 운 거야?"

가만히 있던 혜린이 궁금하다는 듯 끼어들었다. 유정이 아는 체하며 대답했다.

"내가 아침에 밖에 나가서 문제의 고양이를 찾아봤죠."

"그래서?"

일동의 시선이 유정에게 집중됐다. 유정은 시선을 받는 것이 좋은 듯, 커피를 한 모금 마시고 능청을 부렸다. 그러면서 천천히 커피잔을 내려놓으며 대답했다.

"저 밖에 있는 음식점에서 키우던 고양이의 새끼인데요. 어미가 죽어서 새끼가 저렇게 우는 거래요."

혜린은 생각에 잠긴 표정으로 고개를 끄덕였다.

"근데, 새끼 고양이가 정말 귀엽던걸요? 오빠, 궁금하면 밥 먹고 한번 가볼래요?"

유정은 형섭을 쳐다보면서 빠르게 말하고는 토스트를 한 입 베어물었다. 하지만 형섭 대신 혜린이 대답했다.

"나, 나중에 거기 가보고 싶어. 데려가줄 거지?"

"뭐, 이따가요."

"그런데 우리 조사는 언제 끝난대?"

성진이 화제를 바꾸며 말했다. 혜린은 어깨를 으쓱하기만 했다. 사실 며칠째 김재관 교수는 내가 뭐에 씌었지, 아이고, 주님, 따위의 혼잣말만 중얼거리며, 매일 심란한 표정으로 호텔 주위만 서성거리고 있었다.

"이제 동제 조사도 글렀고 슬슬 짐 꾸려야 할 때가 왔는데, 우리 교수님은 아직 떠나고 싶은 마음이 없으신가봐. 형섭아, 너 어제 교수님이랑 술 한잔했다면서? 뭐 들은 거 없어?"

성진의 질문에 형섭은 갑자기 비밀 이야기라도 하듯 목소리를 잔뜩 낮춰서 말했다.

"참, 너희들 그거 아니? 이번 연구비는 어떤 재벌이 지원해줬대. 게다가, 이건 진짜 극비인데……"

"기업 재단에서 지원했으니까 재벌 맞지 뭐. 개발 전에 여론 무마하려고 하는 거 아냐?"

혜린이 심드렁하게 대꾸했지만, 형섭은 조용히 해보란 표정으로 입술에 손가락을 갖다대며 말을 이었다.

"나도 그런 줄로만 알았는데 사실은 이사장이 개인적인 관심 때문에 지원한 거래. 그런데 진짜 이상한 건 따로 있어. 조사 지원 조건이 너희 둘을 여기로 데려오는 거였대."

그는 이렇게 말하며 손가락을 들어 성진과 혜린을 번갈아 가리켰다. 혜린이 그 손가락을 밀치며 말했다.

"야, 이상한 소리 좀 그만해. 너 어제 술이 과했던 거 아니냐?"

유정이 금방이라도 웃음이 터질 듯한 얼굴을 하고 형섭을 바라보았다.

"아냐. 정말이야."

형섭은 억울하다는 듯 대답했다. 그것을 듣고 있던 성진이 곰곰이 생각하다가 심각하게 말했다.

"난 그럴 줄 알고 있었어."

"어머, 정말이에요? 혹시 선배가 그 재벌하고 무슨 친척이라도 되는 거예요? 숨겨진 자식, 뭐 이런 거?"

유정이 놀랍다는 듯 말했다. 성진은 엄숙한 표정을 지으며 고개를 저었다.

"아니, 그런 게 아니라 그 사람이 나의 천재적인 재능을 알아보고……"

성진의 말이 다 끝나기 전에 일동은 모두 자리에서 일어나 버렸다.

"유정아, 나랑 고양이 보러 가자."

혜린은 의자에서 일어서며 말했다. 유정은 얼른 형섭을 쳐다봤지만 형섭은 성진과 농담을 주고받느라 유정을 쳐다도 보지 않았다. 유정은 한숨을 푹 내쉬고는 고개를 끄덕이며 일어났다.

"야. 이상한 소리 하지 말고 공부나 열심히 해. 엉?"

형섭이 성진의 뒤통수를 툭 쳤다.

"니가 그런 소리 하면 누가 믿냐? 너 학사경고 피하려고 군대 간 거 세상이 다 아는걸."

형섭이 웃으며 말했다. 성진은 머리를 긁었다.

"근데, 네가 한 얘기 정말 사실이냐?"

성진이 물었다. 형섭은 고개를 끄덕이며 대답했다.

"응. 어제 교수님이 술 드시다가 한참을 푸념하던데 뭘."

"그 후원자라는 사람, 좀 이상한 사람 아냐? 민속조사를 지원할 생각을 다 하다니."

"전에 연구실에서 한 번 봤는데 멀쩡하게 생겼던데. 하긴, 속은 모르는 거니깐."

형섭과 성진이 대화를 하는 동안 혜린은 유정을 데리고 고양이를 찾아보러 나갔다.

혜린은 조금 전 성진의 꿈 이야기를 들으며 이상한 느낌이 들었다. 그녀도 어제 들었던 고양이 울음소리가 계속 마음에 걸렸다. 이상한 기분이 떨쳐지지 않았다. 어젯밤의 울음소리는 어떤 자의 한이나 주체할 수 없는 슬픔이 담긴 듯 느껴졌다. 찢어질 듯 아픈 가슴을 움켜쥐고 호소하는 느낌.

"선배, 여기예요."

유정의 명랑한 목소리에 혜린은 정신이 돌아왔다. 유정은 손가락으로 한 음식점 앞의 전봇대를 가리키며 말했다.

그곳에는 새끼 고양이 한 마리가 있었다. 고양이의 목에 매어진 빨간 줄은 전봇대에 단단히 묶여 있었다. 고양이는 혜린을 보자 동그란 눈을 크게 뜨며 작은 소리로 야옹, 하고 울었다. 고양이의 수염이 미약하게 떨렸다. 혜린은 고양이에게 다가가서 가만히 쓰다듬어주었다. 혜린의 손바닥 크기에도 못 미치는 크기의 고양이였다. 혜린은 이 작고 귀여운 고양이가 어젯밤 한 맺힌 울음소리의 주인공이었다는 것이 믿어지지 않았다.

"선배도 고양이 좋아하는구나."

유정이 고양이의 수염을 손가락으로 간지럽히며 말했다. 고양이는 유정의 손가락이 닿자 동그란 눈을 감으며 작은 소리로 울었다.

"너희도 어젯밤에 고양이 우는 소릴 듣고 찾아왔구나."

뒤에서 김재관 교수의 목소리가 들려왔다. 혜린과 유정은 뒤를 돌아보았다. 김교수 옆에는 처음 보는 남자가 서 있었다.

"혜린씨, 안 그래도 찾고 있었는데 잘됐다."

김교수는 그렇게 말하고는 함께 온 남자에게 혜린과 유정을 소개했다.

"여기가 성혜린씨입니다. 우리 혜린씨는 대학원생이고, 여기 유정씨는 아직 학부생이죠. 혜린씨, 우리 조사를 후원해주신 임재호 이사장님이야. 인사해."

남자는 혜린에게 손을 내밀며 악수를 청했다. 혜린은 차가운 표정을 지으며 묵례를 했다. 남자는 내민 손을 어색하게 주머니에 집어넣으며 약간 고개를 숙여 묵례했다.

후원자는 혜린의 예상과는 달리 젊은 사람이었다. 삼십대 후반이나 사십대 초반으로 보였다. 휴가철 리조트 호텔 앞 풍경과 전혀 어울리지 않게 짙은 색 정장을 입고 있어서, 방금 비즈니스 미팅이라도 끝내고 온 듯 보였다. 그는 다소 부자연스러운 몸짓으로 머리를 쓸어올리며 말했다.

"혜린씨에 대한 이야기는 교수님께 많이 들었습니다. 임재호라고 합니다."

'이 사람이 나하고 성진이를 조사단에 넣으라고 했을까?'

혜린은 아까 형섭이 했던 말이 기억났다.

"민속조사에 관심이 많으신가봐요."

혜린은 사무적인 미소를 지으며 말했다.

"그런 편이죠."

재호는 혜린의 말에 미소를 지으며 대답했다. 옆에서 지켜보던 김재관 교수는 뭔가가 나올까, 하는 표정으로 재호와 혜린을 번갈아 보며 말했다.

"이사장님께서는 지금 이 일대를 개발하는 사업을 하고 계시는데, 이곳의 독특한 풍습에 상당한 흥미를 느끼고 조사를 지원하신 거야."

"이 일대 대부분이 예전부터 저희 집안 땅이었거든요. 물론 전 여기서 살지 않았지만."

재호가 덧붙였다.

"전 어제 여기에 도착했습니다. 조사가 난항을 겪고 있다는 말을 들었거든요."

민속조사 이야기가 나오자 눈치 빠른 유정은 얼른 교수의 안색부터 살폈다. 며칠 동안 "오, 주여. 내가 뭐에 씌었지" 소리를 해대던 교수의 모습이 생각났기 때문이었다.

"사장님도 저 호텔에서 묵으셨어요? 여기 호텔 체인 오너시라고 들었어요."

유정이 화제를 돌리려고 얼른 물었다. 재호는 가볍게 고개를 끄덕이며 말했다.

"어젯밤 늦게 도착했죠. 저도 어젯밤에 고양이 소리 때문에 잠을 제대로 못 잤답니다. 그래서 아침에 교수님과 함께 산책하면서 고양이를 찾아봤죠."

"고양이 어미가 죽었다고 그러더라구요. 너무 불쌍해요!"

유정이 손가락으로 고양이 볼을 쓰다듬으며 말했다.

"그렇지. 주인한테 물어보니, 고양이 어미가 찻길에 뛰어들다가 차에 치여서 죽었다는군."

교수가 대답했다. 유정은 새끼 고양이를 내려다보며 측은한 표정을 지었다.

"아마, 그것 때문에 고양이가 밤새도록 울었나봅니다."

재호는 별것 아닌 일을 의미심장한 말투로 이야기했다. 그러고는 갑자기 생각난 것처럼 교수를 돌아보며 말했다.

"저기, 잠깐 혜린씨랑 얘기 좀 하고 싶은데요."

부탁하는 말투였지만 마치 명령처럼 들렸다. 교수는 그 미묘한 어조를 눈치챘지만 그저 고개를 끄덕였다.

"그러시죠."

교수는 유정을 데리고 호텔로 돌아갔다. 그들의 모습이 보이지 않게 되자 재호는 잠시 함께 걷자는 듯 호텔 정원 쪽으로 걷기 시작했다. 그는 혜린이 뭔가 묻기를 기다리는 듯 보였지만, 혜린은 무슨 말을 해야 할지 몰라 잠자코 그를 따라갔다. 이윽고 재호가 먼저 입을 열었다.

"고양이를 보면서 어떤 이야기가 생각나더군요."

"무슨 이야기인데요?"

혜린이 다소 퉁명스럽게 물었다. 이상하게도 불쾌한 느낌이 드는 사람이었다. 그는 이런 혜린의 생각을 아는지 모르는지 바다 쪽을 쳐다보며 말을 꺼냈다.

"고양이는 영물이라서 자신에게 피해를 준 사람에게는 복수를 한다고 하죠. 그 사람이 주인이라도 말이죠. 고양이가 저주를 한다는 말은 많이 들어보셨죠? 고양이에게는 귀신을 불러모으는 힘이 있다고 하더군요. 그래서……"

혜린은 갑자기 이상한 이야기를 꺼내는 재호를 미심쩍은 눈빛으로 쳐다보았다. 그는 혜린의 생각을 눈치채고 말했다.

"혜린씨도 이런 얘기에는 익숙할 텐데요."

"제가 민속조사 다니는 사람이라서요?"

"솔직히 말하죠. 난 혜린씨가 어떤 사람인지, 어떤 능력을 갖고 있는지 압니다."

재호의 말에 허를 찔린 혜린은 당황한 나머지 할말을 잊고 입술만 깨물었다. 재호는 그런 혜린을 슬쩍 쳐다보고 다시 말을 이었다.

"그럼 이제 본론으로 들어가지요."

"이 마을에 떠도는 귀매들을 몰아내라, 뭐 그런 건가요?"

혜린이 날카롭게 쏘아붙였다. 재호는 약간 머쓱해하면서

도 미소를 지으며 살살 달래듯 말했다.

"역시 내가 사람 보는 눈이 있다니까. 혜린씨는 역시 빨리 이해하는군요."

"민속조사를 후원한다는 것도 모두 거짓말이었네요. 개발에 걸림돌이 되는 귀매들을 쫓아내기 위해서 니와 성진이를 데려가라고 조건을 달았구요. 그렇죠?"

"맞아요."

"저 그런 능력 없어요. 게다가 있다고 해도 그런 일에 관여하고 싶지 않구요."

혜린은 치밀어오르는 짜증을 참으며 날 선 말투로 대꾸했다. 그러다가 문득 재호가 민속조사를 후원한 재단 이사장이라는 사실이 생각났다.

"애초에 내가 싫다고 하면 어쩔 생각이었나요? 당장이라도 다 그만두고 그냥 여길 떠나버릴 수도 있잖아요. 혹시, 치사하게 연구비 회수하려는 건 아니죠?"

"그깟 푼돈 뭐라고요. 그건 걱정 마시지요. 걱정해야 할 건 혜린씨 본인입니다."

재호가 피식 웃으며 말했다. 혜린이 무슨 뜻이냐는 듯 눈썹을 찌푸리며 재호를 쳐다보았다.

"혜린씨가 여기 들어올 때 이미 주사위는 던져졌으니까

요."

"그게 무슨 말이죠?"

"모릅니까? 혜린씨는 이미 이 마을을 떠날 수가 없습니다. 귀매들이 안 놔줄걸요. 혜린씨는 꽤나 위협적인 존재거든요. 게다가 귀매들을 없애겠다고 도깨비와 약속까지 했다면서요?"

"도깨비와 약속하게 하려고 나와 성진이를 보낸 건가요?"

쏘아붙이듯 묻는 혜린의 말에 재호는 즉답을 피하며 피식 웃었다. 혜린은 문득 이상한 생각이 들었다.

"잠깐, 어떻게 그럴 수 있죠? 그건 전부 우연이었는데? 나도 내가 성진이와 이런 일을 하게 될 줄 몰랐는데?"

"혜린씨가 내가 아는 유일한 영능력자라고 생각해요? 나도 사람을 시켜 조사를 했죠."

"아니, 그렇게 영능력자를 많이 아시면 그 사람들한테 일을 시켜요. 왜 나랑 성진이한테 이러는 거예요?"

혜린이 따지기 시작하자 재호는 그녀의 반응이 재미있다는 듯 웃으며 대꾸했다.

"혜린씨, 내가 혜린씨라면 말이죠. 내가 도깨비와의 계약을 어떻게 알고 있는지부터가 궁금했을 겁니다."

재호의 말에 혜린은 가슴이 철렁 내려앉는 것 같았다. 이 사람, 수상한 게 한두 가지가 아니다. 혜린은 갑자기 겁이 나기 시작했다. 재호는 그런 혜린의 두려움을 눈치챘는지 피식 웃으며 말했다.

"맞아요. 의외로 난 혜린씨에 대해서 많이 알고 있어요. 그리고 다시 말하지만, 나는 혜린씨와 같은 편입니다. 이제 여길 빠져나가려면 이곳의 모든 존재들과 싸워야 할 테니까요. 도깨비부터 시작해서."

"도깨비쯤이야 두렵지 않아요."

"혜린씨를 지켜주는 흰말을 말하는 건가요?"

혜린은 이건 또 어떻게 알고 있나 싶어 화들짝 놀랐다. 재호는 재미있다는 듯 얄미운 미소를 지었다.

"그래요. 그것도 알아요. 도깨비는 문제가 되지 않겠죠. 그렇지만 도깨비와 그런 약속을 했다는 것이 중요하죠. 이 마을에 서린 존재들은 이미 그 약속을 알고 있으니까. 그런 약속을 한 당신에게 그들이 어떤 반응을 보일지 생각해봤나요? 혜린씨를 지켜주는 흰말은 능력이 대단하더군요. 하지만 그것도 이 마을 전체에 널린 귀매들을 전부 막아내지는 못할 겁니다."

혜린은 그제야 자신이 벗어날 수 없는 함정에 빠진 것을 알았다. 머리가 띵했다.

"잘만 처리해주면 적절하게 보상도 해드릴 테니 걱정 마시죠."

말문이 막혀 멍하니 서 있는 혜린을 보고 재호는 슬쩍 미소를 지었다.

"그럼, 혜린씨의 능력 기대하겠습니다."

그렇게 말한 재호는 혜린에게 슬며시 묵례를 하고, 그녀를 남겨둔 채 호텔로 걸어올라가기 시작했다. 혜린은 그의 뒷모습을 바라보다 겨우 정신을 차리고 혼잣말이라도 하듯이 말을 던졌다.

"근데 성진이는 왜?"

재호는 혜린의 말에 잠깐 걸음을 멈추고 대답을 망설이다가 유쾌한 목소리로 말했다.

"혜린씨에게나 우리에게나 도움이 될 테니까요."

"도움?"

혜린이 양미간에 주름을 잡으며 되물었다.

"그렇죠. 그의 능력이 도움이 될 겁니다."

그는 말을 마치고 발걸음을 옮겼다. 그러고는 들릴 듯 말 듯한 작은 목소리로 말했다.

"또 그의 혈통도."

"뭔가 이상하지 않냐?"

성진은 창가에 기대서서 턱에 손을 갖다대고 말했다. 며칠 새 수염이 많이 자란 턱이 까칠하게 느껴졌다. 그는 면도를 해야겠다고 생각했다.

"뭐가 이상해?"

혜린이 방 한가운데 놓인 테이블에 걸터앉아 물었다. 그녀는 어딘가 수상쩍은 후원자에 대해서 생각하느라 머리가 아팠다. 성진이 빨리 자기 방으로 돌아가주면 잠이라도 좀 잘 텐데 하고 그녀는 생각했다. 성진이 혜린을 돌아보며 말했다.

"도깨비와 약속한 걸 알고 있는 건 그렇다고 쳐. 무당이나 역술가들이 아는 방법이 있을 테니까. 궁금한 건 젊은 사람이 왜 저런 짓을 하느냔 거야. 난 그게 이상하다니까."

"저런 짓이라니?"

혜린이 눈을 비비며 귀찮은 듯이 물었다.

"귀매들을 몰아내야 한다고 믿는 것도 그렇고, 그것 때문에 이번 조사에 큰 비용을 지원한 것까지 말이야. 이상하지 않냐? 보통 사람들은 그런 거 잘 안 믿잖아. 어휴, 머리 아프다."

"원래 사업하는 사람들은 그런 것 신경쓴다고 그러더라. 그래서 이상한 주술이나 신 같은 것을 믿기도 한대."

어느새 형섭까지 들어와서 대화에 합세했다. 혜린이 피곤한 표정으로 노려보는 것도 아랑곳하지 않고, 성진은 고개를 끄덕이며 "그래서?"라고 물었다. 형섭은 침대에 털썩 걸터앉더니 신이 나서 이야기를 계속하기 시작했다.

"6월에 기초 조사 하면서 알게 된 건데, 몰운대 일대를 개발하면서 여러 사람이 다치거나 죽었대. 특히 홍촌마을 개발 시작하면서 이사장 아버지가 급사했다고 그러던데? 귀매들의 저주를 받은 게 아닐까? 혜린아, 귀매도 저주 같은 걸 하니?"

형섭의 질문에 혜린은 대답하지 않고 하품만 했다. 혜린의 방 바깥에서 기웃거리던 유정이 고개를 빼꼼 내밀고 한마디 거들었다.

"맞아요, 오빠. 우리 그때 같이 들었잖아요. 공사하던 사람들이 실종되었다가 산속에서 시체로 발견되기도 했다고. 저주 맞는 것 같아요. 아유, 무서워."

혜린은 건성으로 고개만 끄덕였다. 유정이 재빨리 들어와서 형섭의 옆에 앉았다. 그녀는 호기심에 가득찬 얼굴을 들이밀며 물었다.

"그런데, 혜린 선배. 아까 그 사람이랑 무슨 얘기 했어요? 그 사람 혹시 선배한테 관심 있대요?"

"말도 안 되는 소리 할래?"

혜린이 관자놀이를 주무르며 대꾸했다.

"왜요, 그 사람 생각보다 젊고 잘생겼던걸요? 선배한테 관심도 있는 것 같고. 안 그래요?"

유정의 말에 혜린은 머리가 아팠다. 이제 낮잠을 좀 자려는 계획은 물 건너갔다고 생각했다. 그녀는 피곤기가 도는 얼굴을 젖히고 길게 기지개를 켰다.

"전혀 안 그래. 이상한 사람이던걸."

혜린은 아까 재호가 했던 이야기를 도깨비와의 약속 부분만 빼고 대강 들려주었다.

"그래서, 이제 이 마을에 있는 귀매들이 나의 존재를 눈치 채고 나를 마을 밖으로 못 나가게 한다는 거야. 난 솔직히 믿고 싶지는 않지만 말이야."

혜린은 고개를 내저으며 말했다. 그녀는 형섭이나 유정 앞에서 귀매와 같은 초자연적인 일을 아무렇지 않게 이야기하고 있는 이 상황이 그저 우스웠다. 혜린의 말을 들은 형섭은 슬쩍 미소를 지으며 물었다.

"그럼, 한번 실험해볼래? 정말 밖으로 나가는 걸 막는지 말이야."

"안 돼요. 그러다 다치기라도 하면 어떡해요?"

유정이 걱정스러운 표정으로 대꾸했다. 형섭은 어깨를 으쓱 추켜올리며 농담이라는 듯한 표정을 지어 보였다.

"근데 교수님은 어쩌신대? 이제 조사는 물 건너갔으니 집에 가야 할 것 아니니?"

성진이 형섭을 쳐다보며 물었다.

"물 건너가긴, 무슨. 그 후원자라는 사람이 마을 사람들에게 손써보기로 해서, 내일부터 다시 시작할 거야. 교수님은 남은 조사 잘하라고 하고 방금 서울 올라가셨어."

"아니! 교수님 우리만 남겨두고 또 서울 가버리셨어?"

형섭의 말에 성진은 과장되게 손으로 머리를 부여잡으며 너스레를 떨었다. 혜린은 유정과 형섭이 깔깔대고 웃는 것을 보며 멍하니 생각에 잠겼다.

머리가 아팠다. 어젯밤 꿈에서 보았던 여인의 모습이 머릿속에 떠올랐고, 한밤중에 울려퍼지던 새끼 고양이 울음소리도 생각났다. 그리고 사라져서 나타나지 않는 비적과 민경의 죽음, 귀매까지. 혜린은 지금까지 일어난 모든 사건들이 실타래처럼 엉켜 있는 것처럼 느껴졌다.

한편, 재호가 임시 사무실로 쓰고 있는 호텔 스위트룸으로 돌아오자마자 핸드폰이 울렸다. 재호는 화면에 뜬 이름을 보고 눈살을 찌푸리고는 잠시 망설이다 받았다. 늙은 남자의 쉰 목소리가 수화기 저편에서 울려왔다. 재호가 한숨을 내쉬듯 말했다.

"아, 도요조 씨."

─그 아가씨는 잘하고 있습니까?

"그런 것 같습니다. 도요조 씨 쪽은 준비 다 끝났습니까?"

재호는 피로한 얼굴을 한 손으로 문지르며 일본어로 말했다. 그는 핸드폰을 든 채 안락의자에 앉아 깊숙이 등을 기댔다.

─물론입니다. 이제 의식을 시작하기만 하면 됩니다. 이제 남은 건 그 아가씨가 스스로 찾아오는 겁니다. 반드시, 강한 의지를 갖고 찾아와야 합니다. 잘 유도하고 계시지요?

"아직 며칠 남았잖습니까."

재호는 초조한 얼굴로 덧붙였다.

"그때까지, 내가 충분히 알아서 할 수 있어요."

─기억하십시오. 보름 저녁입니다. 시간을 지켜야 합니다.

"압니다."

재호는 고개를 끄덕이며 안락의자에서 몸을 일으켰다. 그는 책상 위에서 달력을 집어들고 한참을 보았다.

─그럼 그때 뵙지요, 이사장님.

늙은 남자는 건조한 목소리로 말하고 전화를 끊었다.

재호는 핸드폰을 책상에 던지듯 내려놓았다. 그는 눈 사이를 손가락으로 주무르며 눈을 감았다. 피로 물든 손가락이 재호의 머릿속을 스치고 지나갔다. 그는 갑자기 두려운 기분이 들어 자신도 모르게 몸서리를 치고 말았다.

"아니야, 내가 살려면 어쩔 수 없지."

그는 두 손바닥에 얼굴을 묻으며 중얼거렸다.

삼십 년 전 집안의 중심이던 할아버지가 돌아가신 후 일가 사람들이 차례로 죽었다. 처음에는 큰고모와 큰아버지들이었고, 그다음에는 사촌까지 죽기 시작했다. 심장마비, 사고사, 그리고 자살. 결국 가문에서 혼외자로 멸시받던 아버지가 사업체를 물려받았을 때는 하늘이 주신 기회라고 생각했다. 하지만 작년 아버지마저 급사하자 그는 비로소 알았다. 이것은 그냥 죽음이 아니었다. 저주였다. 아버지의 자리를 물려받은 뒤 얼마 지나지 않아 재호는 이제 곧 자기 차례가 임박했다는 것을 알았다.

하지만 그는 운이 좋았다. 적합한 후보를 찾았고, 여기로 데려올 수 있었다. 이제 모든 일을 해결하기까지 얼마 남지 않았다.

"사흘, 사흘 후면 다 끝난다."

재호가 훅 하고 숨을 크게 내쉬며 말했다. 밖에서 새끼 고양이가 우는 소리가 불길하게 들려왔다. 고양이는 마치 발악이라도 하듯이 울고 있었다.

인형

구름 사이로 달이 고개를 내밀었다. 차가운 달빛은 일렁거리는 파도에 반사되어 어두운 항구를 어렴풋이 비추었다. 밤의 항구는 조용했다. 크고 작은 뱃머리들만이 항구 안으로 비죽이 고개를 들이밀고 파도에 조용히 움직이고 있었다. 낮에 떨어진 듯한 생선 비늘들과 바닥 곳곳에 고인 물웅덩이가 달빛에 반짝거리고 있었다.

고요한 항구의 정적을 깨고 달려가는 소리가 들렸다. 혜린이었다. 그녀는 헐떡이며 누군가를 찾아 항구를 이리저리 뛰어다니고 있었다.

"성진아!"

그녀가 지르는 소리가 텅 빈 항구에 울려퍼졌다. 그녀는 귀를 기울여보았지만 대답은 들려오지 않았다. 단지 규칙적인 파도 소리와 배들이 서로 부딪혀 삐걱거리는 소리만이 들려왔다.

조금 전에 유정이 숨가쁘게 달려와서 방문을 열기 전까지만 해도 혜린은 평화로운 밤이라고 생각했다. 그러나 성진이 항구 쪽으로 마구 뛰어가더라고 유정이 말했을 때, 혜린은 평화가 깨진 것을 직감했다.

"성진 선배가 대답도 안 하고 마구 뛰어가는 거예요. 내가 몇 번이나 불렀는데 마치 뭔가에 홀린 사람 같았어요."

유정이 다급하게 혜린의 어깨를 흔들며 소리를 질렀다.

"선배. 어떡해요? 성진 선배에게 무슨 일이라도 생기면 어떡해요!"

"성진이가 언제 나갔는지는 알고 있니?"

혜린이 차분한 목소리로 물었다.

"아마 열두시쯤 되어서일 거예요. 복도에서 만나서 얘기를 하는데, 갑자기 누가 자기를 부른다면서 뛰쳐나갔어요. 불러도 대답도 하지 않고 말이에요. 핸드폰도 안 받아요!"

"알았어. 내가 찾으러 가볼 테니까, 넌 여기서 성진이의 연락을 기다려. 만약에 성진이가 돌아오면 나한테 전화하는 거 잊지 말고. 알았어?"

혜린은 작은 배낭을 들고 재빨리 문을 나서며 말했다. 그녀의 뒤에서 유정이 걱정어린 목소리로 말했다.

"성진 선배 항구 쪽으로 간다고 했어요! 조심해요, 선배!"

혜린은 올 것이 왔다고 생각했다. 어젯밤에 불렀던 수귀들의 조종자가 반응을 한 것이다. 성진이 소환을 했으니 성진에게만 모습을 나타내어 자신이 있는 곳으로 부른 모양이었다. 혜린은 성진을 혼자 둔 것을 후회했다. 분명히 그 수귀들의 조종자는 성진을 해칠 마음으로 불렀을 테니까.

'내가 옆에 있지 않으면 성진은 대처하는 방법을 모를 텐데……'

안타까움과 후회가 마음속에서 뒤섞여, 혜린의 발걸음을 재촉했다.

'어디 있는지도 모르니 어떡하면 좋지?'

혜린은 어두운 항구를 두리번거렸지만 아무것도 찾을 수가 없었다.

그때 어디선가 어슴푸레하게 사람의 목소리가 들려왔다. 혜린은 정신을 집중해서 그 소리를 들으려고 애썼다. 분명 성진의 목소리였다. 성진이 그녀를 부르고 있었다.

"혜린아! 혜린아, 어디 있어?"

혜린의 눈에 항구 저쪽에서 어떤 형태가 아른거리는 것이 보였다. 그 형태는 시간이 지날수록 점점 뚜렷해졌다. 성진의 모습이었다. 성진은 혜린 쪽으로 뛰어오면서 혜린을 부르고 있었다. 혜린은 너무나 반가워서 소리를 질렀다.

"성진아! 여기야, 여기!"

혜린의 목소리를 들은 성진이 저쪽에서 뛰어왔다. 그는 헉헉거리면서 혜린에게 말했다.

"야, 이 밤중에 무슨 일로 보자고 한 거야? 그것도 컴컴한 항구에서."

"뭐?"

혜린이 미심쩍은 표정으로 물었다. 성진도 이상하다는 듯한 표정을 지으며 말했다.

"네가 항구에서 만나자고 그랬잖아. 유정이가 전해주던데? 숙소에서는 못 할 얘기가 있다고."

혜린은 아차 하는 생각이 들었다. 그 존재가 유정을 통해서 자신과 성진을 불러들인 것이다.

"나도 사실 유정이가……"

혜린은 성진에게 자신이 어떻게 항구로 나오게 됐는지를 자세히 이야기했다. 성진이 놀란 표정을 지었다.

"내가 본 유정이는 진짜가 아니었던 거야?"

"유정이가 맞을 거야."

혜린이 놀란 성진의 어깨를 다독이며 말했다.

"그럼 뭐야?"

"유정이는 맞지만, 우리가 본 건 귀매에 씐 유정이일 거야."

"그걸 어떻게 알아?"

"난 유정이를 보면서 아무런 요기도 느끼지 못했거든. 유정이의 모습을 한 귀매였다면 금방 알아챘을 거야."

"그런데 유정이가 갑자기 귀매에는 왜 씌었을까?"

"우리를 밖으로 불러내기 위해서."

혜린이 떨리는 목소리로 대답했다.

"우리가 어제 물귀신들을 조종하는 존재를 불러내려고 했잖아. 그게 바로 유정이에게 들린 귀매 같아."

"그럼 우리는 그 귀매가 불러서 여기까지 나온 거야?"

"그래."

"이제 어떡하면 되나? 아무것도 안 나타나는데?"

초조해하는 성진을 보며 혜린은 아무 대답도 하지 않았다. 그녀는 주변을 조심스레 둘러보았다. 수상한 것은 아무것도 없었다. 그렇지만 어떤 기운이 느껴졌다. 물이끼 냄새가 약하게 났다. 보이지는 않았지만 그녀는 무언가 다가오는 것을 느꼈다. 혜린은 성진의 손을 꼭 잡았다.

"얘가 왜 이래? 좋으면 좋다고 말로 하지."

성진이 장난스럽게 말하자 혜린은 조용히 하라는 듯 손가락을 입술에 갖다댔다. 성진은 혜린의 눈빛을 보고 심각한 표정으로 되돌아왔다.

"또 뭐가 다가오고 있냐?"

"잠시만."

혜린은 성진의 말을 가로막았다. 성진은 입을 다물고 혜린의 손을 꽉 마주잡았다.

물이끼 냄새가 더욱 강해졌다. 마치 썩은 물같이 미끄덩한 냄새였다. 성진도 그 냄새를 맡고 무언가 이상한 것이 다가오는 기미를 느낄 수 있었다. 그는 재빨리 주변을 둘러보았다. 텅 빈 항구를 푸른 달빛만이 음산하게 비추고 있었다.

그때 갑자기 물컹하고도 시큼한 물냄새가 확 끼쳐왔다. 두 사람 모두 등골을 타고 오르는 차가운 물의 감촉을 느꼈다. 성진과 혜린은 화들짝 놀라며 등을 맞대고 섰다. 성진이 고개를 뒤로 돌려 혜린의 귀에 속삭였다.

"그, 비적이라는 분은 어디 있어?"

"몰라, 며칠 전부터 안 보여."

"야! 그 얘기를 지금 하면 어떡해?"

성진이 당황한 목소리로 물었다. 혜린은 담담하게 말했다.

"도망쳐야지, 뭐."

"그렇게 쉽게 말하지 마. 물귀신보다 더 무서운 존재면 어떡해? 그럼 우린 당장 황천길이야."

성진이 혜린에게 소리를 질렀다. 혜린은 귀가 먹먹한 듯, 귀를 문지르며 성진을 째려보고는 말했다.

"황천길이 아니라, 우리 영혼은 저 귀매에게 얽혀 있을 거야. 영원히."

성진이 혜린의 대답을 듣고 무언가 더 말하려다 그만두었다. 그는 혜린의 될 대로 돼라 식의 무심한 대답에 기분이 상했다.

'쟨 항상 저런 식이라니까.'

성진은 고개를 젓다가 문득 이상한 느낌이 들어 주위를 돌아보았다. 어느새 해무가 자욱하게 끼어 있었다. 하얀 안개 사이로 무언가 시커먼 물체가 어른거리는 것이 보였다. 하나가 아니었다. 여러 개의 물체들이 안개 속에서 움직이고 있었다. 물체들은 점점 또렷하게 보이기 시작했다. 그 물체들은 성진과 혜린이 등을 맞대고 서 있는 곳을 중심으로 얼마간 빈 공간을 형성하며 빙 둘러쌌다.

성진과 혜린은 그제야 그 물체들을 똑바로 볼 수 있었다. 그것은 조악하게 만든 천 인형이었다. 여성의 모습을 한 등

신대 인형으로 얼굴은 눈, 코, 입 없이 흰 천으로만 되어 있
었고 알록달록한 한복이 입혀져 있었다.

"저게 뭐야?"

성진이 자신의 어깨로 혜린을 툭 치며 물었다.

"인형이야. 보면 모르니?"

"어디서 나온 인형이야?"

"배서낭이야."

"배서낭?"

"뱃고사 할 때 배에다 모시는 신체神體 같은 건데……"

혜린이 말을 하다가 멈추고 고개를 돌려 성진을 째려보았
다. 지금 그런 것을 묻고 있을 때냐고 말하는 듯한 표정이어
서 성진은 그만 입을 다물었다. 배서낭이라고 불린 인형들이
점점 다가왔다. 혜린과 성진은 속수무책으로 그들이 다가오
는 것을 보고 있을 수밖에 없었다.

성진은 혜린의 팔목을 잡아끌고 뛰었다. 그는 원 모양으로
다가오고 있는 배서낭 인형들 가운데로 돌진했다.

"혜린아! 어서!"

성진은 자신의 눈앞에서 팔을 뻗치는 배서낭 인형을 혼신
의 힘을 다해서 뿌리쳤다. 틈이 생기자 성진은 혜린의 손을
잡은 채 그 틈 사이로 뛰었다.

"꺄악!"

혜린이 비명을 질렀다. 그녀의 발목에 인형의 옷고름이 감겨 있었다. 옷고름은 발목을 강하게 죄었고, 혜린은 순간 다리에 힘이 빠져 자신도 모르는 사이 주저앉았다. 그 바람에 성진도 같이 넘어졌다. 성진은 무릎에 예리한 아픔을 느꼈다. 무릎을 만져보자 질펀한 액체가 미끌미끌하게 묻어 나왔다.

"괜찮아?"

혜린이 고개를 들어 성진을 쳐다보며 물었다. 성진은 고개를 끄덕였다. 그는 얼른 혜린에게 다가가 그녀의 발목에 감긴 옷고름을 풀려고 애를 써보았다. 뭐가 단단하게 엉켰는지 풀리지 않았다.

그때 혜린의 발목에 감긴 옷고름이 팽팽하게 당겨졌다. 혜린은 성진의 손을 꼭 잡았다. 뒤에서 배서낭 인형이 혜린의 발목에 감긴 옷고름을 당기고 있었다. 흰 천으로 만들어져 아무런 표정조차 나타내지 않는 인형들이 날카로운 휘파람 소리를 내며 옷고름을 끌어당겼다. 혜린의 발목으로 오싹한 기운이 전해져왔다. 그녀의 발목에서부터 등골을 타고 차가운 공포가 찌릿 올라왔다.

─까르르르.

뒤에서 낮은 목소리로 누군가 웃는 소리가 들려왔다. 소리의 진동이 차가운 안개를 통해 전달되어 섬뜩하게 목덜미를 휘감았다. 혜린과 성진은 황급히 뒤를 돌아보았다. 어느새 바로 뒤쪽에 수많은 인형들이 흰 얼굴을 들이대며 늘어서 있었다. 그들은 날카로운 소리를 내며 지푸라기와 솜으로 채워진 뭉툭한 손을 허공에 휘저어 혜린과 성진을 붙잡으려 했다. 바람이 불어와 물이 썩는 냄새가 확 끼쳐왔다. 혜린은 발목에 감긴 옷고름을 풀어주려고 애쓰고 있는 성진의 팔을 마구 치며 말했다.

"배낭에서 칼을 꺼내! 내 배낭에서 칼을, 어서!"

성진은 얼른 혜린이 메고 있는 배낭 안을 더듬어 칼을 꺼냈다. 수귀들을 쫓을 때 쓴 칼이었다. 칼집에서 서서히 단검을 꺼내자 달빛을 받은 칼날이 푸르게 금속성을 띠며 반짝였다. 혜린이 단검을 잡은 성진의 팔을 움켜쥐며 소리쳤다.

"빨리! 내 발목에 감긴 것 좀 끊어줘!"

"알았어!"

성진은 거의 고함을 지르며 혜린의 발목에 감긴 인형의 옷고름을 단검으로 내리쳤다. 힘없이 풀린 옷고름 조각들은 미끄러지듯 바닥을 쓸며 다시 인형의 옷으로 돌아갔다.

"성진아!"

혜린이 발목을 움켜쥐며 성진에게 소리쳤다. 성진은 무슨 말인지 알겠다는 듯 고개를 끄덕이며 배서낭 인형을 향해서 단검을 휘저었다. 하얀 천으로 만든 손이 성진이 휘두른 단검에 잘려나가 소리 없이 바닥으로 떨어져 나뒹굴었다. 성진은 안도의 한숨을 내쉬었다. 혜린은 성진의 등뒤에서 그것을 지켜보다가 별안간 성진의 어깨를 마구 두드리며 소리쳤다.

"여기서 끝난 게 아냐! 앞을 봐! 앞을!"

성진은 황급히 앞을 보았다. 거기에 믿기 힘든 광경이 펼쳐지고 있었다. 성진의 칼에 맞아 바닥에 떨어진 천조각과 지푸라기들이 바닥을 미끄러지듯 움직여 다시 인형에게로 돌아가고 있었다. 그것은 마치 살아 있는 생물체의 조각들처럼 흐느적거리며 인형의 팔에 붙었다.

성진은 놀라서 칼을 떨어뜨렸다. 혜린은 재빨리 칼을 주워 성진에게 건네주었다. 그녀는 허공으로 날아올라 빙빙 돌기 시작하는 인형들을 보며 잠시 뭔가를 생각하다가 성진에게 말했다.

"성진아, 이거라도 한번 해보자."

성진은 얼른 뭐라도 말하라는 듯 다급하게 고개를 끄덕였다. 혜린은 배낭 안에서 주머니칼 하나를 꺼내 성진에게 건네주며 말했다.

"이걸로 쇳소리를 내봐. 보통 귀물들은 쇳소리를 싫어하니까."

성진은 무슨 칼을 두 자루씩이나 들고 다니냐고 물으려다가 상황이 상황인지라 얼른 고개를 끄덕이고 주머니칼을 받아들었다. 그는 칼 두 자루를 양손에 들고 칼등을 쳐서 소리를 내기 시작했다. 챙챙거리는 금속음이 조용한 항구에 울려 퍼지기 시작했다.

"그리고 정신 집중해서 따라 해. 나쁜 것을 쫓아낸다는 마음으로."

혜린이 성진의 귓가에 대고 작은 목소리로 말했다.

"본향부정이오, 산청부정이오. 수살에도 부정이고, 서낭에도 부정이오. 항구에도 어사부정이로다."

성진은 칼등을 부딪치며 "뭐?" 하고 되물었다. 혜린이 다시 한번 또박또박 말했다.

성진은 눈을 감고 양미간에 주름을 잡은 채 집중하려고 애쓰며 혜린의 말을 그대로 따라 했다.

"본향부정이오, 산천부정이오. 수살에도 부정이고, 서낭에도 부정이오."

성진이 칼등을 부딪칠 때마다 어떤 희미한 파동이 주위로 퍼져나가는 것이 느껴졌다. 성진은 눈을 뜨고 자신의 주위에 퍼져나가는 파동이 나중에는 화염처럼 타오르는 것을 보았다. 그는 이 주문이 뭔지는 모르겠지만 어쩐지 잘될 것 같은 예감이 들었다. 그는 더 큰 목소리로 말했다.

"……항구에도 어사부정이로다."

그의 목소리가 점점 커지면서 흰 화염도 함께 커지기 시작했다.

그때 밝은 광휘가 번쩍하고 혜린과 성진을 순간적으로 감쌌다. 흰 화염 속에 갇힌 성진은 놀라서 뒤쪽으로 자빠졌다. 회오리 같은 하얀 불꽃이 일어나 그들의 주위를 빠른 속도로 돌다가 언제 있었냐는 듯 사라져버렸다.

성진은 숨을 가다듬었다. 그는 놀란 가슴을 진정시키며 혜린을 쳐다보았다. 혜린이 잘했다는 듯 고개를 끄덕였다. 성진은 칼 두 자루를 한 손에 몰아 쥐고 이마의 땀을 닦았다. 방금 전까지만 해도 손이 닿을 거리에서 달려들던 인형들은 어느새 저멀리 물러나 있었다. 인형들은 혜린과 성진을 중심으로 빙 둘러서서 가만히 서 있다가 다시 천천히 접근하기 시작했다.

성진은 칼을 꽉 움켜쥐었다. 성진이 칼을 다시 두드리려는 순간, 혜린이 그것을 막고 말을 건네기 시작했다.

"너희들은 대체 뭐지?"

혜린의 목소리가 텅 빈 항구에 둔탁하게 메아리쳤다. 마치 자욱한 안개가 혜린의 목소리를 잡아끄는 듯, 평소와는 다르게 흐릿하게 들렸다. 천천히 다가오던 인형떼가 갑자기 걸음을 멈추었다.

"뭐야? 왜 갑자기 멈춘 거야?"

성진이 고개를 돌려 혜린의 귀에 대고 속삭였다. 혜린은 손을 들어 성진의 말을 제지했다. 그녀는 가만히 자신의 앞에 서 있는 인형 무리들을 쳐다보고 있었다.

인형들은 무언가 말을 하는 듯 몸을 옴짝대고 있었다. 흰 천만이 감겨 있는 얼굴에 작은 경련이 수차례 지나갔다. 흰 얼굴의 인형들은 어떤 소리를 내기 시작했다. 그것은 처음에는 들리지도 않을 정도의 가냘픈 소리였다. 마치 벌레들이 날개를 비비는 소리와 같이 아주 작으면서도 등골을 오싹하게 만드는 알 수 없는 소리였다. 웅성거림에 혜린은 귀를 기울여보았다.

처음에는 식별할 수 없이 웅웅거리던 그 소리가 조금씩 커지면서, 나중에는 어떤 말소리로 변해 들렸다.

─너희……들이……라니……

다시 벌레 날개가 스치는 듯한 소리만이 이어졌다. 그 소리에 섬뜩함을 느낀 성진이 몸서리를 치며, 크게 외쳤다.

"너희들은 어떤 존재들이냐고!"

혜린은 눈을 감고 온몸의 정신을 귀에만 집중시켰다. 그러자 귓가에 어떤 음성들이 차가운 바람처럼 스치고 지나가는 것을 느낄 수 있었다.

—너희들이라니……

그녀의 귀에 들리는 음성이 또렷해졌다. 혜린은 다시 한번 귀를 기울였다.

—너희들이라니, 역시 인간은 눈에 보이는 것만 믿는구나. 날 부를 정도라면 조금 다를 줄 알았는데.

말이 끝나자 혜린의 귓가로 파충류의 비늘같이 차가운 바람이 휙 스치고 지나갔다. 그것은 작은 휘파람 소리를 내며 점점 멀어져갔다. 혜린은 다시 한번 말했다.

"그럼 넌 뭐지?"

—호오오오오.

휘파람 소리가 크게 들렸다가 다시 잦아들었다. 혜린은 미심쩍은 표정을 지으며 귀를 기울였다. 작은 소리가 섬뜩하게 스치는 바람에 실려 혜린의 귓가에 들려왔다.

—내가 여러 개의 존재로 보이나?

"그럼, 하나의 존재인가?"

가만히 있던 성진이 느닷없이 물었다. 까르르 하고 웃는 소리가 성진의 등골을 타고 올라왔다. 성진은 자신도 모르게 몸을 떨었다. 그 소리는 멀어졌다가 다시 가까워지며 그들의 귓가에 속삭였다.

—지금 너희가 보고 있는 것은 나의 한 부분이야.

"내가 묻는 건 그런 게 아니야. 대답해! 넌 어떤 존재지?"

혜린이 날카롭게 말했다. 창백한 그녀의 얼굴에 바람이 훅 불어와 머리카락을 어지럽혔다.

—나는 존재하지 않는 존재지⋯⋯ 산 자의 두려움을 먹고 살아.

까르르 웃는 소리가 다시 등줄기를 타고 올라왔다. 차가운 바람이 훅 끼쳐와 성진과 혜린의 몸을 휘감았다.

"그게 뭔데?"

성진이 혜린의 귀에 대고 물었다. 혜린은 고개를 조금 옆으로 돌리며 나직이 답했다.

"귀매를 말하는 거야."

혜린이 다시 고개를 바로 하고 큰 소리로 말했다.

"넌 왜 여기서 사람들을 죽이는 거지?"

나지막한 휘파람 소리가 웃음소리같이 귓가에 스쳐지나갔다. 혜린은 다시 한번 큰 소리로 물었다.

"왜 사람들을 죽이는 거지?"

—⋯⋯누군가가 나를 불렀다.

혜린은 양미간에 주름을 잡았다.

―……나를 부른 자는 이미 여기에 없다. 나를 불렀지만 이제 여기 없어……

"그래서 어쨌다는 거야?"

성진이 답답하다는 듯 물었다. 그러자 멀어졌던 바람이 다시 가까이서 불었다. 그 바람을 타고 작은 소리의 반향들이 전해져왔다.

―통제할 수 없는 나를 부른 자. 나를 통제할 수 있는 유일한 자가 사라졌어……

소리가 다시 멀어졌다. 혜린은 고개를 희미하게 끄덕이고, 성진에게 말했다.

"이 마을에 강력한 귀매를 불러낸 주술사가 있었던 것 같아. 그런데 그 사람이 사라졌고, 귀매는 여전히 속박된 채로 마을을 휘젓게 된 거지."

"주술사가 사라지면 귀매는 풀려나는 것 아니니?"

"나도 그게 궁금해. 그 주술사가 없는데도 이곳에 묶여 있다고 말하니까. 어쨌거나, 이 귀매를 통제할 수 있는 사람은 그 주술사뿐인 것 같아."

성진은 뭔가를 더 물어보려고 입을 벙끗하다가 혜린이 손가락을 입에 대고 조용히 하라는 듯한 제스처를 보이자 입을 다물었다. 혜린은 성진을 잠시 쳐다보다가 다시 허공을 향해 소리쳤다.

"널 부른 자의 이름이 뭐지? 인간의 이름 말이야."

—그것이 알고 싶나?

"대답 안 하면 널 소멸시킬 거야!"

혜린이 눈을 부릅뜨며 말했다. 그녀의 어깨로 휘익 하고 바람이 불었다. 누군가의 웃음소리가 바람에 실려 들려왔다.

—존재하지도 않는 존재를 어떻게 소멸시키지?

"혜린아, 저 말 진짜야?"

성진이 혜린에게 소곤거리며 물었다.

"아니면 정말 소멸시킬 수 있는 거야?"

혜린은 잠시 멈칫하다가, 성진을 한 번 쏘아보고는 다시 큰 소리로 말했다.

"우린 충분히 할 수 있어! 어서 대답해!"

—고오오오오.

썩은 고목나무를 스치는 바람소리 같은 음성이 앙칼진 웃음소리와 함께 울려퍼졌다. 성진은 그 소리에 소름이 돋아서 자신도 모르게 옷을 여몄다. 혜린은 차가운 눈으로 허공을 올려다보았다.

—영주…… 여엉주우…… 여어엉주우우……

멀어져가는 소리 가운데 '영주'라는 단어가 혜린의 귓가를 따갑게 때렸다. 그녀는 그 이름을 어디선가 들었던 것이 기억났다.

"어? 꿈에서 본 그 여자 이름인데?"

옆에서 성진이 중얼거렸다.

그 말을 들은 혜린은 알았다는 듯이 고개를 끄덕였다. 그녀는 단검을 쥐고 있는 성진의 떨리는 손을 잡으며 말했다.

"알았어. 이제 물러가! 약속대로 너의 존재를 소멸시키지는 않겠다."

혜린은 주변에 늘어선 인형들을 둘러보며 말했다. 그들은 아무런 미동도 하지 않았다. 푸른 달빛을 받은 인형의 얼굴은 창백하게 그늘져 있었다. 가끔씩 바다에서 불어오는 바람에 인형의 옷자락이 누더기처럼 펄럭댔다. 혜린은 다시 한번 말했다.

"이제 물러가라니까! 안 그러면 너희들을 없애버릴 거야!"

혜린은 말을 마치고 이마에 주름을 잡으며 험한 표정을 지어 보였다. 까르르 하고 웃는 소리가 또 그녀의 목덜미를 스치며 지나갔다.

―너…… 난 너를 알고 있다. 네가 어떤 인간인지 알고

있다.

"내가 어떤 인간인데?"

혜린은 입술에 냉소를 흘리며 물었다. 목소리는 한참을 조용히 있더니, 차가운 바람과 함께 혜린의 목덜미에 다가와 앉으며 중얼거렸다.

─너는 나를 소멸시키면서 다른 존재도 같이 소멸시켜야만 한다. 나를 소멸함과 동시에 네가 아끼는 인간도 희생시켜야 한다…… 그게 너의 약점이지…… 바로 그게 너지.

혜린은 흠칫 놀랐다. 동요하는 혜린을 본 성진이 큰 소리로 외쳤다.

"그래? 그 말을 소멸된 다음에도 할 수 있는지 볼까?"

성진은 단검을 치켜들며 허공을 찔러보았다.

혜린의 눈은 이미 힘이 달아나고 없었다. 그 마음을 읽은 듯 귀매의 목소리가 혜린의 귓가에 내려앉으며 말했다.

─너…… 민경이가 죽은 건 너 때문이야.

혜린은 물귀신을 물리칠 때 자신이 무의식적으로 뭔가를 했던 건 아닐까 하는 생각이 들어 입술을 깨물었다. 그 때문에 민경이 죽은 걸까? 눈물이 흘러 입술을 짭짤하게 적셨다. 그녀는 고개를 내저었다.

"아니야. 그럴 리가 없어. 난 아무것도 안 했어! 나 때문에 그렇게 된 게 아니라구!"

　―정말 그럴까?

　귀매가 날카로운 목소리로 혜린의 귓속을 파고들었다. 그녀는 고개를 숙였다. 그녀의 눈에 고였던 눈물이 바닥에 뚝뚝 떨어졌다.

　―네 옆에 있는 남자도 죽을 것이다…… 너 때문에.

　혜린의 주변이 검은 안개로 뒤덮였다. 그녀는 흠칫 놀라 뒤를 돌아보았다. 성진이 창백한 얼굴로 쓰러지고 있는 광경이 보였다. 그녀는 얼른 성진에게로 달려가려고 했지만 검은 안개가 그녀를 막아섰다. 혜린은 검은 안개가 낀 허공에 손을 내저었다. 그러나 아무것도 잡히지 않았다.

　"아아악!"

　그녀는 눈물을 흘리며 절규했다. 검은 안개가 한층 짙어져 심상치 않은 요기를 풍겼다. 그것은 혜린의 눈물이 닿을 때마다, 그리고 그녀의 절규가 커질 때마다 점점 짙어졌다. 검은 안개는 뿌옇게 흐려진 항구를 뒤덮었다. 흐린 빛들이 그 속에서 깜빡거리는 가운데 수없이 많은 형상들이 나타났다 사라지기를 반복했다.

　형상들은 처음에는 작은 빛들이 한데 모인 것 같은 모습이었다. 그러다 점점 커지기 시작해서 또렷한 사람의 모습으로 혜린을 향해 팔을 뻗었고, 그녀가 팔을 뿌리치려고 하면 검은 안개 속으로 다시 몸을 감추며 사라졌다. 혜린은 자신을 향해 손을 뻗치는 수많은 형상들 때문에 정신을 차릴 수가 없었다. 몸에서 점점 힘이 빠져나갔다. 그녀는 다리에 힘이 풀려 바닥에 주저앉고 말았다.

"혜린아!"

그때 귓가에 작은 목소리가 들렸다. 혜린은 감겨오는 눈을 뜨려고 안간힘을 쓰며 그 소리에 귀를 기울였다.

"혜린아!"

성진의 목소리였다. 혜린은 대답을 하려 애썼지만 목소리가 나오지 않았다. 그녀는 팔을 내저으며 자신이 여기 있다는 사실을 알리려고 했다.

"혜린아! 정신 차려!"

성진의 목소리가 더욱 또렷하게 들려왔다. 그제야 혜린은 그 소리가 바로 자신의 귓가에서 들린다는 것을 눈치챘다. 그녀는 그 소리가 정말로 성진의 목소리인지 의심스러웠다. 아까 성진은 창백한 얼굴로 쓰러졌다. 분명히 죽었는데.

"그런 거구나!"

혜린은 소리를 질렀다. 그녀는 귀매가 무엇을 원하는지 알 수 있었다.

"네가 뭘 하려는지 알고 있어!"

혜린은 씁쓸한 미소를 지으며 자리에서 일어섰다. 깜빡 속 아넘어갈 뻔했다. 혜린은 주변의 검은 안개를 쳐다보았다. 그것은 아직도 짙게 뭉쳐져 요기를 흘리고 있었다. 저 기운이 환영을 불러일으키는 것이 분명했다.

"내 정신을 홀리고 있는 거지? 그게 네가 쓰는 유일한 무기니까!"

혜린이 악을 쓰며 소리쳤다. 순간 그녀는 자신도 모르게 팔을 흔들며 춤을 추고 있었다. 마치 꿈속에서 만났던 여인처럼, 눈을 감은 채 천천히 손을 움직이며 춤을 추었다. 손가락이 한 번 허공을 스칠 때마다 혜린을 둘러싸고 있던 검은 안개가 점점 희미하게 흩어졌다.

"이건 단지 환영일 뿐이라구!"

혜린의 몸에서 붉은 빛이 희미하게 흘러나왔다. 그녀의 주위로 붉은 기운이 서서히 모였다. 혜린이 눈을 번쩍 떴다. 그녀의 눈이 떠짐과 동시에 붉은 기운이 환하게 빛났다.

—캬아아아악!

검은 안개가 큰 소용돌이를 일으키다가 기묘한 비명소리를 내며 흩어졌다. 혜린의 눈앞이 깨끗해졌다. 주변의 기운도 맑아졌다. 짭짤한 바다 냄새가 섞인 공기가 코 안으로 스며들었다. 혜린은 그제야 자신의 어깨를 잡고 흔들고 있는 성진의 얼굴을 볼 수 있었다.

"혜, 혜린아."

성진이 말을 더듬거리며 혜린의 어깨를 잡고 있던 손을 놓았다. 그는 멍한 표정으로 혜린을 쳐다보았다. 혜린은 성진이 한참 전부터 자신을 부르고 있었다는 사실을 깨달았다. 귀매에 홀려 주변에서 일어나는 일들을 모르고 있었던 것이다.

"이제야 정신이 드니?"

"응."

성진이 안도한 듯 심호흡을 했다. 혜린은 귀매에 홀렸었다는 사실을 떠올리며 가슴을 쓸어내렸다. 그 검은 안개는 귀매에 홀린 자신만이 볼 수 있었을 것이다.

'그렇다면 그 붉은 빛은 대체 뭐였을까. 방금 내가 뭘 한 거지?'

혜린은 자신이 무의식중에 춘 춤과 내뿜었던 붉은 빛도 환상이었는지 궁금했다.

성진은 혜린이 괜찮다는 것을 확인한 뒤 주변을 둘러보았다. 주위는 조용했다. 이따금씩 파도에 배가 흔들거리는 소리만이 삐걱삐걱 들려올 뿐이었다. 전형적인 항구의 밤 풍경이었다. 주변에 감돌던 섬뜩한 바람과 벌레 날개 스치는 것 같은 목소리도 말끔하게 사라지고 없었다.

성진은 안심했다. 모든 것이 잘되었다는 생각과 함께 노곤함이 몰려왔다.

"혜린아, 이제 돌아가자. 나 엄청 피곤하다구."

성진은 혜린의 어깨를 차분하게 두드리며 말했다. 혜린의 어깨가 부들부들 떨리는 것이 손을 통해 전해져왔다.

"혜린아, 또 왜 그래?"

놀란 성진이 황급히 물었다. 그는 혜린의 몸을 돌려세워 그녀의 얼굴을 쳐다보았다. 혜린은 울고 있었다. 그녀는 대답하지 못하고 고개를 떨구었다.

"이제 끝났잖아. 이상한 존재들은 사라졌다구. 그런데 왜 그래?"

성진은 혜린의 어깨에 손을 얹었다. 혜린은 떨리는 입술로 성진에게 천천히 말했다.

"나 때문에 민경이가 죽었을지도 몰라."

"뭐라구?"

"방금 내가 뭘 했는지 모르겠는데 그것 때문에 누가 죽을지도 몰라."

"그게 뜬금없이 무슨 말이야? 뭣 땜에 사람이 죽어?"

흐느끼던 혜린은 대답 없이 집게손가락을 들어 자신을 가리켰다.

"나 때문에…… 내가 어떤 힘을 발휘할 때마다 사람이 죽어."

그녀는 눈물로 범벅이 된 얼굴을 들고 말했다. 성진은 말없이 고개를 끄덕였다.

"알지? 나는 앞으로도 절대 내 힘을 쓰지 않을 거야."

혜린은 변명이라도 하고 싶은 듯, 성진의 옷자락을 붙들고 말했다. 성진은 고개를 끄덕이며 혜린의 어깨를 다독거려주었다. 성진은 혜린을 가만히 쳐다보고 있다가 천천히 입을 열었다.

"전에 무슨 일이 있었건, 그건 네 잘못 아냐. 힘을 쓴다고 사람이 죽는 걸 네가 알았을 리가 없잖아."

성진은 그렇게 말하고는 혜린을 품에 꼭 안아주었다. 성진에게 안긴 혜린의 거칠었던 호흡이 점차 가라앉았다. 잠시 후, 그녀는 조금 부끄러운 듯 성진에게서 떨어지며 말했다.

"자, 이제 돌아가자."

성진은 혜린이 평소의 무표정한 얼굴로 되돌아온 것을 보고 자신도 모르게 피식 웃었다. 혜린은 웃고 있는 성진을 보고 다소 멋쩍은 듯 입술을 깨물었다. 그녀는 얼른 뒤로 돌아서 바닥에 떨어진 배낭을 집어들고 일어섰다.

하지만 그 순간, 그녀는 다시 소스라치게 놀라며 뒤로 넘어지고 말았다.

"성진아, 저것 좀 봐!"

혜린의 비명소리에 성진이 무슨 일인가 하여 혜린 쪽으로 바싹 붙었다. 혜린은 하얗게 질린 표정으로 허공을 가리켰다. 성진은 혜린의 손가락이 가리키는 곳으로 시선을 옮겼다.

위쪽의 하늘에 배서낭 인형들이 둥둥 떠 있었다. 그들은 바람에 옷자락을 휘날리며 하얀 얼굴을 흔들고 있었다.

수십 개의 인형이 허공을 이리저리 날아다녔다. 성진은 그것을 보고 기가 질렸다. 등골이 서늘해졌다. 그때였다. 허공에 떠 있던 인형들이 자신들을 향한 시선을 눈치챘는지, 갑자기 떼를 지어 달려들기 시작했다. 성진이 혜린의 팔을 잡아채며 소리쳤다.

"혜린아! 뛰어!"

그들은 재빨리 그 자리를 벗어났다. 그들이 벗어난 자리에 인형들의 옷자락이 몇 번 스치자 이내 커다란 구멍이 파였다. 그 광경을 본 성진은 머리가 쭈뼛 서는 느낌이었다. 그는 혜린의 손목을 쥐고 있는 힘을 다해 달리기 시작했다.

"귀매는 사라지지 않았냐?"

성진이 뒤를 돌아보며 혜린에게 물었다. 혜린은 열심히 뛰면서 대답했다.

"귀매는 사라졌지만, 헉, 헉, 귀매의 염이 아직 남아 있는 것 같아!"

"그럼 어떡해!"

성진이 곁눈으로 힐끔 돌아보며 큰 소리로 말했다. 그의 눈에 수많은 인형들이 허공에 옷자락을 휘날리며 따라오고 있는 광경이 보였다. 그는 놀라서 더욱 빨리 뛰려고 애썼다.

"나도 몰라!"

혜린도 등뒤에서 따라오는 오싹한 기운을 느끼며 말했다. 그녀는 머릿속으로 곰곰이 생각해보았다. 성진도 이제 체력이 바닥난 것 같았고, 자신 역시 아무것도 할 수가 없다.

'그렇다면, 안전한 곳으로 가야 할 텐데.'

그녀는 근처에 피신할 만한 곳을 생각해내려고 애썼지만 도무지 떠오르지 않았다.

'이 마을 전체가 음기로 뒤덮여 있는데, 대체 안전한 곳이 어디 있지?'

혜린이 방법을 생각해내려고 애쓰는 사이 목뒤에 찌르는 듯한 섬뜩한 기운이 느껴졌다. 뒤를 돌아보자 하얀 천으로 된 창백한 얼굴이 바로 눈앞에 있었다.

"꺄악!"

혜린은 비명을 지르며 그것을 떨쳐내려고 고개를 흔들었다. 순간 그녀의 머릿속에 어떤 장소가 떠올랐다.

'그래, 그곳이라면 귀매에게도 끄떡없을 거야.'

혜린은 달려가면서 성진에게 소리쳤다.

"날 따라와!"

혜린은 젖 먹던 힘까지 다해서 성진을 앞서갔다. 그녀의 머릿속에는 그곳까지 달려가야 한다는 일념밖에 없었다.

집들이 늘어선 길에 들어서자 따라오던 인형들이 하나둘씩 떨어져나갔다. 길가에 늘어선 집으로 그것들이 들어가는 것을 보고 혜린은 소스라치게 놀랐다.

'저것들이 사람들에게 붙어서 기운을 빼앗으려 하는구나.'

머릿속에 섬뜩한 생각이 스치고 지나갔다. 가만히 놔두면 인형들이 하나씩, 하나씩 사람들을 죽일지도 몰랐다.

'아니야. 그렇게 빨리는 죽이지 않을 거야. 조금 있으면 해가 뜰 테니까.'

혜린은 달려가면서 시계를 보았다. 새벽 네시. 그녀는 계속 뛰었다.

'내일 아침 모두 불살라버리면 될 거야.'

혜린은 머릿속으로 계산하며 뒤따라오는 성진을 재촉했다. 성진은 조금 지쳤는지 이마에 흥건한 땀을 닦을 생각도 하지 않고 창백한 얼굴로 앞만 보며 뛰고 있었다.

혜린은 그 장소까지 얼마나 남았는지 가늠해보았다. 하나씩 떨어져나가긴 했지만 인형의 수는 아직도 많았다. 인형들은 아무것도 없는 하얀 얼굴을 들이대며 혜린과 성진에게 팔을 뻗고 있었다. 옷자락을 펄럭거리며 소리 없이 허공을 가르며 날아오는 인형들을 보자, 이대로라면 붙잡힐 수도 있겠다는 생각이 들었다. 혜린은 더욱 필사적으로 뛰기 시작했다.

마을은 두꺼운 안개로 뒤덮여 있었다. 뿌연 바다 안개 사이로 울창하게 우거진 숲이 희미하게 보였다. 혜린은 너무나 반가운 나머지 소리쳤다.

"됐어! 이제 조금만 더 가면 돼!"

숲의 형상이 점점 또렷해지는 것을 보고 혜린은 살았다는 안도감이 들었다. 숲의 한가운데에는 커다란 홍살문과 돌계단이 있고 돌계단 끝에 작은 기와 건물이 서 있었다. 그녀는 성진을 돌아보며 소리쳤다.

"성진아! 윤공단으로!"

"뭐?"

성진이 헉헉거리며 물었다. 그는 무척이나 지쳐 보였다. 혜린은 손가락을 들어 홍살문을 가리키며 말했다.

"저기 말야!"

"저긴 무덤이잖아!"

"무덤 아니고 제단이거든!"

혜린이 화다닥 뛰어가며 말했다. 숲이 점점 가까워졌다. 숲의 입구에 세워진 홍살문도 또렷하게 보였다. 혜린은 홍살문을 가리키며 말했다.

"저 안으로 들어가면 안전해!"

성진은 지친 표정으로 고개를 끄덕였다. 숨이 점점 가빠오면서 성진은 가슴이 답답해졌다. 아련한 통증이 가슴을 압박하는 가운데 정신이 몽롱해졌다. 그는 마지막 숨을 몰아쉬며 재빨리 홍살문 안으로 몸을 던졌다. 혜린도 재빠르게 홍살문 안쪽으로 들어갔다. 그러자 뒤에 따라오던 하얀 얼굴의 인형들은 홍살문 안쪽으로 들어오지 못하고 허공에서 멈추었다. 그들은 연신 기묘한 휘파람 소리를 내며 홍살문 앞을 휘휘 돌았다.

성진은 다리에 힘이 빠져 바닥에 주저앉았다. 그는 이어지는 언덕을 따라 난 계단에 기대어 죽은듯 뻗어 있는 혜린을 보며 말했다.

"여기로 오면 안전하다는 걸 어떻게 알았냐?"

"홍살문이 있잖아."

혜린은 숨을 헐떡이며 성진을 쳐다보지도 않고 대답했다.

"홍살문이 왜?"

성진은 심호흡을 하며 물었다.

"홍살문은 원래 잡귀를 쫓으려고 만든 거야. 붉은 화살에
는 잡귀를 쫓는 효험이 있거든. 그래서 커다란 기둥 두 개를
세우고 꼭대기에 붉은 화살을 꽂은 긴 널빤지를 얹어서 잡귀
들이 들어오지 못하게 한 거지."

"일본의 도리이와 비슷한 거야?"

혜린은 성진의 질문을 들었는지 못 들었는지 건성으로 고
개를 끄덕거렸다. 그녀의 얼굴에는 짙은 피로가 배어나오고
있었다. 그녀는 몸을 일으켜 홍살문의 붉은 기둥 하나에 머
리를 기대며 바깥을 슬쩍 내다보았다. 하얀 얼굴의 인형들이
기분 나쁜 옷자락을 펄럭거리며 문 앞을 뱅뱅 돌고 있었다.

혜린은 밖을 내다보며 안심했다. 조금 있다가 해가 뜨면
저것들은 힘을 잃게 될 것이다. 그러면 모아서 태우면 된다.
혜린은 시계를 보았다. 해가 뜨려면 아직 한두 시간가량 남
았다. 혜린은 계단에 몸을 기댔다. 그 옆에 쪼그리고 반쯤 누
워 있던 성진이 그녀를 돌아보며 말했다.

"근데, 아까 배서낭이 뭐였니?"

"배서낭?"

혜린이 고개를 돌려 성진을 보았다. 성진은 입 모양만으로

'배서낭'이라고 다시 말했다. 혜린은 다시 계단에 머리를 기댄 채 하늘을 쳐다보며 대답했다.

"배의 무사 안녕을 비는 뱃고사를 지낼 때, 배에 모시는 작은 신체 같은 거야. 네가 나한테 뭘 묻는 걸 보니 이제야 정신이 좀 든 것 같구나."

혜린은 소리 내어 웃었다. 그녀는 성진 쪽으로 고개를 돌려 말을 이었다.

"주로 여성의 화장품이나 옷 같은 것을 함에 담아 배 안에 모셔놓는데, 이 마을에서는 특이하게 여성의 모습을 한 인형을 쓰는 것 같아."

"그럼 일종의 신인 거야?"

"그래. 그런데 이런 서낭신이 귀매에 물들다니, 이 마을은 미친 게 분명해. 하하하."

혜린은 기가 찬 듯 소리 내어 웃었다. 성진은 턱을 괴고 그녀를 가만히 쳐다보다가 물었다.

"그런데 왜 그렇게 사람을 죽이는 거야?"

"뭐?"

"귀매 말이야. 보통 귀매들이 사람을 해치는 경우는 드물잖아. 옛날 설화에도 부원군이 소리치자 귀매가 물러가더라, 하고 나오잖아."

"웬일이니? 니가 공부 좀 했구나?"

"대답이나 해줄래? 대체 그 귀매는 왜 사람을 해치려 한 거지?"

"이 귀매를 부른 주술사가 한이 많아서 그런 게 아닐까. 그 마음이 귀매에게 전해져 이렇게 사람을 미구 죽이는 거지."

"왜 그렇게 생각해?"

성진의 질문에 혜린이 어두운 표정으로 대답했다.

"한이 맺힌 사람이 주술을 할 경우에는 그 영향력이 세어져. 아주 나쁜 쪽으로. 게다가 귀매를 불렀으니……"

"불렀으니?"

"귀매는 원래 인간의 두려움을 먹고 사는 존재잖아. 통제가 안 될 때는 인간에게 해악을 끼치지. 그렇게 해서 생기는 인간의 두려움으로 존재를 유지할 수 있거든. 그런데 한이 맺힌 주술사가 귀매를 부르면 나쁜 기운이 세어져 더 많은 인간의 공포를 필요로 하겠지. 주술사가 죽거나 사라지면 통제가 안 되니 그 본성이 본격적으로 드러나는 거지. 그래서 그 귀매는 인간을 죽여서 영혼을 차지하기 시작한 것 같아. 공포에 질려 죽은 인간의 영혼보다 더 많은 공포를 가지고 있는 것은 없잖아? 또 그것으로 더 많은 영혼들을 빨아들일 수 있으니. 물귀신 기억나지?"

"그것들은 전부 귀매가 인간의 공포를 얻기 위해 죽인 사람들의 영혼이라는 거야?"

"아마도."

"정말 한이란 무서운 것이군. 죽은 주술사의 한이 귀매를 더욱 흉포하게 만든 거라구? 정말 무섭다."

성진은 이렇게 중얼거리다 아까 혜린과 귀매의 대화가 생각났다. 그것은 분명히 주술사의 이름이 '영주'라고 했었다. 그는 몸을 벌떡 일으켜세웠다.

"그런데, 그 주술사 이름이 영주라고 했지?"

혜린이 말없이 고개를 끄덕였다.

"그럼, 내 꿈에 나온 영주와 같은 인물이 아닐까? 그 귀신 말이야."

"그럴 수도 있겠다."

혜린은 허공을 쳐다보며 말했다. 성진은 흥분하여 외쳤다.

"그럼 그 영주라는 귀신을 찾아서 없애면 되겠네!"

"그게 쉽지가 않을 것 같아."

"왜?"

성진이 의아한 표정을 지었다.

"귀신은 그 정체의 근원을 찾아서 없애야 하는데, 우리는 영주라는 귀신에 대해서 아무것도 모르잖아."

"하긴, 꿈밖에는 아는 게 없지."

성진은 다시 벌렁 드러누우며 말했다.

"그런데 정말로 영주라는 사람이 귀매를 불렀을까?"

"왜?"

"귀매를 불러낼 정도로 나쁜 사람처럼 안 보였는데."

성진이 중얼거리듯 말했다.

"물론 좀 무섭긴 했지만 말이야."

혜린은 대답하지 않은 채 잠시 눈을 감고 계단에 기댔다. 며칠 전부터 꿈에 보이던 하얀 옷의 무녀가 생각났다. 영주라는 사람과 무녀. 그 둘은 묘하게도 느낌이 닮아 있었다. 혜린이 그런 생각을 하고 있던 때였다.

쿵! 쿵! 쿵!

무엇인가를 세게 두드리는 소리가 들려왔다. 혜린은 눈을 번쩍 떴다. 성진은 몸을 일으켜 이리저리 둘러보았다. 그들은 홍살문 쪽을 보고 경악을 금치 못했다. 떼를 지어 몰려온 얼굴 없는 인형들이 홍살문을 힘으로 떠넘기려 하고 있었기 때문이었다. 인형들의 옷자락이 한꺼번에 닿을 때마다 홍살문은 큰 소리를 내며 흔들렸다. 인형들은 섬뜩하도록 날카로운 소리를 내지르며 옷자락을 마구 휘둘렀다.

홍살문이 무너지는 것은 시간문제였다. 혜린은 시계를 보았다. 이제 네시 삼십분. 해가 뜨려면 아직 한 시간 정도 기다려야 했다. 그녀는 이제 방법이 없다고 생각했다. 그런 그녀의 불안을 가중시키기라도 하듯 하얀 얼굴의 인형들은 계속해서 홍살문을 향해 옷자락을 휘둘렀다.

　―까아아아아아아.

몽롱한 비명소리가 차가운 바닷바람에 실려와서 혜린과 성진의 목덜미를 휘감았다. 비명소리 같기도 하고 웃음소리 같기도 한 소리였다. 묘하게 섬뜩한 그 휘파람 소리가 마치 밧줄처럼 차갑게 그들의 목을 조여왔다. 혜린과 성진은 온몸에 소름이 돋았다. 차가운 기운이 등을 타고 다리 쪽으로 내려갔다. 그 섬뜩한 기운이 다리를 휘감자 온몸에 힘이 풀려 도망갈 수조차 없었다.

　―까아아아아아아.

배서낭 무리가 아까보다 조금 더 크고 섬뜩한 소리를 내며 옷자락을 휘둘렀다. 혜린과 성진의 눈앞에 오색 옷자락이 어지러이 날렸다. 혜린은 정신을 차리고 성진이 있는 쪽으로 기어가며 말했다.

　"성진아! 그분을 부르자!"

　"누구?"

성진이 혜린을 가까스로 쳐다보며 소리쳤다. 혜린은 말없이 턱으로 뒤에 있는 사당을 가리켰다. 성진은 눈을 동그랗게 떴다.

"야! 지금 귀신한테 쫓기고 있는데 새로운 귀신을 또 부르면 어쩌자는 거야!"

혜린은 진지한 얼굴로 성진에게 말했다.

"윤공단의 주인인 윤흥신 장군을 부르자는 말이지. 넌 내 말만 따라 해."

"알았어!"

성진은 혜린의 말뜻을 모두 이해할 수는 없었지만 무언가 감은 오는 것 같았다. 그는 고개를 끄덕이며 혜린에게 준비됐다는 눈빛을 보냈다. 혜린도 고개를 끄덕이고, 성진의 귀에 대고 무언가를 중얼거렸다.

"알았니?"

"응."

"이제 기운을 모으고 정신을 집중해. 그리고 내가 말한 대로 크게 소리쳐."

"알았어!"

성진은 눈을 감고 정신을 가다듬었다. 그의 눈앞에 붉은 빛이 이리저리 굴러다녔다. 그는 더욱 집중하며 그 빛을 응시했다. 왔다갔다하던 좁쌀만한 붉은 빛들이 점점 뭉쳐서 하나의 큰 덩어리를 형성했다. 그리고 그 빛무리가 조금씩 커졌다 수축하기를 반복하면서 성진의 눈앞에 밝은 광휘로 나타났다. 성진은 빛이 밝아질수록 힘이 솟아나는 기분이었다. 마침내 온몸이 빛으로 감싸졌다고 느낀 순간,

성진은 눈을 번쩍 뜨고 큰 소리로 외쳤다.

"비나이다, 비나이다. 파평 윤에 이름은 흥신이요, 첨사 윤흥신 대장군께 비나이다. 물에서 올라온 자들이 백성을 괴롭히고 있사오니, 부디 강림하시어 백성을 구제해주시옵소서. 물에서 올라온 자들이 백성을 괴롭히고 있사오니, 부디 강림하시어 그들을 물리쳐주시옵소서."

성진의 이마에 땀이 솟았다. 말을 한마디 할 때마다 그는 몸속의 힘이 빠져나가는 것을 느꼈다. 한마디, 한마디를 그 뜻을 새기며 천천히 되뇌었다.

그때, 사당 안에 놓인 제기祭器가 이리저리 흔들리다가 바닥에 나뒹굴었다. 사당의 안쪽에 그려진 어떤 장군의 영정에서 희미한 영기靈氣가 흘러나오기 시작했다. 분노의 기운이 서린 그 영기는 마치 연기처럼 사당의 창문 틈새로 빠져나와, 홍살문까지 서서히 흘러왔다. 유동하는 액체 위에 떨어진 기름처럼 기묘한 무늬를 형성하던 연기가 천천히 짙은 안

개 빛깔로 변했다.

혜린은 미소를 지으며 고개를 끄덕였다. 그녀의 눈에는 그 안개가 조선시대 무관의 모습으로 보였던 것이다. 붉은 술이 달린 투구를 쓰고 갑옷을 입은 그 무관은 한 손에 활을 쥔 채 서 있었다. 혜린이 그를 향해 엎드려 절하며 말했다.

"장군님, 저것들이 물에서 올라온 자들입니다."

무관은 고개를 끄덕이더니 홍살문 바깥으로 나갔다. 마치 비적이 했던 것처럼, 그는 칼을 이리저리 휘두르며 허공을 누볐다. 그의 칼이 닿은 인형은 날카로운 비명소리를 내며 찢어져 조용히 땅으로 내려앉았다. 그것은 정말로 순식간이었다. 성진은 입을 벌리고 그 광경을 쳐다보았다. 인형들이 무수히 바닥에 널브러졌다.

칼을 든 무관은 홍살문을 통과하여 다시 사당으로 걸어들어갔다. 혜린은 그가 보이지 않을 때까지 고개를 숙이고 절을 했다.

주변이 다시금 고요해졌다. 성진이 입을 다물고 혜린을 힐끔 쳐다보았다. 혜린도 조금은 놀란 듯 보였다.

"어떻게 그런 생각을 다 해냈지?"

찬사가 섞인 성진의 질문에 혜린은 짐짓 모르는 척 되물었다.

"무슨 생각?"

"윤흥신 장군을 불러낼 생각 말이야."

"부르기는 네가 불렀잖아."

혜린이 무뚝뚝하게 대꾸했다.

"윤흥신 장군은 임진왜란 때 죽은 사람이잖아. 그런 사람은 보통 많은 한을 가지고 있겠지. 특히 물에서 올라온 자에게 말이야."

혜린의 말에 성진은 주먹으로 손바닥을 탁 치며 이어 말했다.

"그래서 물에서 올라온 자를 무찔러달라고 빌었구나? 한을 이끌어내려고. 맞지?"

"그래. 너도 꽤 늘었는데?"

혜린이 웃으며 대답했다. 성진은 자신의 추리 실력이 늘었다는 말인지, 영능력이 늘었다는 말인지 헷갈렸지만 묻지는 않았다. 뭔가 더 이야기하고 싶었지만 피곤한 탓인지 몸이 말을 듣지 않았다. 그는 입을 다물고 이마에 맺힌 땀을 팔로 슥 닦았다.

혜린이 다시 털썩 하는 소리를 내며 계단에 기댔다. 성진도 혜린의 옆에 쪼그리고 누웠다. 눈이 스르르 감겨왔다. 새벽 공기가 찼지만 그들은 금방 잠에 빠져들었다.

책

"인형들을 모두 불태워야 해요."

혜린의 말이 채 끝나기도 전에 그녀를 둘러싸고 있던 마을 사람들이 웅성대기 시작했다.

윤공단 앞에 잔뜩 찢어진 채 널브러져 있는 배서낭 인형 무더기를 본 홍촌마을 사람들이 아침부터 하나둘씩 모여들어 벌써 수십 명이 되었다. 혜린은 떠들썩한 무리를 향해 인형을 집어들고 보여주며 또박또박 말했다.

"이 인형들을 모두 불태워야 재앙이 없어진다니까요! 그대로 두면 큰일이 생길 거예요."

"어디서 서낭신을 함부로 태우노! 재수 옴 붙을 일 있나!"

나이가 꽤 든 듯한 뱃사람 하나가 앞으로 나서며 소리쳤다. 그의 말에 사람들이 웅성거리며 동조했다.

"아니에요. 이 인형들은 마魔가 끼어서 더이상 배서낭이 아니에요. 요물이라구요."

혜린이 단호하게 말했다. 사람들은 다시 웅성거렸다. 대다수가 팔짱을 낀 채로 혜린을 곱지 않은 눈으로 쳐다보고 있었다. 성진이 심상치 않은 분위기를 눈치채고 혜린에게 슬며시 다가가 속삭였다.

"야, 너라면 아침부터 온몸에 흙이 덕지덕지 묻은 학생들이 와서 서낭신을 태워버리라고 말하면 그걸 믿겠냐? 바보나 믿지. 우리 그냥 나중에 와서⋯⋯"

혜린은 날카로운 눈빛으로 성진의 말을 가로막으며 다시 이야기했다.

"지금 태우지 않으면 큰 화가 생길 거예요! 급하다니까요!"

"간밤에 서낭님들을 훔쳐갖고 집집마다 던져넣은 게 느그들 아이가?"

나이가 지긋한 어르신 한 명이 흥분한 나머지 손까지 덜덜 떨며 삿대질을 해대면서 고함을 질렀다. 혜린은 어디서부터 설명해야 할지 고민하며 말없이 그를 쳐다보았다. 그녀가 대답을 하지 않자 노인은 더 화가 났는지 혜린의 팔을 거칠게 잡아끌며 소리쳤다.

"이년이 불경한 짓을 한 게 분명하다. 말을 안 하는 걸 보니까, 딱 알겠네."

"맞다, 맞다."

"경찰부터 불러라."

마을 사람들이 그의 말에 동조했다.

"아니, 제가 왜 그런 짓을 해요. 전 지금 도와드리려고 하는 거라니깐요!"

혜린이 날카롭게 응수했다. 그녀는 노인의 손을 거칠게 뿌리치며 말했다.

"제 말 안 들으면 후회할 거예요."

더욱 험악해진 분위기에 성진이 혜린의 귀에 대고 다시 소곤거렸다.

"일단 지금은 숙소로 돌아가고, 나중에 태우든지 말든지 하자. 너, 바닷가 사람들이 다혈질인 거 다 알면서 왜 그래? 아예 무덤을 파라, 무덤을."

성진은 마을 사람들에게 미안하다는 듯 눈인사를 하면서 혜린을 데리고 그 자리를 뜨려고 했다. 그러자 혜린의 팔을 잡았던 노인이 얼른 나서며 말했다.

"이 가시나가 어딜 도망갈라고?"

그의 말이 끝나자마자 마을 사람들이 험악한 표정으로 혜린과 성진의 앞을 막아섰다. 성진은 어찌해야 할지 난감했다.

'이런 분위기로는 집단 구타라도 당하겠는걸.'

그는 억지웃음을 띠며 길을 막아선 사람들을 뚫고 나가려고 했다. 그러자 한 중년 남자가 성진의 가슴을 떠밀어 넘어뜨렸다.

"가긴 어딜 가노?"

성진은 당황했다. 혜린도 그제야 분위기를 파악하고 퍼뜩 긴장했다.

'이거 어쩌지? 내가 실수했네. 귀신사鬼神事에 너무 관여하니 인간사人間事에 서툴러지나봐.'

혜린은 눈치 없이 아무렇게나 말한 자신을 꾸짖었다.

"성혜린씨!"

그때 어디선가 들어본 남자 목소리가 들렸다. 혜린은 두리번거리며 목소리의 주인공을 찾았다. 사람들을 헤치고 재호가 나타났다.

"성혜린씨, 무슨 일이죠?"

재호는 혜린에게 한쪽 눈을 찡긋하며 말했다. 혜린은 어제의 대화가 생각나서 불쾌감이 확 치솟았다. 그녀는 짜증이

나서 눈을 굴리며 고개를 돌렸다. 혜린을 대신해서 성진이
사정을 대강 설명해주었다.

성진의 설명을 들은 재호는 고개를 끄덕이더니 마을 사람
들을 향해 돌아서서 그들을 설득하기 시작했다. 그는 이상하
게도 이 마을에서 꽤나 존경을 받고 있는 듯 보였다. 재호가
간곡한 목소리로 설득을 하자, 마을 사람들의 험악했던 표정
이 차츰 누그러졌다. 그 틈을 타서 재호가 혜린과 성진을 데
리고 자리를 뜨려는 때였다.

"그럼, 인형은 어떻게 하나요? 빨리 태워야 하는데."

혜린이 재호의 소매를 붙잡고 멈춰 서며 말했다. 성진은
이마를 탁 쳤다.

'귀신한테 눈치를 다 팔아먹었나. 왜 저렇게 눈치가 없어.'

분위기가 도로 냉각되었다. 사람들이 다시 험상궂은 표정
으로 길을 막아섰다.

"자, 자. 어르신들, 너무 흥분하진 마시고……"

재호가 여유로운 미소를 지으며 두 손을 들어 마을 사람들
을 제지했다.

"제가 말씀 안 드린 게 한 가지 있습니다."

마을 사람들이 재호를 쳐다보았다. 재호는 혜린을 바라보
며 슬쩍 미소를 지었다. 그는 눈으로는 혜린을 쳐다보면서

천천히 말했다.

"성혜린씨는 민속조사 하러 온 학생이 아니라, 사실 제가 고용한 무당입니다."

"뭣? 무당!"

혜린이 경악하며 소리치려는 것을 성진이 막았다. 재호는 자신을 잡아먹을 듯 쏘아보는 혜린의 눈빛에도 아랑곳하지 않고 이어 말했다.

"요즘 마을에 나쁜 일이 좀 많이 생기지 않았습니까? 마을 발전에도 장애가 되고, 또 이곳을 찾아오는 피서객들에게도 안 좋은 인상을 남길까봐 걱정하셨죠? 그래서 제가 특별히 서울에서 용한 무당 한 분을 모셨습니다. 젊은 사람이라 그렇게 안 보이지만, 이분이 그 용한 만신님입니다."

혜린은 그 말을 들으며 속이 뒤집어졌다. 재호는 혜린이 어떻건 상관하지 않고 배서낭 인형들을 태워야 한다고 마을 사람들을 설득하기 시작했다.

굳어 있던 사람들의 표정이 점점 부드러워졌다. 오 분도 채 지나기 전에 누군가 휘발유를 가져왔고 또 어디서 신문지 조각들이 나왔다. 그렇게 마을 사람들은 신문지를 불쏘시개 삼아 인형을 태운 뒤 혜린을 향해 손을 모으고 꾸벅 절을 하기 시작했다. 혜린은 모든 상황이 그저 기가 찰 뿐이었다.

그때 재호가 혜린에게 할말이 있다는 듯 눈짓을 했다. 혜린은 어쩌라고, 하는 표정으로 그를 노려보았지만 성진이 나서서 그녀의 등을 떠밀었다. 세 사람은 마을 사람들을 뒤로하고 호텔로 향했다. 성진이 먼저 입을 열었다.

"도움 주셔서 감사합니다."

재호는 별것 아니라는 듯 미소를 지으며 고개를 끄덕였다. 성진은 혜린의 팔을 툭 치며 뭐라고 말 좀 하라고 눈짓을 했지만, 혜린은 오히려 재호를 날카롭게 쏘아보며 따지듯 물었다.

"타이밍이 참 묘하네요. 이른 아침에 어떻게 여기서 만나게 됐을까요?"

"여기 마을 사람들과 친분이 있어서요. 아침에 전화가 왔어요. 민속조사 하는 학생들이 문제를 일으키고 있다고. 느낌에 딱 혜린씨인 것 같아서 서둘러 왔죠."

재호는 혜린을 보며 표정 하나 변하지 않고 대답했다.

"그리고 혜린씨에게 해줄 말도 있고."

"그게 뭔데요?"

혜린이 퉁명스럽게 묻자 재호는 "좀 걷죠"라고 말하면서 해변 쪽으로 발걸음을 돌렸다. 혜린은 한숨을 푹 쉬고는 그를 따라 걸었다. 성진도 조용히 그들을 따라갔다.

어느덧 아침햇살이 바다를 비추고 있었다. 혜린의 눈앞에 하얀 백사장과 밀려오는 파도가 펼쳐졌다. 그녀는 파도가 만들어내는 하얀 거품을 보면서 비적을 떠올렸다. 비적은 대체 어디 있을까.

혜린은 갑자기 이 모든 상황에 분노가 치밀어올랐다. 모든 게 이 인간 때문이다. 그녀는 재호를 쏘아보며 물었다.

"그래, 하고 싶은 말이 뭐죠?"

"혜린씨가 조사하시는 일에 도움 될 이야기입니다."

"제가 뭘 조사하는지 알고 계시나요?"

"물론이죠."

"또 아는 무당인지 영능력자인지 하는 사람들에게 물어봤나요? 뭐라고 하던가요?"

"아닙니다. 이번에는 다른 분께 물어봤죠. 혹시 김옥분씨를 기억하십니까?"

"김옥분씨요?"

혜린이 의아한 표정을 지었다. 김옥분씨는 지난번에 만났던 세습무 집안의 마지막 후손이었다.

"바쁘신 분이 할일도 없나봐요. 남 뒷조사나 하고 다닐 시간에 사업에나 좀 신경쓰시죠?"

혜린이 날카롭게 쏘아붙였지만 재호는 눈 하나 까딱하지

않았다.

"그분이 그러더군요. 혜린씨가 '큰 존재'에 대해서 관심이 많다고."

재호는 안면에 웃음을 띠며 말했다. 그는 누군가를 향해 가볍게 눈짓을 했다. 그러자, 지금까지 옆에 있는 줄도 몰랐던 비서 같은 남자가 재호에게 다가와 작은 가방을 건네주었다. 재호는 혜린의 얼굴에 시선을 고정한 채 그 가방에서 종이봉투를 하나 꺼냈다.

"혜린씨도 들었겠지만 '큰 존재'란 건 큰무당을 이야기하는 겁니다. 신주神柱를 모시는 신녀神女죠."

"신녀란 말은 일본 무속에서 쓰이는 말같이 들리는데요."

"부산은 아무래도 일본과 가까우니까. 게다가…… 아닙니다. 이 책을 직접 읽어보시죠. 많은 도움이 될 겁니다."

재호가 혜린에게 종이봉투를 넘겨주었다. 혜린은 봉투를 열어보았다. 그 안에는 1900년대 초반에 펴냈을 듯한 얇은 팸플릿 두께의 책자가 들어 있었다. 누렇게 변한 표지에는 읽을 수 없을 정도로 지워진 일본어 제목과 함께 朝鮮總督府 조선총독부라는 한자가 보였다.

"일제시대 보고서인가요? 보통 총독부에서 이런 조사를 할 때는 전국 경찰서를 통해서 사례 수집이나 했잖아요. 이

지역 신녀 이야기를 제대로 썼을 것 같진 않은데요?"

"혜린씨가 전문가니까 한번 판단해보시죠. 이 책에는 큰 무당에 대한 이야기가 상당히 상세하게 나와 있을 겁니다."

"이걸 주는 이유가 뭐죠?"

혜린이 양미간에 주름을 잡으며 물었다.

"민속조사에 도움 주려는 건가요, 아니면 이 지역 귀매를 없애라고 주는 건가요?"

"어느 쪽이든, 혜린씨 편할 대로 생각하세요."

재호는 알 수 없는 미소를 지으며 대답했다. 잡아먹을 듯 으르렁대는 혜린과 그런 그녀에게 약 올리듯 대꾸하는 재호 사이에서 안절부절못하던 성진이 이때다 싶어 끼어들었다.

"자료 감사합니다. 가서 잘 읽어보겠습니다."

"그럼, 다음에 또."

재호는 그렇게 말하고 할말을 마쳤다는 듯 가볍게 고개를 까딱하고는 혜린과 성진을 두고 그 자리를 벗어났다.

호텔에 돌아오자마자 혜린은 씻고 잠시 눈을 붙였다. 간밤에 거의 자지 못해서 피곤했던 것이다. 오전 시간을 그렇게 보낸 뒤 혜린은 여전히 피곤한 몸을 이끌고 겨우 방에서 나갔다.

거실에서는 성진이 아침에 있었던 사건을 형섭에게 미주알고주알 이야기하고 있었다. 형섭이 배꼽이 빠져라 웃어댔다. 형섭이 특히 좋아한 부분은 혜린이 '용한 만신님'이라 불린 대목이었다. 그 모습을 보자 안 그래도 잠을 못 자서 피곤하던 혜린은 짜증이 부글부글 치밀어올랐다.

"야, 그만해."

혜린이 눈을 내리깔고 가라앉은 음성으로 말했다.

"어, 혜린이 깼냐? 근데 임재호란 사람도 정말 대단하다. 역시 사업가라 순발력이 남다르단 말이야."

형섭은 혜린의 말에도 개의치 않고 계속 웃어댔다.

"그런데 이상하지 않냐?"

성진이 갑자기 목소리를 낮추며 말했다.

"여기 대도시 맞지?"

"내가 말해줄까? 여기는 부산광역시 사하구 다대동이야. 시골 아니고 도시 맞아. 넌 우리가 어디 있는지도 모르고 있었어?"

형섭이 장난스럽게 대꾸했다. 성진은 정말 이상하다는 듯이 말했다.

"도시 사람들이 이렇게 미신에 집착하는 경우도 있냐? 우리 종교민속학 시간에 배우지 않았냐? 산업화의 정도에 따라 미신을 믿는 정도를 알 수 있다고."

"무슨 집착?"

형섭이 궁금하다는 듯이 묻자, 성진은 조금 짜증난다는 듯이 손을 내저으며 말했다.

"아까 그 일 말이야. 도시 외곽의 시골 마을도 아니고 여기는 아파트촌에다 지하철이 다니는 동네야. 다대포에 마지막 남은 전통 촌락이라곤 해도 홍촌마을 사람들은 왜 이렇게 배서냥이니 하는 데에 집착하는 거지?"

"야, 우리 이런 것도 배웠어. 법칙에 현상을 짜맞추려 하지 말라."

형섭이 말하자, 옆에서 조용히 듣고 있던 혜린이 성진의 말을 거들었다.

"확실히 이상했어. 뭔가 이유가 있을 텐데."

"자아. 문화인류학과 무당에서 한차례 업그레이드한, 우리의 용한 만신님께서 이유를 설명해주시겠습니다."

형섭이 장난스레 말했다. 혜린은 소파에서 쿠션을 집어들어 형섭에게로 집어던지며 말했다.

"이 마을이 나쁜 기운으로 뒤덮여 있기 때문이 아닐까? 뭐, 사람들이 이상한 건 아니고 지세가 사람들을 그렇게 만들었다고나 할까."

"우우, 나쁜 기운이래! 용한 만신님께서 그리 말씀했습니다."

형섭이 우스꽝스러운 포즈를 취하며 말했다. 그는 사이비 교도들이 하듯이 두 손을 높이 들고 "경배하라"라고 말하며 혜린을 놀렸다. 그러던 형섭이 문득 생각난 듯 물었다.

"참, 혜린아. 그 책은 어떤 거야?"

혜린은 방에 들어가서 아침에 재호가 준 책을 가져다 형섭에게 건네주었다.

"조선총독부 자료인 것 같아. 이 마을의 동제를 주관하는 신녀에 대해 쓴 책이라던데, 나는 일본어에 좀 약해서."

혜린의 말에 형섭은 자리에서 벌떡 일어나 테이블 위에 책을 조심스레 올려놓고 한 장씩 넘겨보기 시작했다. 그러다 그는 마지막 페이지를 확인하고는 흥분해서 큰 소리로 말했다.

"이거, 오노다 히로오가 쓴 보고서잖아?"

"오노다 히로오?"

성진이 되물었다. 어디서 많이 들어본 것 같은 이름이었다.

"조선총독부 학무국 소속 촉탁이었던 민속학자. 수업 시간에 들어본 적 있을 거야. 『조선의 귀매』. 요즘도 학부 커리큘럼에 들어 있지?"

성진은 그제야 생각난 듯 고개를 끄덕였다. 혜린이 의아한 표정으로 물었다.

"오노다 히로오가 이 마을 동제에 대해서 썼단 말이야?"

"여기 서지 사항에 적힌 제목 읽어봐. '다대포의 부락제'. 게다가 기밀문서로 분류되어 있어. 아무래도 이거 한번 파봐야겠다. 혜린아, 이거 내가 먼저 읽어도 되지?"

"안 그래도 너한테 부탁하려고 했어. 일제시대 종교민속이 네 전공 분야니까. 나중에 알아낸 것 좀 공유해줄 수 있어?"

형섭은 이미 책에 눈을 고정한 채 알았다고 중얼거리듯 대답했다. 그는 언제 꺼냈는지 노트북에 메모지까지 펼쳐놓고 본격적으로 정리할 준비를 하고 있었다.

"형섭이가 읽어보는 동안, 우리도 큰무당에 대해서 조사해보는 게 어떨까?"

성진이 제안했다. 혜린은 무슨 말인가 하는 표정으로 멍하니 성진을 쳐다보았다.

"그저께 김옥분 할머니가 그랬잖아. 큰무당인지 동제인지 관련된 자료를 옛날 초등학교 건물 옆에 있는 도서관에 맡겼다고. 지금은…… 중학교가 된 거기 말이야."

성진은 그 중학교가 죽은 민경의 근무지였다는 사실을 떠올리고는 얼버무리듯 설명했다.

"맞아. 아침에 임재호씨도 김옥분 할머니 얘기를 꺼냈었지."

혜린은 그제야 생각난 듯 얼떨떨한 표정으로 말했다. 간밤에 체력을 소진해서 그런지 머릿속이 안개가 낀 것처럼 흐렸다.

"가볼까?"

성진은 그렇게 물었다가 혜린이 아직 잠이 덜 깼다는 것을 느끼고 얼른 고쳐 말했다.

"삼십 분 뒤에 출발할래?"

혜린이 고개를 끄덕였다. 성진은 손가락으로 OK 사인을 하고는 나갈 준비를 하러 방으로 들어갔다.

혜린과 성진이 도서관에 도착했을 때는 세찬 빗줄기가 쏟아지고 있었다. 그들이 도착한 곳은 도서관이라기보다는 허름한 사당처럼 보이는 건물이었다. 기와가 올려진 맞배지붕 아래 원래의 문양이 거의 지워진 나무 대문과 녹이 슨 문고리가 세월의 흔적을 그대로 보여주고 있었다. 낮은 담 너머로 보이는 도서관 건물 또한 대문만큼이나 낡아 보였다. 성진이 어이없다는 듯 대문을 쳐다보고 있다가 혜린을 돌아보며 물었다.

"야, 이게 정말 도서관 맞아?"

"맞아. 임용명 기념 도서관. 옛날 지방 유지의 집이었는데 그걸 개조해서 도서관으로 쓰는 거래. 사적으로 지정된 건물이던데?"

혜린이 리모컨으로 차문을 잠그며 말했다. 성진은 대문을 살며시 열어보았다. 문은 삐이걱, 소리를 내며 열렸다. 그는 문고리에서 묻은 녹을 손에서 털어내며 말했다.

"겉보기에는 국어사전도 제대로 없을 것 같은데?"

"아마 그럴지도. 여긴 오래된 기록물을 보관하는 문서 보관소에 가까운 곳이래."

혜린은 배낭을 한쪽 어깨에 짊어지며 말했다. 그녀는 성진을 따라 대문 안으로 들어섰다. 낡은 기와 건물이 보였다. 기와지붕의 한옥 건물이었지만 독특하게도 출입구만큼은 아파트 현관문처럼 되어 있었다. 건물 안으로 들어서자 그곳은 놀랍게도 현대식이었다. 천장의 서까래와 벽면의 나무 기둥과 대조되는 책상과 의자, 책이 가득 꽂힌 책장이 기묘한 느낌을 자아냈다.

"어휴, 저 먼지 좀 봐."

성진은 서가에 진열된 몇 년은 묵은 것 같은 잡지 위에 쌓인 먼지를 보며 말했다. 도서관은 찾는 사람이 별로 없어서 거의 방치된 듯한 느낌을 주었다.

"어떻게 오셨습니까?"

아무도 없는 줄 알았던 사서 데스크 건너편에서 누군가의 음성이 들려왔다. 혜린은 그쪽을 향해 고개를 돌렸다. 낡은 책상 위에 오래된 책들이 쌓여 있었고, 그 뒤에 앉은 초로의 남자가 돋보기안경을 쓴 채 혜린을 쳐다보고 있었다. 움직이지 않으면 마치 열람실 안의 장식물과도 같이 보이는 남자는 살아 있다는 것을 증명이라도 하듯이 먼지가 쌓인 책장을 뒤적거리며 다시 물었다.

"무엇을 찾으십니까?"

"아, 아까 연락드렸는데요, 여기 기증 자료 중에 동제 기록을 열람하고 싶어서요."

혜린이 남자 쪽으로 걸어가며 말했다. 그는 돋보기안경을 벗고 혜린을 잠시 훑어보다가 다시 안경을 쓰고는 정리하고 있던 책을 내려놓고 뒤쪽에 있는 서고로 들어갔다. 혜린이 슬쩍 쳐다보니 그는 서고 구석의 책장 한구석에 놓여 있던 종이상자를 열고 그 안에서 책을 찾고 있었다. 사서는 한참을 찾더니 낡은 책 한 권을 꺼내왔다.

군데군데가 벗어져나간 표지에 희미한 붓글씨로 '巫女系

譜무녀계보'라는 글자가 적혀 있는 책이었다. 실로 묶어서 제본한 것으로, 종이의 상태를 보니 만들어진 지 백 년 정도 되어 보였다.

"대출은 안 되고 열람만 가능합니다. 저기 앉아서 천천히 보세요."

사서가 손가락으로 한쪽 구석에 있는 넓은 책상을 가리키며 말했다. 성진이 고맙다고 인사를 꾸벅 하고는 조심스레 책을 받아들었다.

성진은 책상에 앉자마자 책을 펴서 읽기 시작했지만 앞부분은 대부분 한문으로 쓰여 있어 읽을 수가 없었다. 그는 설명 좀 해달라는 듯 혜린에게 책을 슬쩍 밀어주었다. 혜린은 손가락으로 글을 짚으며 중얼거리듯 해석하기 시작했다.

"……왕후가 이르되, 신보의 딸을 보내 이곳의 신령을 모셔 경계를 지키라 했다. 그 일로 말미암아 바다가 평안해지고 땅이 다스려지니 나라 백성이 기뻐하였다. 첫 무녀가 어떻게 탄생했는지에 대한 전설 같아. 그 첫 무당을 대신녀大神女라고 불렀다고 적혀 있네. 그리고 뒤에 계보도가 있고. 아, 여기 보면 되겠다."

혜린은 몇 장 넘기다가 손가락으로 글자를 하나하나 짚어 가기 시작했다. 한참을 그러던 중 거의 마지막 페이지에서 손을 멈추었다.

"찾았어. 계보상 마지막인데?"

혜린이 성진을 돌아보며 말했다.

성진은 혜린의 손가락이 멈춘 곳으로 시선을 옮겼다. 그 곳에는 김옥분 할머니가 말했던 큰이모의 이름 '池錦子지금자' 아래에 '池英柱지영주'라는 이름이 비교적 또렷하게 적혀 있다. '지영주'라는 이름 뒤에 다른 이름은 보이지 않았다.

"실존했던 인물인가봐, 영주라는 사람."

성진이 중얼거리듯 말했다. 그는 지금 보고 있는 것이 믿어지지 않았다.

"새마을운동 때까지 무녀가 주관하는 동제는 계속되었다던데 기록이 누락된 걸까? 지영주가 쇼와昭和 12년부터 15년까지라니까…… 1937년부터 40년까지네."

혜린이 핸드폰으로 연도를 검색하며 말했다. 그러고는 배낭에서 카메라를 꺼내 '지영주'라는 글자가 쓰인 페이지를 몇 번 찍었다. 사진을 다 찍은 뒤 책을 덮고 반납을 하려다, 혜린은 갑자기 미심쩍은 생각이 들어서 다시 책을 폈다. 그녀는 책의 첫 페이지를 보았다. 그곳에 한 편의 시가 적혀 있었다.

巫女縞衣 左執簧 右招我由敖 其樂只且

혜린의 머릿속에 며칠 전의 꿈이 또 떠올랐다. 흰옷의 무녀. 그리고 그 여인의 손에 들린 흰 천. 혜린은 글귀를 소리 내어 몇 번 읽어보았다.

"무녀호의巫女縞衣 하여 좌집황左執簧 하고, 우초아유오右招我由敖 하니 기락지차其樂只且라."

"그게 뭔데?"

성진이 고개를 들이밀며 물었다.

"흰옷을 입은 무녀가 왼손에는 대나무를 들고, 오른손으로는 춤추라고 이르니 즐겁기 그지없도다."

"이 마을의 동제에서 무녀가 추던 춤을 시로 비유해놓은 걸까?"

"원래 『시경』에 나오는 구절인데 살짝 바꿔놓았네."

혜린은 말끝을 흐렸다. 머릿속에 꿈속의 무녀가 계속해서 떠올랐다. 더이상 춤을 출 사람이 없다며 그 여인은 흰 천을 잘랐다. 그리고 피로 물든 채 사라져버렸다. 혜린은 불현듯 어떤 예감이 들었다. 그녀는 재빨리 책을 넘겨 맨 뒷장을 펼쳤다.

'지금자'라는 이름 옆에 비슷한 시가 적혀 있었다. 누군가가 후에 만년필 같은 것으로 덧쓴 것 같았다.

"이거야."

혜린은 의기양양하게 그 시를 손으로 가리켰다.

巫女縞衣 左執指 右招我由柱 其樂只且

"비슷한 시인데 글자가 다르네."

성진이 말하며 글자 두 개를 가리켰다. 성진이 가리킨 글자는 '指지'와 '柱주'였다.

"무녀호의巫女縞衣 하여 좌집지左執指 하고 우초아유주右招我由柱 하니 기락지차其樂只且라. 흰옷을 입은 무녀가 왼손에는 손가락을 들고, 오른손으로는 기둥을 가리키며 들어가라 하니 즐겁기 그지없도다. 뭔가 좀 이상하지?"

혜린이 고개를 갸우뚱하며 말했다.

"뭐가?"

"'왼손에는 손가락을 들고'라는 구절 말이야. 여긴 '왼손으로 가리키다'라고 해석해도 되는데, '집執' 자 때문에 그렇게 해석이 안 돼. 이상하지 않니?"

"여기도 이상해."

성진이 손가락으로 '주柱' 자를 짚으며 말했다.

"여긴 왜 기둥이 나오지? 기둥은 들어갈 수 있는 곳이 아니잖아."

"그건 그렇다. 하지만 기둥에 들어가는 존재를 귀매나 영혼 같은 걸로 본다면? 사람은 못 들어가지만 그런 존재들은 들어갈 수 있겠지."

"그렇긴 해."

성진이 긍정하며 고개를 끄덕였다.

"그럼 문제는 여기 손가락을 뜻하는 '지指'라는 글자군. 그렇지?"

성진의 말에 혜린은 잠시 뭔가를 생각하다 무겁게 입을 열었다.

"너 혹시 태주귀신 이야기 들어봤니?"

"태주귀신?"

혜린의 느닷없는 질문에 성진은 다소 당황하며 되물었다.

"태자귀라고도 하는데 보통은 무당이 모시는 어린아이 신을 말하는 거야. 그런데 사실인지는 모르겠지만 이런 이야기도 있어. 좀 잔인해. 무당이 어린 아기를 굶겨서 완전히 기아 상태로 만들고, 며칠 뒤에 완전히 기진맥진한 아기에게 엄마 젖을 보여줘. 그러면 아기는 엄마 젖이 있는 곳으로 손을 뻗겠지. 그때 아기의 손가락을 잘라서 그걸 신체神體로 삼는 거래."

성진이 인상을 찌푸리는 것을 보며 혜린은 이야기를 이어 나갔다.

"그게 실재했던 주술인지는 아무도 몰라. 서양의 흑마술에도 비슷한 이야기가 있긴 해. 사형수의 손을 잘라서 갖고 있으면 밤에도 잘 볼 수 있다든가. 모두 죽기 직전 인간의 한을 이용하는 거지."

"그런데 그게 여기 나와 있는 손가락 '지指'와 무슨 관계가 있는 거야?"

"무녀가 왼손에 들고 있는 손가락은 이런 인신공희의 결과로 생긴 손가락이 아닐까. 과거에는 춤의 형태로 바쳐지던 제의가 지영주 대에 와서 인신공희로 바뀌었을지도 모르지."

"인신공희?"

성진이 20세기 초에 무슨 인신공희냐는 표정으로 인상을 찌푸리며 되물었다. 혜린은 이어 말했다.

"실제로 무슨 일이 벌어졌는지는 모르겠지만, 나는 이 마을에 귀매들이 기승을 부리는 이유가 지영주라는 사람의 주술 때문이라고 생각했어. 그런데 만약 이 마을에서 인신공희가 벌어졌다면? 물론 지영주가 여기서 어떤 역할을 했는지는 모르지. 하지만 그런 끔찍한 일이 있었다면 영적으로 혼란스러운 마을 상황이 이해되지 않아?"

혜린이 혼잣말을 하듯 읊조리는 이야기를 한참 듣고 있던 성진이 물었다.

"손가락은 누구 것이었을까?"

"나도 그게 궁금해."

혜린이 고개를 갸우뚱하며 대답했다.

그때 데스크에 앉아 책을 뒤적이고 있던 사서가 갑자기 뭔가 생각난 듯 돋보기를 벗고 자리에서 일어났다. 그는 서고로 들어가더니 낡은 상자를 뒤져서 책 한 권을 꺼내며 혜린을 불렀다.

"저기, 학생. 이 책도 동제 기록이에요. 이게, 어디 보자. 이건 1990년에 기증되었네."

혜린이 의아한 표정으로 다가가서 그 자료를 받아들었다. '堂神別記 당신별기'라는 제목이 표지에 적혀 있는 오래된 공책이었다. 공책의 상태를 보니 1950년대에 새로 정리된 것으로 보였다. 혜린은 얼른 자리로 돌아와서 자료를 펼쳐 읽기 시작했다.

자료에는 각 연도별로 동제를 지내기 위해 마을 사람들에게 받은 희사금 내역과 함께 제사를 주관한 무당과 악사 이름, 굿값으로 지불한 비용, 음식 장만에 들어간 비용이 적혀 있었다. 기록은 1910년에 시작해서 1972년 김옥분 할머니의 이름으로 끝이 났다. 혜린은 1920년대 기록을 읽다가 이상한 느낌이 들었다.

"성진아. 이것 좀 봐."

혜린은 손으로 1921년 동제의 무당 이름을 가리키며 말했다.

"아까 우리가 봤던 책에서는 이때 무당이 지금자였잖아. 그런데 여기는 김근동으로 되어 있어."

"그럴 리가."

성진이 『무녀계보』를 옆에 놓고 펴면서 말했다. 하지만, 혜린의 말대로 같은 시기에 무당의 이름이 완전히 다르게 기록되어 있었다.

"그러면 『무녀계보』에서 지영주가 있던 시기는 누구로 되어 있어?"

"변함이 없어. 그대로 김근동이라고 되어 있어."

혜린이 1940년까지의 기록을 찾아보고는 말했다. 성진이 뒤통수를 긁으며 물었다.

"둘 중 한 권이 잘못 기록한 게 아닐까?"

"그럴 리가. 『무녀계보』에 나온 이름은 김옥분 할머니가 확인해줬고, 『당신별기』에 나온 이름은 마을의 비용 출납부 같은 것이기 때문에 틀릴 가능성이 거의 없어. 만약에……"

"만약에?"

"같은 시기에 두 개의 동제가 존재했다면?"

"그건 너무 비약 아니니?"

"충청도에서 그런 사례를 본 적이 있어. 마을에서 큰 싸움이 나서 동제도 따로 지냈던 적이 있었거든."

"그럼 여기도 그랬다는 거야?"

"조사하면서 그런 얘기는 아직 못 들어봤지만…… 뭐, 일단 숙소로 가서 좀더 찾아봐야겠어."

혜린은 어깨를 으쓱하고는 자료를 카메라로 찍기 시작했다. 조용한 실내에 셔터음이 찰칵찰칵 울려퍼졌다.

성진은 두 개의 동제가 존재했을지 모른다는 혜린의 가정을 마음속으로 곱씹으며 자료를 쳐다보았다. 혜린은 두 자료 모두 틀릴 가능성이 없다고 말하긴 했지만, 성진은 동제가 두 개가 되는 희한한 일이 벌어지지 않았다면 자료가 틀린 게 분명하다고 생각했다.

'그 당시에 부유한 마을도 아니었을 텐데, 그 비용은 또 어떻게 감당했겠어?'

그런 생각을 하던 성진의 눈 앞에 익숙한 글자가 보였다.

그는 책장을 덮으려는 혜린의 손을 가로막으며 말했다.

"이 이름, 이 도서관 입구에 적혀 있던 거 아니었어?"

혜린은 시큰둥한 표정으로 "뭐?" 하고 묻다가 얼른 카메라를 내려놓고 성진이 가리킨 글자를 쳐다보았다. 그곳에는 '임용명 오천원'이라는 기록이 있었다. 이 도서관의 이름이 바로 '임용명 기념 도서관'이었다.

"뭐, 그럴 수도 있지 않겠어? 지방 유지니까 희사했을 수도 있지."

혜린이 미간을 찌푸리며 말하다가, 문득 책장을 앞뒤로 넘겨보고는 이상하다는 듯 중얼거렸다.

"우연인지는 모르겠지만 연도가 마침 또 1921년이네. 임용명 오천원. 같은 연도에 다른 사람의 희사금은 많아봤자 오십원인데, 동제에 굳이 이런 거액을 희사한 이유가 뭘까."

그때, 전화벨이 울리기 시작했다. 데스크 쪽에서 들리는 소리였다.

사서가 느릿느릿 손을 뻗어 전화를 받았다. 웅얼거리는 통화 소리가 데스크 너머에서 들려왔다. 사서는 한참을 통화하다가 수화기를 손에 든 채 혜린을 향해 큰 소리로 물었다.

"저기, 혹시 성혜린씨 되십니까?"

"저요? 맞긴 한데, 무슨 일인가요?"

혜린이 뒤를 돌아보며 되물었다. 남자는 수화기에 대고 "잠시만요"라고 말하고는 혜린을 쳐다보며 말했다.

"저 앞에 중학교에서 전화 왔네요. 호텔에 전화를 걸어보니 여기 있다고 들어서 여기로 연락했다나. 교무실에 오민경 선생님이 남긴 유품이 있으니 가져가랍니다."

"유품요? 민경이가, 저에게요?"

혜린이 의아한 표정으로 되물었다. 남자는 수화기 너머의 상대에 뭔가를 묻더니, 다시 혜린을 쳐다보고 고개를 저으며 말했다.

"자세한 건 잘 모르겠다네요. 지금 좀 가져가랍니다."

"아니, 잠깐만요. 그런 일이라면 제 핸드폰으로 전화하면 될 걸, 왜 굳이 도서관으로?"

혜린이 의아해하며 물었지만 사서는 끊어진 수화기를 내려놓고 말없이 고개만 저을 뿐이었다.

혜린은 뭔가 불편한 기분이 들었다. 번거롭게 혜린이 있는 장소를 확인해서 전화한 것도 그렇지만 민경의 유품을 가족이 아닌 사람에게 전달하려는 것도 어딘가 이상하지 않은가.

혜린은 창문을 통해 밖을 쳐다보았다. 빗줄기가 세차게 창문을 때리고 있었다. 조금 떨어진 곳에 학교 건물이 마치 혜린을 부르는 듯 짙은 그림자를 드리우며 서 있는 것이 담 너머로 보였다. 비가 내려서인지 학교 건물은 평소보다 더 음산해 보였다.

영주

혜린은 혼자 가고 싶다면서 성진에게 자료 사진을 마저 찍어달라고 부탁했다. 우산을 챙겨서 얼른 나가버리는 혜린을 보며 성진은 약간 불길한 예감이 들었다. 자료 전체를 사진으로 찍고 반납까지 마친 뒤, 성진은 이제라도 따라가볼까 생각하다가 그만두었다. 굳은 표정으로 혼자 가고 싶다고 말하던 혜린의 얼굴이 떠올랐던 것이다.

'하긴, 나보다 혜린이가 더 뛰어난 능력을 가지고 있는데, 걱정할 게 뭐 있겠어. 내가 잘못 느꼈던 거겠지.'

성진은 도서관 의자에 등을 기대며 생각했다. 자신이 느꼈던 불길한 예감이 점차 우습게 느껴졌다. 그는 고개를 세차게 저으며 그 느낌을 떨쳐내려고 애썼다.

그 시각, 혜린은 굵은 빗줄기가 떨어지는 운동장을 가로질러 학교로 향하고 있었다. 그녀는 성진이 따라온다고 할까봐 발걸음을 재촉했다. 비는 아까보다 더 세차게 내렸다. 혜린이 건물에 다다랐을 때는 바짓단이 종아리까지 흠뻑 젖었을 정도였다. 그녀는 건물 두 동 사이의 아치 지붕 아래 서서 우산을 접고 현관을 향해 걸어갔다.

기분 나쁠 정도로 어둡고 음산한 느낌의 건물이다. 혜린은 또각또각 발소리를 내며 컴컴한 회랑을 걸어갔다. 차가운 바람이 등줄기를 스치고 지나갔다. 굵은 빗줄기가 철봉이나 축구 골대에 떨어지면서 나는 특유의 소리가 멀리서 들려왔다. 회랑을 반쯤 걷다가 그녀는 뒤를 돌아보았다.

정말 특이한 구조의 건물이었다. 두 개의 건물 사이에 통로 하나 없는 컴컴한 직선 회랑이 죽 이어져 갇혀 있는 느낌을 주었다. 혜린은 조금 섬뜩한 기분이 들었다. 컴컴해서 잘 보이지 않는 회랑 반대편을 보고 있자니, 마치 그곳이 사형을 집행하는 곳이고 자신은 기다란 복도를 걸어가는 사형수처럼 느껴졌다.

아무도 없는 긴 통로에 그녀의 발소리만이 벽을 타고 외롭게 울려퍼졌다.

또각, 또각, 또각, 또각.

그녀는 잠깐 멈춰 섰다. 무언가 이상했다. 어떤 다른 소리가 자신의 발소리에 섞여서 나는 것 같았다. 그녀는 가만히 서서 귀를 기울였다. 아무 소리도 들리지 않았다. 그녀는 고개를 내젓고 다시 걸음을 옮겼다.

또각, 또각, 또각, 또각.

그녀는 다시 멈춰 섰다. 이번에는 좀더 확실히 들렸다. 자신의 발소리에 다른 소리가 섞여 있었다. 마치 어떤 사람이 뒤에서 자신의 발걸음을 흉내내는 것처럼, 무언가가 자신의 발소리에 맞춰서 스텝을 밟고 있었다. 누가 장난치는 걸까? 그녀는 고개를 돌려 뒤를 휙 돌아보았다. 뒤에는 아무것도 없었다. 저 끝에 바깥으로부터 들어오는 빛만이 희미하게 보일 뿐이었다.

그녀가 다시 고개를 돌리고 걸어가려는 찰나, 다시 발소리가 들렸다. 혜린은 자신이 서 있다는 것을 깨닫고 머리카락이 쭈뼛 섰다.

'아니야. 단순한 울림일 거야.'

그녀는 나쁜 기분을 떨쳐내기 위해 손에 든 우산을 털었다. 우산에 묻은 빗물이 시원한 소리를 내며 떨어져나갔다.

탁탁탁.

그녀의 등뒤에서 우산 터는 소리가 들려왔다. 그녀는 손을 멈추고 귀를 기울여보았다. 아무 소리도 들려오지 않았다. 혜린은 다시 우산을 털었다.

탁탁탁……

이번에는 좀더 또렷하게 들려왔다. 혜린이 내는 소리와는 약간 다른 소리가 그녀의 등뒤에서 들려왔다. 혜린은 등줄 기를 스쳐지나가는 차가운 바람을 느꼈다. 비적이 곁에 없는 것이 아쉬웠다.

혜린은 뒤를 돌아보았다. 어둠 가운데, 더 짙은 어둠의 안 개가 서서히 손을 뻗치는 것이 느껴졌다. 그녀는 건물 현관 을 향해 뛰기 시작했다. 긴 회랑이 더욱 길게 느껴졌다.

학교 본관동 현관에 다다르자 형광등 빛이 환하게 밝혀져 있었다. 혜린은 재빨리 복도로 들어섰다. 밝은 형광등 아래 에서 혜린은 숨을 돌리고 뒤를 돌아보았다. 뒤에는 아무것도 보이지 않았다. 그녀는 안심하며 복도를 걸어갔다.

'전에 왔을 때와는 조금 다른데.'

혜린은 주변을 둘러보며 생각했다. 그곳에는 특별활동실 이 죽 늘어서 있었다. 그녀는 저번에 왔을 때는 교실이 있었 다는 사실을 상기하며, 길을 잘못 들었다고 생각했다.

'누구한테 길을 물어보지? 방학이라 사람도 안 보이는 것 같은데.'

그녀는 주변을 두리번거리며 표지판을 찾기 시작했다.

복도 끝에 보이는 양호실에서 밝은 불빛과 함께 웅성거리는 소리가 새어나오고 있었다.

혜린은 잰걸음으로 양호실로 향했다. 창문 너머로 안을 들여다보았다. 학생들이 서너 명 모여 있었다. 책상을 사이에 두고 두 명의 학생이 마주보고 앉아 있고 다른 학생들은 그 옆에서 요란하게 떠들고 있었다.

혜린은 조용히 양호실 문을 열고 안으로 들어섰다. 문 열리는 소리가 너무 조용했는지, 아니면 너무나 열중했든지, 학생들은 혜린이 들어와도 누구 하나 돌아보지 않았다. 책상에 앉은 두 학생은 책상에 놓은 흰 종이 위에 붉은색 볼펜을 맞잡아 쥔 채 무언가 중얼거리고 있었다. 혜린이 어릴 때 유행했던 '분신사바' 놀이였다. 귀신을 부른다는 장난 같은 주술이었다.

"분신사바, 분신사바, 오디세이, 구다사이."

학생 둘이 눈을 지그시 감고 간절한 표정으로 주문을 외었다.

혜린은 방해하고 싶지 않아서 끝날 때까지 기다리기로 했다.

'어차피 엉터리니까.'

그녀는 팔짱을 끼고 그들의 의식을 지켜보았다.

혜린의 생각을 비웃기라도 하듯, 붉은 볼펜이 요동을 치며 하얀 종이 위에 동그란 점을 그렸다. 그녀는 깜짝 놀라 우산을 떨어뜨릴 뻔했다. 붉은 볼펜 위에 무언가 검기도 하고 하얗기도 한 연기가 뿌옇게 서리고 있었기 때문이었다. 그것은 쳐다볼수록 멍한 기분이 드는 빛깔을 띠는 연기였다. 붉은 볼펜 꼭대기에 서린 연기는 아이들이 점점 큰 소리로 주문을 외자 함께 짙어지기 시작했다.

붉은 볼펜은 천천히 커다란 동그라미를 그리고 있었다. 동그라미가 완성되자, 그 연기는 어떤 사람의 형상이 되었다.

그것은 흰 한복을 입은 여자의 모습을 하고 있었다. 아니, 한복을 입었다는 것은 혜린의 선입견에서 나온 환상일지도 몰랐다. 어쨌든 그 작은 형상은 붉은 볼펜 꼭대기에 앉아서 혜린을 쳐다보고 있었다. 혜린은 흠칫 놀랐다. 그 형상이 민경의 모습을 하고 있었기 때문이었다. 가슴이 철렁 내려앉았다.

"당신은 남자예요, 여자예요? 남자면 동그라미, 여자면 가위표를 그려주세요."

무시무시한 여인이 볼펜 위에 앉아 있다는 것도 모른 채, 학생들이 명랑하게 웃으며 물었다. 볼펜 위에 서린 작은 여성의 형상이 손을 움직이자 종이에 붉은 가위표가 그려졌다.

"와아. 그럼 딴것도 물어보자."

옆에 서 있던 학생 하나가 흥분한 목소리로 말했다. 책상에 앉은 소녀 중 한 명이 작은 목소리로 물었다.

"이중에 싫어하는 사람이 있나요? 가리켜보세요."

붉은 볼펜이 서서히 원을 그리며 이동하기 시작했다. 그것은 점점 혜린 쪽을 향하여 붉은 선을 그려나갔다. 아이들은 볼펜이 이동하는 곳을 따라 시선을 옮기다가 혜린을 발견하고 화들짝 놀랐다.

혜린의 눈에 볼펜 꼭대기에 앉아 있던 작은 형상이 징그러운 웃음을 흘리며 세로로 늘어지기 시작하는 것이 보였다. 마치 마귀와도 같은 형상으로 징그럽게 늘어난 사람의 형상이 점점 옅어지더니, 이윽고 사람의 손 모양으로 변했다. 혜린은 작은 여인이 손으로 변하는 것을 멍하니 바라보고 있다가, 그 손의 주인에게로 시선을 옮겼다.

그것은 형언하기 힘들 정도로 섬뜩한 모습이었다. 얼굴 생김새는 민경이었으나, 풍기는 분위기는 다른 사람이었다. 여인은 숙이고 있던 고개를 천천히 들었다. 새하얗게 빛나는 긴 은빛 머리카락 사이로 창백한 얼굴이 보였다. 여인이 붉은 입술을 징그럽게 추켜올리며 미소를 지었다. 혜린은 그제야 그 여인이 민경을 죽인 귀매일지도 모른다는 생각이 들었다.

'저 정도로 변할 정도면 꽤 오래 산 귀매 같은데.'

혜린은 속으로 이렇게 생각하며 여인을 향해 버럭 소리를 질렀다.

"여기서 뭐 하는 거야!"

혜린의 고함에 아이들이 화들짝 놀랐다. 책상에 앉아 붉은 볼펜을 쥐고 있던 두 명의 소녀도 펜을 뿌리치고 일어섰다. 혜린은 붉은 볼펜이 세찬 증오를 담아 계속해서 동그라미를 그리는 것을 보고 소름이 돋았다.

"누구세요? 왜 소리를 지르고 그러세요?"

아이들이 놀라게 한 것을 따지듯 물었다. 혜린이 뭔가 대답을 하려는 순간, 아무도 쥐고 있지 않은데도 곧게 서서 원을 그리고 있는 붉은 볼펜을 보고 학생 하나가 비명을 질렀다.

"야, 볼펜이 혼자 서 있어!"

학생들은 비명을 지르면서 양호실 밖으로 우르르 뛰쳐나가버렸다. 혜린은 학생들의 발소리가 더이상 들리지 않을 때까지 기다렸다가 입을 열었다.

"네가 민경이를 죽인 귀매로구나. 맞지?"

혜린의 질문에 여인은 납처럼 차가운 미소를 보이며 볼펜으로 거칠게 동그라미를 그렸다. 붉은 볼펜은 한참 동안 동그라미를 그리다 종이를 찢고 말았다.

여인은 섬뜩하도록 하얀 머리털을 손으로 넘기더니, 고개를 든 채 혜린을 쏘아보았다. 그 눈빛은 마치 어두운 밤에 보는 짐승의 눈같이 퍼렇게 빛났다. 혜린은 목뒤가 서늘해지는 것을 느꼈다. 그녀는 손으로 뒷목을 쓰다듬었다. 여인이 퍼렇게 눈을 빛내며 씨익 웃었다.

"전화로 날 부른 것도 너지?"

혜린이 또다시 물었다. 그와 거의 동시에 빨간 동그라미가 세차게 그려졌다.

"왜 불렀지? 민경이를 죽인 것만으로는 모자라?"

혜린이 날카롭게 물었다. 여인은 창백한 손가락을 움직여 볼펜을 허공에 띄웠다. 여인이 손가락을 다시 움직이자, 볼펜은 공중에서 부서져 흔적도 없이 사라져버렸다. 혜린은 다시 섬뜩한 기분을 느끼며 뒷걸음질쳤다. 혜린의 뒤에서 쾅 소리를 내며 문이 닫혔다. 당황한 혜린을 보고, 여인은 징그러운 이빨을 드러내며 웃었다.

—날 풀어줘……

여인의 음성이 허공에 울려퍼졌다. 혜린은 그 섬뜩한 소리에 뱃속까지 얼어붙는 것 같았다.

"난 널 붙잡은 적 없어!"

혜린이 기어들어가려는 목소리를 간신히 쥐어짜며 말했다.

—하하하하.

웃음소리가 어느새 어두워진 양호실 안을 쩌렁쩌렁 울렸다. 그 소리는 촉수처럼 차갑고도 끈적끈적하게 벽을 이리저리 기어다녔다. 웃음소리가 한 번 울릴 때마다 양호실 형광등 불빛이 불안하게 흔들렸다.

—내가 너에게서 벗어나는 방법은 두 가지. 네가 날 풀어주는 것, 아니면 내가 널 죽이는 것.

여인이 혜린을 향해 손을 뻗었다. 혜린은 잠시 뒤로 주춤했지만, 더이상 물러설 곳이 없다는 것을 알고 있었기에 그 손을 똑바로 바라보았다. 여인의 손은 마치 물에 젖은 점토처럼 길게 늘어져 혜린에게 다가왔다. 끈적끈적한 하얀 손이 혜린의 얼굴 바로 앞에서 정지했다.

"내가 언제 널 구속했지?"

혜린의 작지만 또렷한 음성이 차가운 공기를 진동시켰다.

—백 년이 조금 안 됐지. 그때 네가 낡은 건물에 잠자고 있던 나를 불렀다.

여인이 대답했다. 혜린은 무언가 짚이는 것이 있었다. 그녀는 다시 정신을 가다듬고 물었다.

"백 년? 그게 정말 나였다면 지금쯤 죽었을 거란 생각은 안 해봤어?"

─그건 상관없다. 나는 벗어나고 싶을 뿐. 너를 죽이면, 나는 벗어난다.

여인이 차가운 음성으로 말했다. 혜린은 차가운 손이 자신의 목덜미를 휘감는 것을 느꼈다. 손은 어느새 백사白蛇로 변해 있었다. 차가운 비늘의 감촉이 목덜미에 느껴졌다. 숨이 막혔다.

그때, 머릿속에 조용하면서도 나직한 노랫소리가 들려오기 시작했다. 노랫소리는 곧 사람 목소리로 변했다.

'이 상자 안에 제물이 있어. 어서 칼로 찔러.'

누군가 혜린의 귀에 속삭였다. 혜린은 소매가 긴 흰옷을 입고 한 손에는 기다란 검을 들고 있었다. 꿈을 꾸는 것 같았다.

혜린의 손이 그녀의 의지와는 관계없이 움직여 나무상자에 난 틈에 검을 찔러넣었다. 두툼한 고기를 찌르는 듯한 느낌이 칼끝에서 손으로 전달되어오자 온몸에 소름이 돋았다. 상자 밑바닥에서 붉은 피가 흘러나왔다.

'이제 그걸 잘라야지.'

누군가 다정하게 말을 건넸다.

'옳지, 그래야 좋은 신부가 되지.'

혜린의 눈앞에 열린 나무상자가 보였다. 피로 얼룩진 팔하나가 상자 밖으로 튀어나와 있었다. 혜린의 손이 다시 움직였다. 다음 순간 뼈가 썰리는 소리가 들렸다. 그리고 잠시후 그녀의 손에는 사람의 손가락 하나가 쥐어져 있었다.

혜린은 손가락을 쥐고 상자 안의 시신을 내려다보았다. 한때 흰색이었지만 이제는 피로 얼룩진 옷을 입은 여인이 잔뜩충혈된 눈을 한 채 상자 안에 뒤틀린 모양으로 누워 있었다. 혜린은 자신도 모르게 비명을 질렀다.

"아악! 엄마!"

혜린은 자신의 목소리가 십대 여자아이의 목소리로 들린다는 것을 깨달았다. 소녀의 울부짖는 목소리였다. 혜린은 자신의 손을 내려다보았다. 손이 온통 시뻘건 피로 물들어 있었다. 혜린은 다시 비명을 질렀지만 목소리가 나오지 않았다. 대신 소녀의 울부짖는 소리만이 귀를 쟁쟁 울릴 뿐이었다. 소녀는 마치 세상의 모든 악귀를 불러모을 듯 짐승처럼 비명을 지르고 있었다. 그 순간, 혜린의 몸이 자석처럼 주위의 공기를 끌어당기기 시작했고, 땅속 깊은 곳부터 그늘진 숲과 서늘한 물속까지, 어둠 속에 도사리고 있던 모든 기이한 형체들이 무시무시한 소리를 지르며 그녀의 주위에 포진하기 시작했다. 혜린은 그들이 모두 귀매라는 것을 알았다.

　—이거 봐! 너 영주 맞잖아!

귀매가 소름 끼치는 목소리로 혜린의 귓가에 속삭였다. 그 순간 환영이 구름처럼 싹 걷혔다. 혜린은 다시 양호실로 돌아와 있었다.

목을 조르는 힘이 점점 더 강해졌다. 숨이 쉬어지지 않았다. 몽롱한 상태에서 혜린은 문이 세게 열리는 소리를 들었다. 눈앞에 밤과 같은 어둠이 엄습했다. 그 어둠은 그녀를 점점 더 깊은 심연으로 끌고 가는 것 같았다.

"혜린아! 눈 좀 떠봐!"

심연 한가운데 선 그녀의 눈앞에 붉은 빛들이 이리저리 맴돌았다. 그녀는 눈앞의 붉은 빛들이 점점 늘어나면서 밝아지는 것을 느꼈다. 그녀는 눈을 번쩍 떴다.

"혜린아! 괜찮아?"

눈앞에는 걱정스러운 표정을 한 성진의 얼굴이 보였다.

혜린은 벌떡 일어나 주변을 휘휘 둘러보았다. 그녀는 양호실 바닥에 누워 있었다. 목을 휘감던 백사가 생각나 목덜미를 만져보았다. 목 주위에는 아무것도 없었다. 섬뜩한 미소를 짓던 흰 머리카락의 여인도 어디론가 사라지고 없었다.
혜린이 잔뜩 쉰 목소리로 물었다.

"너 어떻게 알고 왔어?"

"불안한 예감이 들어서 널 찾아나섰지. 그런데 마침 양호
실에서 학생들이 마구 뛰쳐나오는 거야. 이거다 싶어서 얼른
와봤지."

성진은 혜린이 스스로 목을 조르며 바닥을 구르고 있었다
고 설명해주었다. 혜린은 창백한 얼굴로 끙 하고 바닥에서 일
어났다. 그녀는 두려운 기분에 주변을 두리번거리며 말했다.

"아까 도서관으로 온 전화는 사람이 건 전화가 아니었던
것 같아."

"그런 것 같네. 그런데 대체 무슨 일이 있었던 거야?"

혜린은 거울을 보고 손톱자국이 난 목을 쓰다듬으며 대답
했다.

"민경이를 죽인 귀매를 만났어."

"여기서?"

성진은 화들짝 놀랐다. 그의 머릿속에 몰운대에서 만났던
'닭을 잡고 오던 여인'이 떠올랐던 것이다. 혜린이 말했다.

"귀매를 부른 사람이 있었다고 했잖아."

"지영주?"

혜린은 고개를 끄덕거리며 성진에게 말했다.

"지영주라는 사람은 자신도 모르게 귀매들을 불러냈어. 그리고 지영주가 귀매를 풀어주거나 귀매 스스로 지영주를 죽이지 않는 한, 귀매들은 속박에서 벗어날 수 없게 되어버렸어. 이상한 건, 이 귀매는 날 지영주라고 착각하고 있었다는 거야. 그래서 공격해온 거지."

혜린은 잠시 말을 멈추고 방금 눈앞에 짧게 나타났던 자각몽을 떠올렸다. 피에 젖은 손, 그리고 시신에서 잘라낸 손가락. '이거 봐! 너 영주 맞잖아!'라는 귀매의 말. 그녀는 몸을 부르르 떨었다.

완전히 지쳐버린 혜린과 성진이 숙소로 돌아오자, 안절부절못하고 기다리고 있던 형섭이 자리에서 벌떡 일어났다. 거실 테이블 여기저기에 책과 공책, 노트북 따위가 아무렇게나 놓여 있었다. 형섭은 테이블에 흩어져 있던 공책과 메모를 뒤적이더니 오노다 히로오의 책을 집어들고 거의 소리를 지르듯 말했다.

"이거 정말 엄청난 자료였어!"

혜린은 얼른 방에 들어가서 쉬고 싶었지만, 형섭의 상기된 얼굴을 보자 호기심이 일었다.

"도움 되는 내용이 있었어?"

"당연하지! 너도 들으면 깜짝 놀랄걸!"

형섭은 아직도 흥분이 가시지 않는 듯 벌건 얼굴을 쓰다듬으며 말했다.

"이 마을의 동제에 대한 내용인 거지?"

성진이 묻자 형섭은 씨익 웃으며 책을 톡톡 쳤다.

"그런 건 물론 다 있고, 거기다 엄청난 내용도 있어."

형섭은 혜린과 성진에게 일단 앉아보라는 듯 의자를 가리켰다. 두 사람이 자리에 앉자 형섭은 책을 펴서 하나하나 가리키며 설명하기 시작했다.

"먼저, 예전에 동제를 주관하는 사람을 신녀라고 불렀다고 해."

"안 그래도 그 표현 궁금했어. 신녀라는 말은 일본식 표현 아니야?"

혜린이 미심쩍은 표정으로 물었다. 형섭은 고개를 저으며 대답했다.

"아니, 사실 신녀라는 말은 이 지역에서는 가야시대부터 쓰이던 말이었어. 부산이 가야 지역권이었다는 건 알고 있지?"

"어? 말 된다. 아까 혜린이랑 찾은 책에 '왕후가 신보의 딸을 이곳에 보냈다'는 표현이 있어서 검색해봤거든. 신보라는 사람은 가야사에 나오는 인물이더라고. 『삼국유사』에서 허황옥을 수행하고 가야로 온 신하 중에 하나래."

성진이 도서관에서 찾았던 책을 떠올리며 말했다. 혜린은 건성으로 고개를 끄덕였다. 그녀는 꿈에 나왔던 그 무녀를 생각하고 있었다. 흰옷을 입고 춤을 추던 무녀. 멍하니 생각에 잠겨 있던 혜린은 형섭이 자신을 빤히 쳐다보고 있는 것을 알아채고 얼굴을 붉히며 형섭의 말에 귀를 기울였다.

"그러니까, 신녀가 일 년에 한 번씩 마을 중심에 위치한 한 기둥, 즉 신주에 제사를 지내. 내 생각에 이 신주라는 것은 어떤 부신富神을 봉인하는 곳이야."

"부신?"

성진이 물었다. 혜린이 대강 설명해주었다.

"말 그대로 부를 가져다주는 신이지. 우리가 옛날에 배웠던 송도채비와 같은 거야."

"송도채비는 뭐더라?"

이어지는 질문에 형섭이 알기 쉽게 설명해주었다.

"옛날에 송씨 성을 가진 부자가 살았는데, 그 부자는 집안 대대로 도깨비를 모셔서 부자가 되었다고 해. 물론 나중에 도깨비에게 조금 소홀히 하자 도깨비가 집안을 폭삭 망하게 하긴 했지만. 그 도깨비를 송도채비라고 하는 거야. 제주도의 무속에 나오지."

"그런데 이상하지 않니?"

혜린이 말에 형섭은 눈썹을 올리며 "왜?" 하고 물었다.

"왜 기둥에 봉인하는 걸까? 하급 잡신은 사직각이라는 곳에 가둔다고 들었고, 도깨비를 모시는 중간신당도 사각형 건물 아니었어?"

형섭은 고개를 끄덕이다 책장을 재빨리 넘기며 말했다.

"그런데 진짜 이상한 건 지금부터야."

"그게 뭔데?"

"이 마을에서 신녀를 계승하는 방법이야."

"그게 어떤데?"

혜린이 재촉하듯이 물었다.

"『황금가지』라는 책, 기억하고 있어?"

"제임스 프레이저? 영국 인류학자?"

혜린이 재빨리 대답했다. 형섭은 고개를 끄덕거렸다.

"오노다 히로오는 거기 나온 일화를 인용하고 있거든. 숲의 왕 계승. 무슨 뜻인지 알겠니? 과거 여기서……"

"합의된 살인이 일어났다?"

혜린이 어두운 표정을 지으며 대답하자 형섭은 말없이 고개를 끄덕였다. 성진은 둘의 대화를 따라잡을 수가 없어서 슬그머니 끼어들며 물었다.

"그게 무슨 뜻이야?"

"숲의 왕은 이름 그대로 아리키아라는 지역에서 숲을 지키던 디아나 신의 사제를 말해. 마치 묵은 해를 보내고 새로운 해를 맞이하는 설날의 풍습처럼, 선임자를 후임자가 살해함으로써 그 직책을 계승했다고 해."

"그럼 오노다 히로오는 살인으로써 계승하는 그 풍속을 비유적으로?"

성진은 말을 잇지 못했다.

"다음은 내가 맞혀볼게. 신녀를 계승하면서 후임자는 선임자의 시체에서 손가락을 잘라내지 않니?"

혜린이 조심스레 물었다. 형섭은 조금 놀라며 고개를 끄덕였다.

"맞아, 어떻게 알았어?"

"그리고 새로운 신녀는 흰옷을 차려입고 선임자의 손가락을 들고 기둥을 돌면서 춤을 추겠지. 그 의식으로 신을 불러서 기둥에 모시고."

"어떻게 알았어? 혜린아, 혹시 너 영력이 더 세어져서 내 생각까지 읽는 거냐?"

"나중에 설명해줄게. 다른 내용은 없어?"

"있어. 기둥을 지키고 사는 신녀는 평생 결혼도 하지 않고, 그 기둥이 있는 집 밖을 벗어나면 안 돼. 게다가 제사의 중심이 되는 가문 계승자와 일종의 혼례 의식을 치르지."

형섭은 책장을 획획 넘기더니 어느 한 부분을 찾아 읽었다.

"신녀는 신이 주는 행운을 교접을 상징하는 춤을 통해 받아들이고, 받은 행운을 다시 공동체에 전해주는 것이다."

"신기하네. 그런 원시적인 풍요 의식은 이미 사라진 지 오래일 텐데."

옆에서 듣고만 있던 성진이 의아한 듯 물었다.

"맞기도 하고 틀리기도 하지."

형섭이 씨익 웃으며 말했다. 혜린과 성진이 동시에 무슨 뜻이냐는 듯 형섭을 쳐다보았다.

"정말 재미있는 건 여기서부터야. 방금 얘기한 모든 게 다 이쇼大正 10년, 그러니까 어디보자, 1921년부터 새로 만들어졌다는 거지. 그리고 오노다 히로오는 이 과정에 처음부터 관여를 했었고. 여기 봐."

형섭이 책 일부분을 손가락으로 짚으며 읽기 시작했다.

"……과거 일본과 조선은 본디 하나였으나 오늘날 조선의 풍속은 내지와 다름이 있다. ……조선인은 집안의 영달을 위한 제사를 가장 최고로 치고 있다. 이에 과거 임나任那로 내지와 교류가 많았던 다대포 지역의 부락 제사를 이 지방의 중심이 되는 집안의 가내제의家內祭儀로 바꾸어 내지의 신을 받들게 함으로써 조선인의 습속을 내지의 그것과 동일하게 바꿔나가고자 함이다. 이거 뭐, 엄청나지 않아? 오노다 히로오가 밀교 쪽도 폭넓게 연구했다는 건 알았지만 이 정도를 기획했을 줄은……"

"그런데, 거기서 중심이 되는 집안이란 뭐야?"

성진이 형섭의 뒤로 와서 어깨 너머로 책을 넘겨보며 물었다.

"그건 안 나와 있어."

형섭이 책을 덮으며 대답했다. 혜린은 입가에 냉소를 띠며 말했다.

"임재호. 그 사람 집안이 아닐까?"

형섭은 무슨 뜻이냐는 듯 눈썹을 치켜올렸다.

"마을에 떠도는 귀매를 없애려고 날 여기다가 갖다놓은 게 임재호 그 인간이잖아. 게다가 그 책을 우리 손에 쥐여준 것도 그 인간이고."

혜린의 말투는 재호가 여기에 있으면 한 대 치기라도 할 듯했다. 그때 성진이 갑자기 뭔가 생각난 듯 두 손바닥을 마주치며 큰 소리로 말했다.

"1921년 임용명 오천원! 그걸 확인해보면 되지!"

"그건 또 무슨 말이야?"

형섭이 의아한 표정으로 묻자, 성진은 가만있어보라는 듯 손을 내젓고는 노트북으로 얼른 뭔가를 검색하기 시작했다. 검색을 마친 성진이 의기양양한 표정으로 위키피디아 검색 결과를 보여주며 말했다.

"이것 봐. 임용명이라는 사람이 창업주로 되어 있잖아. 이 호텔 체인 지주회사 말이야. 그러니까 임재호라는 사람과도 분명히 관계가 있겠지."

"그래서 임용명이란 사람이 대체 누군데? 누가 설명 좀 해 줄래?"

"도서관에서 찾아봤는데, 1921년에 동제 기록이 두 개였어. 같은 시기에 동제를 맡은 무당이 두 명이 되었던 거지. 그런데 같은 해에 임용명이라는 사람이 동제에 오천원을 희사한 기록도 나왔어. 그러니까, 내 생각엔 원래 마을의 동제를 담당하던 무당을 가내제의로 바꾼 자기네들 제사로 데려가고, 동제에는 다른 무당을 데려오는 조건으로 큰돈을 내어놓은 건 아닐까 하는 거지."

"말은 되는데, 그거 논리적으로 너무 많이 비약한 것 아닐까?"

형섭이 한쪽 눈썹을 치켜올리며 말했다. 잠시 생각에 잠겨 듣고만 있던 혜린이 성진의 말을 거들었다.

"아니야, 임재호의 집안이 지영주의 죽음과 분명 관련이 있을 거야. 임재호의 할아버지? 아니다, 나이를 봤을 때는 증조할아버지 대일 수도 있겠다. 성진아, 위키피디아에 뭐라고 나와 있어? 임용명이 임재호랑 정확히 무슨 관계야?"

"그것까진 없어."

성진이 양미간을 찌푸리고 노트북 화면을 들여다보며 말했다.

두 사람의 대화를 어이없다는 듯 듣고 있던 형섭이 "지영주는 또 누구야?"라고 묻자, 성진이 얼른 도서관에서 열람했던 『무녀계보』에서 지영주라는 이름을 찾아낸 것부터 혜린이 귀매 때문에 죽을 뻔한 사건까지 오늘 있었던 일을 전부 이야기해주었다.

"지영주라는 무당의 한이 귀매들을 마을로 끌어들였고 지영주가 죽은 뒤 그 귀매들이 통제 불능이 된 거지."

"그거 설명 좀 더 해줄래? 난 솔직히 너네들 하는 이야기 무슨 말인지 전혀 모르겠어."

형섭이 머리를 벅벅 긁었다. 혜린은 그를 향해 잠깐 눈을 돌리며 대답했다.

"귀매란 건 숲이나 물에 사는 존재야. 지금 이렇게 아파트랑 시끌시끌한 음식점이 줄지어 들어선 이 동네에 아직도 귀매가 나타난다는 게 이상하지 않아? 게다가 이떤 직내감을 갖고 뭔가를 해치려 하고 있어. 알지? 공사 도중에 여러 명이 목숨을 잃었던 것. 그건, 보통의 귀매들이 할 수 있는 짓이 아냐. 어떤 원한을 가진 영이 뒤에 있는 거지. 그것도 아주 큰 힘을 가진 영이 말이야."

"아까 말했던 지영주라는 사람?"

"맞아. 게다가 임재호는 이상하게 그런 귀매들을 쫓는 데 집착하는 것 같고. 물론 그 집안이 이 사달을 만들었다면 이상할 것도 없지만."

혜린이 말했다. 그녀는 '귀매'라는 단어를 말하다가 오늘 만났던 은발의 귀매와 어제 봤던 배서닝에 깃든 귀매가 생각나 몸서리를 쳤다. 그러던 중 그녀의 머릿속을 스치는 것이 하나 있었다. 어제 성진과 혜린을 항구로 불러낸 건 귀매에 씐 유정이었다.

'사람이 귀매에 빙의될 수 있을까?'

혜린은 문득 의아한 생각이 들면서 유정이 괜찮은지 걱정이 되기 시작했다. 그러고 보니 지금까지 계속 보이지 않았다.

"형섭아, 유정이는 어디 갔어?"

"아, 몸살 기운이 좀 있대. 아침에 병원 갔다 와서 지금 자고 있어. 점심도 안 먹고 자던데 깨워야 하나?"

형섭이 중얼거리듯 대답했다. 하지만 말과는 반대로 그는 손에 든 책을 놓을 줄을 몰랐다.

"귀매에 씌었으니 몸살이 날 만하지."

혜린은 혼잣말을 중얼거리며 팔짱을 끼고 창가로 걸어갔다. 불투명한 유리에 그녀의 얼굴이 희미하게 비쳤다. 벌써 해가 지고 있는 듯 바깥은 컴컴했다. 창문을 때리는 빗소리가 가늘게 들려왔다. 혜린은 뽀드득 하는 소리를 내며 유리창을 손으로 문질렀다. 하얀 입김 같은 손자국이 만들어졌다.

"정말 문제가 왜 이렇게 복잡하니."

혜린이 한숨과 함께 내뱉는 말에 형섭이 고개를 끄덕였다.

"그래. 이런 때에 누군가가 속 시원하게 정리해주면 좋을 텐데."

혜린은 고개를 푹 숙이며 유리창에 기댔다. 딱딱하고 차가운 유리의 감촉이 머리를 통해 전달되어왔다. 그녀는 한숨을 쉬며 창문에 비친 자신의 모습을 다시 쳐다보았다. 그녀는 한참을 쳐다보다 흠칫 놀라며 뒤로 물러섰다.

유리창에 비친 유정의 방 문이 살짝 열려 있었고, 문틈으로 누군가 자신을 쳐다보고 있었다. 유정이었다. 하지만 평소의 유정이 귀여운 상이었다면 지금 유정의 얼굴은 노인과 같은 기운을 풍기고 있었다.

유리창으로 혜린과 눈이 마주치자, 유정이 한쪽 입꼬리를 추켜올리며 씨익 웃었다. 혜린은 순간 소름이 돋았다.

"너, 영주 맞잖아."

유정의 입에서 소름 끼치는 목소리가 흘러나왔다. 혜린은 등골이 싸늘해졌다. 낮에 마주쳤던 귀매의 목소리였다.

"유정아?"

형섭이 책을 든 채 멍한 표정으로 유정을 쳐다보았다.

유정은 형섭을 보고는 소름 끼치는 미소를 짓다가, 갑자기 "형섭 오빠?" 하며 혼란스러운 표정을 지었다. 그러더니 갑자기 감전된 사람처럼 몸을 부르르 떨면서 뒤로 쓰러졌다. 바닥에 쓰러진 유정의 몸에서 희고 투명한 영체 같은 것이 빠져나가는 것을 본 사람은 혜린뿐이었다.

사직각

"유정이 쟤 왜 저래?"

한참 동안 멍하게 있던 형섭이 침묵을 깨고 물었다. 혜린은 쓰러진 유정이 숨을 제대로 쉬는지 확인하고는 한숨을 푹 내쉬며 대답했다.

"귀매에 씌었던 거야."

혜린은 귀매가 왜 그냥 나가버렸을까 고민하다가 문득 공기가 답답해진 것을 느꼈다. 공기 중에 먼지 같은 것이 꽉 차 있는 듯한 느낌이었다.

"산 넘어 산이네."

혜린이 혼잣말을 중얼거리며 주위를 휘이 둘러보았다.

"또 뭐야? 지금 뭐 하는 거야? 뭐가 보여?"

형섭이 다소 겁에 질린 표정으로 물었다.

혜린은 '너희는 안 보여?' 하는 표정으로 허공을 가리켰다. 혜린의 눈에는 어떤 탁한 덩어리들이 이리저리 왔다갔다 하는 것이 보였던 것이다. 그녀는 이리저리 부유하는 그 덩어리들을 관찰했다. 모두들 형체는 또렷하지 않지만 마치 살아 있는 생물같이 흐느적거리며 움직이고 있었다.

"잡귀들이야."

혜린이 성진에게 나지막하게 말했다. 성진은 그 말을 믿지 못하겠다는 듯 실눈을 뜨고 방안 이곳저곳을 찬찬히 둘러보았다. 그러나 그의 눈에는 아무것도 보이지 않았다.

"난 안 보여."

성진이 퉁명스레 말했다.

"아니야. 난 점점 또렷하게 보이는걸? 너도 정신을 집중해서 잘 봐."

혜린의 말에 성진은 다시 실눈을 뜨고 방안을 탐색했다. 무언가 반투명한 것이 조금씩 흔들리며 상으로 맺혔다. 방안 이곳저곳이 미약하게 흔들리는 듯 보였다. 마치 물속에서 앞을 내다보는 것 같았다. 그는 물결치는 느낌을 자아내는, 반투명한 물체들을 유심히 관찰했다. 그것들은 자세히 보려 할수록 점점 또렷하게 보였다.

마침내 어떤 희끄무레한 덩어리들이 그의 눈에도 보이기 시작했다. 그는 흠칫 놀라서 뒤로 물러섰다. 그의 코앞에 어떤 투명한 덩어리가 다가왔다. 희미한 단내가 코를 스쳤다. 성진은 혜린을 쳐다보며 '이게 뭐야?'라는 듯 손으로 가리켰다.

"교통사고로 죽었나봐."

혜린이 아무렇지 않은 듯 대답했다. 그녀의 말에 성진은 놀라서 뒤로 넘어졌다.

"혜린아, 지금은 장난칠 상황이 아니야. 하지 마!"

형섭의 말에 혜린은 형섭을 바라보며 낮은 목소리로 대답했다.

"유정이에게 빙의했던 귀매가 잡귀들을 여기 던져놓고 갔어. 내가 잡귀들을 끌어당기는 체질이기도 하고."

형섭은 질린 표정으로 혜린을 쳐다보았다. 혜린이 마치 허락이라도 하듯 고개를 끄덕이자, 형섭은 유정을 부축해서 부리나케 밖으로 나가버렸다.

혜린은 그 모습을 물끄러미 지켜보며 중얼거리듯 말했다.

"확실히 여긴 터도 안 좋아."

"그게 무슨 소리야?"

성진이 뒷머리를 털어내며 물었다. 그는 무언가 찜찜한지 계속 온몸을 털어내고 있었다.

"그때 같이 들었잖아. 이 호텔 터는 아랫신당이 있던 자리라고."

"잡귀들을 가뒀다는 곳 말이야?"

혜린은 일부러 무시하는지 아니면 어떤 다른 생각을 하고 있는지 말이 없었다. 성진은 다시 말했다.

"사직각이라고 했던가? 일 년에 한 번씩 잡귀들을 거기에 몰아넣고 봉인했다고. 맞나? 잡귀들을 봉인하는 곳이라 이름도 아랫신당이고."

"사직각이라……"

혜린이 손가락을 턱에 갖다대며 생각에 잠긴 채 중얼거렸다.

"어쩌면 그 방법이 통할 수도 있겠다."

"근데, 지금 무슨 이상한 냄새가 나지 않니?"

성진이 갑자기 코를 킁킁거리며 냄새를 맡더니 혜린에게 물었다. 허공을 눈으로 훑으며 귀신을 관찰하던 혜린이 중얼거리듯 대답했다.

"그건 귀신 특유의 냄새일 거야."

투명해 보이는 하얀 덩어리들이 혜린을 중심으로 원을 그리며 돌고 있었다. 그녀는 마치 벌레를 떨쳐내듯이 허공에 손을 내저어 그들을 쫓았다. 하얀 덩어리들이 바람에 날리듯 흐트러지면서 점점 멀어졌다. 혜린은 그것을 보고 한숨을 푹 쉬며 말을 이었다.

"아까 너한테 가까이 다가갔던 귀신은 사고로 죽은 귀신이라서 단내를 풍기고 다녀. 우리가 저번에 보았던 물귀신들이 물이 썩은 냄새를 풍기는 것처럼 말이야."

"귀신이 냄새를 풍긴다는 말은 처음 듣는데?"

성진이 말했다. 혜린은 가볍게 미소를 지으며 대답했다.

"아니야. 귀신은 인간과 다른 세계에 살긴 하지만, 분명 인간에게 영향을 미쳐. 그래서 귀신이 나타나면 특유의 냄새가 나고, 섬뜩한 느낌이 들고, 눈앞에 어른거림이 보여. 그래서 영안이 없어도 예민한 사람은 귀신을 느낄 수 있는 거야."

혜린이 다시 허공에 손을 내저었다. 그녀가 계속 손을 내저어도 눈앞의 하얀 덩어리들은 사라지지 않고 원을 그리면서 계속 다가왔다. 그 투명하고도 흐릿한 존재들은 아무리 쫓아도 마치 무언가에 끌리듯, 혜린의 주변에 끈질기게 몰려들었다.

"그나저나, 어서 이걸 어떻게 좀 해야 할 것 같아. 귀신들 사이에 오래 있으면 좋지 않아."

"어떻게 쫓아야 하는 거야? 이제 비적이 없으니 어떻게 할 수도 없잖아."

걱정스레 말하는 성진의 얼굴을 혜린이 뚫어져라 쳐다보았다. 성진은 한 발짝 물러나며 손을 내저었다.

"설마, 또 나더러 귀신 쫓으란 소리는 아니겠지? 난 다른 것은 다 할 수 있어도 굿은 못 해. 그런 거 잘못하면 오히려 귀신이 붙을 수도 있다던데!"

"괜찮아. 내가 방법을 알려줄 테니 넌 따라 하기만 하면 돼."

혜린이 마치 어린아이를 달래듯 말했다. 성진은 고개를 세차게 저었다.

"못 해."

그렇게 말하던 그는 자신의 몸에 내려앉은 귀신을 보고 화들짝 놀랐다. 귀신들은 한번 보이기 시작하자 점점 또렷하게 보였다. 털어내려고 안간힘을 썼지만 혜린이 했던 대로 되지가 않았다. 한참을 법석을 피우며 귀신들을 떨쳐내려고 노력하던 성진은 결국 포기하고 혜린에게 말했다.

"알았어. 할게. 뭐라도 해야겠다."

"좋았어. 시작해볼까?"

혜린은 성진을 위로하기라도 하듯 가볍게 윙크하며 말했다. 상황에 어울리지 않게 명랑한 혜린을 보며 성진은 퉁명스레 물었다.

"어떻게 하면 되는 건데?"

"먼저 사직각이 있어야지."

"그 건물은 예전에 없어졌잖아?"

성진의 물음에 혜린은 미소를 지으며 형섭의 방으로 걸어 가더니 안에 있는 구식 장롱을 가리켰다. 이 호텔에는 방 곳 곳에 옛 서랍장이나 칠기 장롱 같은 것들이 인테리어용으로 비치되어 있었던 것이다.

"이걸로 사직각을 대신하자고?"

성진이 어이없는 표정을 짓자, 혜린은 어깨를 으쓱하며 말 했다.

"뭐, 나름 문도 있고, 축소형 사직각이라고 생각하면 되겠 지. 어차피 임시방편이니까. 그리고…… 음, 금줄이 필요한 데. 아니, 지금 금줄을 어디서 구하겠어. 형섭이가 붉은색 로 프 갖고 있을 거야. 걔, 현지 조사 갈 때마다 재난 가방 챙기 잖아. 뭐, 이 정도면 됐다."

"너, 너무 대강 하는 거 아니니?"

성진이 형섭이 내팽개치고 간 재난 가방을 뒤져 붉은색 로 프를 꺼내며 말했다.

"참, 그런데 여기 귀신을 가둬놓은 걸 알면 호텔에서 뭐라고 하지 않을까?"

"나를 용한 만신님으로 여기 데려다놓은 건 이 호텔 사장이니까."

혜린이 자신의 방에서 단검과 소금, 놋그릇을 들고 나오며 고소하다는 듯 대답했다.

"어쩐지, 너 좀 즐거워 보이더라. 임재호라는 사람이 그렇게도 싫어?"

성진의 말에 혜린은 샐쭉 웃으며 물었다.

"준비됐어?"

"응."

성진의 대답에 혜린은 장롱 안에 있던 물건을 모두 빼내고 그 안에 고개를 들이밀고 남은 짐이 없나 살폈다. 그녀는 손을 뒤로 내밀며 말했다.

"거기 붉은색 로프 좀."

성진은 묵묵히 로프를 혜린의 손에 쥐여주었다. 눈앞에 흐릿한 기운들이 왔다갔다 정신없이 움직이고 있어서, 성진은 앞을 보기 위해 눈을 가느다랗게 뜨고 집중해야만 했다.

혜린은 장롱 안에 붉은 로프를 둘러쳤다. 그러고는 들고 있던 단검을 꺼내 자신의 손가락을 그었다. 연약한 살에서 피가 흘러나와 뚝뚝 떨어졌다. 혜린은 그 피를 놋그릇에 모으기 시작했다. 얼마 뒤 그릇에 피가 채워지자, 옆에서 이맛살을 찌푸리며 보고 있던 성진이 얼른 밴드를 꺼내 혜린의 손가락에 붙여주었다.

혜린은 붉은 피가 배어나오는 밴드를 손으로 만져보며 그제야 아픔을 느낀 듯 미간을 찌푸렸다. 그녀는 일어서서 성진에게 단검과 피로 가득한 접시를 건네주었다.

"먼저 이 앞에 앉아 눈을 감고, 집중한 채로 보호막을 상상해."

성진은 눈을 감고 아무도 범접하지 못하는 어떤 막을 마음속으로 그려보았다. 뭔가 까슬까슬한 가루 같은 것이 얼굴에 세차게 부딪치기 시작했다. 성진은 그게 뭘까 생각하다가 혜린이 소금을 뿌리고 있다는 것을 깨달았다.

"이건 장롱이 아니라 사직각이야. 귀신을 가두는 곳이야. 그렇게 생각하면서 앉아 있어."

혜린의 말에 성진이 미약하게 고개를 끄덕이며 정신을 집중했다.

혜린은 성진을 가만히 쳐다보다가 자신도 바닥에 주저앉아서 눈을 감았다. 그녀는 머릿속에 자신의 모습을 그렸다. 어둠 속에 앉아 있는 자신의 모습. 그리고 무언가를 강하게 끌어당긴다고 상상했다. 그녀는 자신이 불이요, 물이라고 생각했다. 주역의 팔괘 중 하나이며 불을 상징하는 이離는 붙는 성질을 지니고, 물을 상징하는 감坎은 빠지는 것을 상징한다. 그녀는 머릿속에 팔괘를 그려보았다. 물과 같이 깊게 빠지고, 불과 같이 강하게 붙는다고 되뇌며 계속해서 무언가를 끌어오기 위해 애썼다.

혜린의 주위로 어떤 흐릿한 기운이 점점 모이기 시작했다. 그녀는 온몸의 털이 곤두서는 것을 느꼈다. 마치 습기를 머금은 공기처럼 차가운 감각이 그녀의 몸을 휘감았다. 그녀는 눈을 반쯤 뜬 채로 주변을 둘러보았다.

눈앞에서 약하게 어른거리던 반투명하고 하얀 덩어리들이 점점 진해졌다. 그들은 혜린의 바로 앞에서 그녀의 주위를 맴돌며 희미한 소리를 내고 있었다.

—휘이이이.

그 소리는 마치 나직한 휘파람 소리와도 같았다. 달콤하고도 중독적인 소리가 귓가를 이따금씩 스치고 지나갈 때마다, 그녀는 나른하면서도 온몸이 굳는 듯한 느낌을 받았다. 휘파람 소리가 점점 커졌다. 귀신들이 자신의 부름을 받고 점점 모이고 있었다. 그녀는 신경이 팽팽하게 당겨지는 것을 느꼈다. 자칫하면 귀신에 홀려 죽을 수도 있겠다는 생각이 들었다.

"나에게 와."

그녀는 낮은 목소리로 중얼거렸다. 그 말을 알아들었는지, 반투명한 존재들이 더욱 섬뜩한 고음을 내며 그녀의 주위로 몰려왔다. 들큰한 냄새가 점점 진하게 코끝을 자극했다. 시궁창 냄새 같으면서도 몽롱하게 잠을 유도하는 냄새였다. 혜린은 그 진한 냄새에 등골이 마비되는 것 같았다. 뻣뻣해진 등골을 타고 차가운 기운이 스멀스멀 기어올라왔다.

'잡귀들이 아무리 많이 모여 있다고 한들 이렇게 강한 기운이 느껴지진 않을 텐데.'

아무래도 무언가 잘못되고 있다는 생각이 들었다. 혜린은 의식을 멈추려고 하다가 기왕 시작한 일이니 얼른 마무리 짓자고 마음을 고쳐먹었다. 혜린은 정신을 가다듬고 귀신들을 계속해서 불러모았다. 귀신들은 이제 혜린이 무슨 일을 하려는지 알아챈 것 같았다. 그들은 혜린에게서 벗어나려고 몸무림을 쳐댔다.

─끼아아아아.

갑자기 귓가에 섬뜩한 소리가 들렸다. 혜린은 순간 몸이 얼어붙는 것 같았다. 그녀는 실눈을 뜨고 앞을 보았다. 흐릿한 모습의 수많은 귀신들이 마치 어떤 존재를 보호하려는 듯 혜린 앞에 동그랗게 원을 그리며 빽빽하게 모여 앉아 있었다. 원의 중심에는 어떤 존재가 몸이 얼어붙을 정도로 차가운 기운을 내뿜으며 도사리고 있었다. 혜린은 그 존재를 자세히 보려고 눈을 떴다.

중심에 도사리고 있는 존재는 보통의 귀신과는 다른 느낌이었다. 강한 요기가 풍겼지만, 한편으로는 신성함도 느껴지는 존재였다. 혜린은 순간 헷갈렸다.

'저건 귀신이 아니라 어떤 다른 존재인가? 그럴 리 없어, 난 분명히 귀신만 불러모았는데.'

혜린은 중심에 도사린 알 수 없는 존재를 더욱 자세히 관찰하려 했지만, 애쓰면 애쓸수록 이상하게도 눈만 점점 흐릿해졌다.

혜린은 그것이 무엇인지 감이 왔다. 그녀는 정체를 규명하려는 노력을 포기하고 눈을 감았다. 마음속으로 그 존재에게 말을 걸어보았다.

'왜 날 방해하는 거지? 원래 잡귀들은 사직각에 몰아넣어야 하잖아. 지영주.'

그녀는 마음으로 귀를 기울여 그 존재의 대답을 들으려 애썼다. 마음 깊은 곳에서 어떤 울림이 퍼져왔다.

—나는 널 방해한 적이 없어.

마치 어린 소녀 같은 목소리였다. 오늘 중학교 양호실에서 겪은 자각몽 속 바로 그 목소리였다. 천진하면서도 한이 깊은 목소리.

─단지 너와 나는 같은 운명을 가진 존재이기에.

'존재이기에?'

혜린은 마음속으로 물었다. 다시 심연으로부터 여린 목소리가 들려왔다.

─내가 널 방해하는 것처럼 보일 뿐.

'그러면 내가 하는 일을 도와줄 수 있나?'

혜린은 다시 물었다.

목소리는 대답을 하는 대신 까르르 소리를 내며 웃었다. 혜린은 그것을 긍정으로 받아들이겠다고 마음속으로 말했다. 까르르거리는 웃음소리가 다시 들려왔다.

웃음소리가 조금 마음에 걸리긴 했지만, 혜린은 개의치 않고 의식을 계속하기로 했다. 그녀는 손을 들어 장롱 안을 가리켰다. 이미 그 장롱 안은 혜린이 둘러친 붉은 로프로 단단히 결계가 만들어져 있었다. 단지 들어가는 입구만이 혜린이 발 딛고 있는 세계와 통할 뿐이었다.

"성진아, 눈을 뜨고 내 피가 든 그릇을 장롱 안에 넣어. 잡귀들을 위한 제물이야."

눈을 감고 앉아 있던 성진이 화들짝 놀라며 재빨리 놋그릇을 장롱 안에 집어넣었다. 접시에 담겨 있던 혜린의 피가 출 렁하고 움직였다. 성진이 주춤하는 사이에 쏟아진 피가 성진 의 손에 묻었다.

"이런! 어떡하지?"

피범벅이 된 손을 보고 당황한 성진의 목소리에 혜린이 눈 을 지그시 감은 채로 물었다.

"왜 그래?"

"아니. 아무것도 아냐."

성진은 바지에 피를 닦으며 말했다. 혜린이 고개를 끄덕이 며 말했다.

"이제부터는 내가 하는 말을 잘 듣고 그대로 따라 해."

"아, 알았어."

성진은 피로 얼룩진 손을 내려다보며 대답했다. 혜린은 눈 을 감은 채로 노래하듯 말했다.

"홀아비 죽어 하무자귀, 총각 죽어 몽달귀, 소경 죽어 신 선귀, 과부 죽어 탄식귀, 처녀 죽어 호구귀, 산에 올라서 낙 락장송 늘어진 가지 목맨 귀신, 물로 내려서 만경창파 둥실 빠진 물귀신, 낳고 가고 배고 가고 밥사발을 손에 들고 허튼 머리를 빗어 꿰고 거적자리를 옆에 들고 가위 실패를 허리춤 에 넣고서 울고 가던 하탈귀신, 총 맞고 칼 맞고 몽둥이 맞고 가던 귀신, 불에 타서 일그러지고 재가 된 귀신, 트럭에 기차에 마차에 치여 죽은 귀신, 염병 땀병 흑사병 호열자 장질부사 폐병에 가던 귀신, 냉병에 가던 귀신, 온갖 잡색 객사귀 원귀, 이 터전에 터주귀신, 집주로 있던 귀신, 여귀, 동자귀, 자식 없는 무자귀신……"

성진은 혜린의 말을 듣고 하나하나 되새기며 따라 했다. 귀신의 이름을 부르면서 그것들이 하나하나 장롱 안으로 들어간다고 생각했다. 혜린은 눈을 감고 계속 말했다.

"이 모든 귀신들아, 제물을 받아먹고 모두 들어가거라."

성진이 그 말까지 따라 하자 혜린은 눈을 떴다. 그녀의 앞에 성진이 하얗게 질린 채로 서 있었다.

"끄, 끝났어?"

성진이 말을 더듬으며 물었다. 그는 매우 당황한 듯 보였다.

"왜? 지난번 물귀신 때보다는 쉽잖아?"

혜린이 하얗게 질린 성진을 쳐다보며 물었다. 성진은 이마에 맺힌 땀을 닦으며 말했다.

"어. 갑자기 좀 무서운 기분이 들어서."

성진은 그 말을 하고 그만 바닥에 주저앉았다. 혜린은 성진을 일으켜세우며 물었다.

"너 무슨 짓 했어? 허튼짓한 거 아니지?"

혜린은 그렇게 물으며 장롱 문을 슬쩍 밀어 닫았다. 그녀는 장롱 문에 등을 기대고 서서 성진을 걱정스레 쳐다보았다.

성진이 하얗게 질린 얼굴로 비틀대고 있었다. 그는 연신 땀을 닦으며 덜덜 떨리는 손을 다른 손으로 감싸쥐었다. 혜린은 이상한 느낌이 들었다. 성진의 몸에 코를 킁킁거리며 냄새를 맡아보았다. 야릇한 피냄새가 풍겨나오고 있었다. 그녀는 성진이 왜 그러는지 짐작할 수 있었다.

"너 피 흘렸어?"

"아니, 그러려고 한 게 아니라."

성진은 머리를 긁으며, 자신이 흘린 피가 아니라 접시에 담겨 있던 혜린의 피라고 자초지종을 말했다. 혜린은 말이 떨어지기 무섭게 도끼눈을 뜨고 소리쳤다.

"이 개만도 못한 놈아! 길바닥에서 온몸을 찢어 죽여도 시원치 않을 놈아!"

혜린은 마구 욕을 하며 성진의 머리를 때렸다. 성진은 순간 너무나 당황하여 바닥에 무릎을 꿇고 주저앉았다.

"혜, 혜린아. 왜 그래?"

"쩌 죽여도 시원치 않은 놈! 어서 네 정체를 드러내라!"

혜린은 당황한 성진의 표정에도 개의치 않고 계속해서 소리를 질렀다. 그러면서 바닥에서 단검을 집어들었다. 그녀의 피가 묻은 칼날이 빛에 반사되어 시퍼렇게 번득였다.

혜린은 창백한 얼굴에 차가운 미소를 띠었다. 그 미소는 성진에게 무척 섬뜩하게 보였다. 지금껏 본 어떤 귀신보다 더 무서운 얼굴이었다. 혜린은 마치 다른 사람처럼 보였다. 혜린이 든 시퍼런 칼날이 성진의 목을 향해 천천히 다가왔다. 성진은 다리에 힘이 풀리는 것을 느꼈다.

혜린은 나직이 말했다.

"네가 있을 곳은 여기가 아냐. 어서 저 안으로 들어가!"

혜린은 칼을 잡은 손으로 장롱을 가리켰다. 성진은 알았다는 듯이 장롱으로 걸어갔다. 그 모습을 혜린이 눈을 번득이며 지켜보았다. 성진이 장롱 문을 열고 들어가려는 순간 혜린이 팔로 성진의 목을 휘감았다. 성진은 차가운 칼날이 자신의 뒷목에 닿는 것을 느끼고 소름이 돋았다. 칼날이 닿은 부분을 중심으로 짜릿한 느낌이 온몸으로 퍼져나갔다.

─캬아아아아.

성진은 자신의 몸에서 무언가 서늘한 것이 빠져나가는 것을 느꼈다.

'지금 여기서 나의 영혼이 빠져나가는 건가?'

성진은 죽음이라는 것이 이런 것이구나 생각하며 자포자기의 심정으로 온몸에 힘을 뺐다. 차가운 비늘을 지닌 동물 같은 것이 자신의 심장에서 빠져나가는 느낌이었다. 그 섬뜩한 감각을 몽롱한 정신에도 느낄 수가 있었다.

성진은 눈이 감겨왔다. 이윽고 몸이 차가운 바닥에 닿는 것을 느꼈다. 성진은 실눈을 뜨고 혜린을 쳐다보았다. 혜린이 장롱 문을 닫고 다른 로프를 장롱 바깥에 눌러쳐서 문을 잠그고 있었다. 혜린은 장롱 주위에 소금을 한 움큼 치고는 성진에게 다가왔다.

"야, 정신 차려."

성진은 신음소리를 내며 혜린을 올려다보았다. 아까와는 완전히 딴판인 혜린의 얼굴이 보였다. 그녀는 걱정스러운 표정으로 내려다보고 있었다.

"혜린아."

자신의 이마에 맺힌 차가운 땀을 닦아주는 혜린을 올려다보며 성진이 입을 열었다.

"내일 하우스키핑 하시는 분들 화내시겠다."

뜬금없는 말에 혜린이 풋, 하고 웃었다. 성진은 혜린의 얼굴이 이제는 무섭지 않게 느껴져서 따라 웃으며 물었다.

"방금 무슨 일이 있었던 거야?"

"나중에 설명해줄게. 먼저 네 도움이 필요해."

혜린은 성진을 일으켜 장롱 앞으로 데리고 갔다. 그녀는 칼로 성진의 오른손 검지에 피를 내었다. 그녀는 성진의 손을 쥐고 장롱 문에 어떤 뜻 모를 그림을 그렸다.

"가둔다는 것을 생각해."

혜린이 나직이 말했다. 성진은 머릿속으로 감옥을 생각하며 물었다.

"이게 뭐야?"

"귀신들을 가두는 부적이야. 이것은 피로 써야만 돼. 그래야 강한 효력을 나타내거든."

성진은 혜린이 시키는 대로 고분고분 따랐다. 자칫 잘못하여 혜린의 기분을 상하게 했다간 왠지 조금 전과 같은 상황이 연출될 것 같았기 때문이었다. 그는 눈을 슬쩍 굴려 혜린의 눈치를 살폈다. 혜린은 그런 성진의 마음을 알아채고 자초지종을 이야기해주었다.

"아까, 좀 무서웠지? 그건 사람의 몸에 붙은 귀신을 쫓아내는 것이었어."

"그럼 내 몸에 귀신이? 그래서 네가 나한테 칼로 그런 거야?"

성진이 말을 잇지 못하고 손가락을 들어 혜린을 가리키며 알겠다는 듯한 표정을 지어 보였다.

"그래. 아까 네가 내 피를 흘리는 바람에 고약한 귀신 하나가 너한테 붙었던 거야. 좀전에 무언가 기분이 이상하지 않았어?"

"느꼈어. 몸이 붕 뜨고 왠지 기분이 좋으면서도 나쁘고."

"그래. 그게 전부 잡귀에 들렸기 때문이지."

성진은 고개만 끄덕거렸다. 그는 피가 맺힌 자신의 검지 끝을 입속에 넣고 혜린을 보며 말했다.

"근데, 아까 너 정말 무섭게 보이더라."

"그래? 그건 네 느낌이 아니고 네 몸속에 들어간 귀신이 그렇게 느낀 거야. 평소의 너라면 내 모습을 보고 웃었을 걸?"

"그래도, 난 네가 그런 욕 하는 거 처음 봤어."

"바보야, 원래 잡귀를 쫓을 때는 욕을 하는 거야. 위협을 해서 쫓아내려는 거지."

성진은 아직도 기분이 이상했다. 조금 전까지만 해도 꿈을 꾸는 듯 나른했지만, 지금은 마치 몸속까지 깨끗이 목욕한 듯 정신이 또렷했다. 귀신이 빠져나가서 그런 걸까. 성진은 머리를 긁적였다.

"그런데, 아까 뭔가 이상한 게 있었어."

혜린이 화제를 바꾸었다.

"뭐가?"

성진이 물었다.

"아까 지영주를 만났어. 그런데 그건 어떤 강한 염 같은 존재였어."

"뭐, 신경쓰지 마. 어차피 모두 봉인했잖아."

"아니, 지영주만은 봉인하지 못했어. 귀신도 아니었고, 귀신이었다고 해도 이 정도의 의식으로는 몰아넣을 수가 없었을 거야."

혜린이 고개를 저으며 말했다. 그녀는 잠시 바닥을 내려다보며 골똘히 생각에 잠겼다. 성진이 바닥에 떨어진 굵은소금을 발로 어떻게든 한데 모으려 애쓰고 있을 때 혜린이 혼잣말처럼 중얼거렸다.

"아무래도, 점을 쳐봐야겠어."

성진은 혜린의 얼굴을 쳐다보고는 자신도 모르게 킥킥 소리를 내며 웃었다. 혜린의 심각한 표정과 '점'이라는 단어가 어울리지 않는다고 생각했다.

"지금 와서 점쟁이라도 찾아가려고?"

성진의 말에 혜린은 천천히 고개를 저었다.

"아니, 내가 볼 거야."

그녀는 재빨리 형섭의 방을 나섰다.

"혜린아, 어디가?"

성진이 얼른 혜린을 쫓아 나왔다.

"우리 오늘은 좀 쉬고, 내일 하는 게 어때?"

성진의 만류에도 혜린은 대꾸조차 하지 않았다. 혜린이 자신의 방 문을 열고 들어가는 것이 보였다. 성진은 한숨을 푹 내쉬고는, 문이 닫히기 전에 얼른 혜린을 뒤따라 방으로 들어갔다.

방은 컴컴했다. 성진은 불을 켜려고 스위치가 있는 벽을 더듬었다.

"아니, 켜지 마."

혜린이 화장실에서 손을 씻고 나오며 조용히 말하자 성진은 손짓을 멈추었다. 어둠 속에 혜린이 뭔가를 앞에 두고 바닥에 앉는 것이 보였다. 성진은 발소리를 죽이며 혜린의 맞은편에 가서 앉았다. 혜린은 그런 그를 보고 옆자리에 와서 앉으라고 눈짓을 해 보였다. 성진은 자리를 바꿔 앉으며 물었다.

"무슨 점을 치는 건데? 쌀점? 타로 점?"

"주역."

혜린은 앞에 놓인 붉은 비단으로 만든 주머니를 열었다. 주머니 안에는 기다란 대나무 젓가락처럼 생긴 서죽筮竹이 한 묶음 들어 있었다.

"그걸로 점치는 거야?"

성진이 나직이 물었다. 혜린은 고개를 끄덕였다. 그녀는 바닥에 짙은 색 천을 한 장 깔고, 양초 두 개를 그 천 위에 올려놓고 불을 붙였다. 환한 빛이 어두운 방안에 따뜻하게 퍼졌다. 성진은 숨죽이며 혜린을 쳐다보고 있었다.

혜린은 서죽들을 손에 쥔 채로 눈을 지그시 감았다. 그녀는 서죽을 쥔 두 손을 자신의 가슴 부위에 갖다대며 어떤 말을 중얼거렸다. 그러고는 여러 개의 서죽 중에서 하나를 꺼냈다.

"태극. 만물의 근원이야."

그녀는 이렇게 말하고 꺼낸 서죽 한 개비를 천 위에 살며시 놓았다. 그리고 한 줌의 서죽을 반으로 나누어 양손에 각각 쥐었다.

"천天과 지地."

혜린은 오른손에 쥔 서죽 중에 하나를 뽑아 왼손 넷째 손가락과 새끼손가락 사이에 끼웠다. 그리고 왼손에 쥔 서죽을 여덟 개비씩 세어 나누기 시작했다. 마지막에 그녀의 왼손에는 두 개비의 서죽이 남았다. 그녀는 그 두 개비의 서죽을 천 위에 내려놓고 잠시 들여다보았다. 그러고는 오른손에 쥐고 있던 서죽들을 다시 두 묶음으로 나누어 아까와 같이 반복했다. 이번에는 네 개비의 서죽이 남았다. 그녀는 성진에게 손을 내밀며 말했다.

"종이하고 연필 좀 건네줄래?"

성진이 재빨리 찾아서 건네주자 혜린은 괘를 그렸다. 성진은 그녀가 그린 괘를 이해할 수가 없었다. 그는 속삭이는 듯한 목소리로 슬그머니 물어보았다.

"이게 뭘 뜻하는 거야?"

"귀매歸妹라는 괘야."

"뭐? 귀매鬼魅라구? 귀신 이름을 뜻하는 거야?"

"아니, 그 귀매가 아니라 뇌택귀매雷澤歸妹라는 괘야. 여기서 귀매는 시집간다는 뜻을 가지고 있어. 잘못된 연애를 상징하기도 하지."

"그럼 그게 정확히 무슨 뜻이지?"

"가만있어봐."

혜린은 성진의 말을 막고 눈을 감은 채 점괘의 의미를 되새겨보았다. 뇌택귀매, 그것은 못 안에 우레가 담긴 형상. 유柔한 기운이 강剛한 기운을 탄 것처럼, 젊은 여자가 첩이되어 시집을 가는 상황.

혜린의 머릿속에 어떤 광경이 떠올랐다. 비명을 지르는 한처녀. 그녀가 어떤 집으로 끌려들어간다. 시집을 가는 날. 그러나 그것은 기쁜 일이 아니다. 처녀의 눈앞에 커다란 나무 기둥이 보인다.

혜린은 자신이 다시 환영 속에 있다는 것을 알았다. 이전보다 더 또렷하고 생생한 자각몽이다.

'신이시여. 이 소녀를 신부로 맞이하시고 복을 내려주시옵소서.'

여러 사람들의 합창 같은 외침이 귓가에 들려왔다. 북소리가 점점 커졌다. 사람들의 목소리도 함께 커졌다. 그들은 마치 신들린 듯한 목소리로 반복해서 외쳤다.

혜린은 실눈을 뜨고 주변을 바라보았다. 나무 기둥이 보였다. 북소리가 극에 달하자 기둥이 조금씩 서서히 움직이기 시작했다. 기둥 주위에 검은 안개가 짙게 끼었다. 혜린은 기둥 오른쪽에서 무언가를 발견한 것 같아 얼른 다가갔지만 아무것도 없었다. 이번에는 기둥 왼편을 돌아보려는 찰나, 검은 안개가 온몸을 휘감았다. 차갑고 소름 끼치는 감촉에 혜린은 몸을 부르르 떨었다. 킬킬대며 웃는 소리와 함께 연체동물의 촉수 같은 차가운 것이 그녀의 몸을 휘감았다.

'싫어!'

혜린이 비명을 질렀지만, 그것은 혜린의 목소리가 아니라 어린 처녀의 목소리였다.

그녀는 자신의 몸 이곳저곳이 무언가에 쥐어지는 것을 느끼며 점점 정신이 혼미해졌다. 온몸이 뜨거워졌다. 파도를 거슬러 헤엄치는 것처럼 오싹오싹하며 허공에 뜬 듯 아찔한 쾌락이 그녀의 팔다리를 축 늘어지게 만들었다. 눈앞에 어둠이 엄습했다.

"헉!"

혜린이 소리를 지르며 눈을 떴다. 무섭도록 생생한 환영이었다. 마치 나쁜 꿈을 꾸고 일어난 것처럼 그녀의 이마에는 식은땀이 송글송글 맺혀 있었다.

"괜찮아?"

성진의 말에 혜린은 숨을 헐떡이며 대답했다.

"괜찮아. 너무 끔찍해서."

"뭐가 보였어?"

"신과 혼인하는 의식의 한 장면이었어."

혜린은 그렇게 말하다가 자신도 모르게 다시 눈을 감았다.

"혜린아, 괜찮아?"

성진이 걱정스러운 듯 물으며 혜린의 손을 잡았다.

그때 혜린의 눈앞이 확 밝아지면서 또다른 환영이 펼쳐지기 시작했다.

저멀리 숲이 보이는 뒷마당이다. 풀냄새와 산들산들 불어오는 바람의 감촉까지 생생하게 느껴진다. 바스락거리는 소리가 바로 왼쪽에서 들렸다. 혜린이 고개를 돌리자 한 남자가 그곳에 앉아 풀을 손으로 헤집고 있는 것이 보였다. 남자는 수줍은 얼굴로 씩 웃었다.

　―징집을 피해 도망쳐 왔지. 만주로 가게 되면 죽을 운명이야.

누군가 혜린의 머릿속에서 속삭이듯 말해주었다.

곧 죽을 운명. 그의 머리 뒤에는 불길하게 어른거리는 죽음의 액운이 길게 늘어져 있었다. 죽지 않는다면 이 액운이 곧 다른 사람을 죽이리라.

남자가 혜린의 손 위에 자신의 손을 포갰다. 몇 년 동안 느껴보지 못한 따뜻함. 혜린은 자신의 몸이 의지와는 상관없이 움직이는 것을 느꼈다. 혜린의 손이 남자의 손을 부드럽게 감싸쥐었다. 그러고는 그 손을 볼에 가져다댔다.

　―이 사람의 액운을 내가 받아도 좋아.

혜린의 마음 깊은 곳에서 누군가의 목소리가 울려퍼졌다.

"혜린아, 지금 뭐 해?"

성진의 목소리가 들렸다. 순간 모든 환영이 연기처럼 확 걷혔다.

혜린은 눈을 뜨고 주위를 둘러보았다. 눈앞에는 부드럽게 일렁이는 촛불과 서죽, 그리고 다소 당황한 표정의 성진뿐이었다. 혜린은 자신이 성진의 손을 잡아 볼에 비비고 있었다는 것을 깨닫고 화들짝 놀라 떨어졌다. 성진이 어색하게 웃었다.

"이상한 말일지도 모르겠지만, 네가 옆에 있으니 뭐가 더 잘 보이는 것 같아."

혜린이 아무렇지 않은 듯 목소리를 가다듬으며 말했다. 성진은 혜린의 빨개진 얼굴을 못 본 척, 고개만 끄덕였다. 잠시 어색한 침묵이 흘렀다.

무슨 말을 해야 할지 몰라 입술만 달싹거리던 혜린이 간신히 입을 열었다.

"이제 조금 정리가 되는 것 같아."

"지영주에 대해서?"

성진은 방금 전의 어색함을 잊으려는 듯 밝은 목소리로 물었다.

"응, 지금까지 알아낸 것들을 간단하게 정리해볼게."

혜린은 새 종이를 꺼내 연필로 무언가를 쓰기 시작했다. 성진은 얼른 일어서서 불을 켜고 자리로 돌아왔다.

"첫째, 오노다 히로오가 이곳에 와서 동제를 변형해 임용명이라는 사람의 집안에 새로운 제의를 만들었다. 둘째, 당시 마을 무당이었던 지영주의 어머니가 그 제의의 신녀가 되고 마을의 원래 동제는 다른 무당이 맡게 되었다. 셋째, 지영주는 전대의 신녀였던 어머니를 죽여서 신녀직을 계승했다."

"네가 지영주와 닮은 사람이라는 사실도 있지."

성진이 끼어들었다. 혜린은 고개를 끄덕이며 "그래, 그것도 있었지"라고 대답했다.

"넷째, 신녀가 모시는 신은 기둥에 봉인된 것이 아니라 그 커다란 기둥을 신체神體로 삼고 있었어. 신과의 혼인 의례, 그러니까 신녀 계승 의례는 바로 그 기둥이 있는 곳에서 이뤄지고 있었고."

혜린은 그렇게 말하며 촛불을 훅 불어 껐다. 그녀는 천 위에 늘어놓은 서죽을 정성스레 비단 주머니에 담고 초를 챙기며 말했다.

"그리고 방금 마지막으로 본 건 정말 이상했어."

"뭐였는데?"

"남자가 한 명 있었어."

혜린은 방금 보았던 의문의 환영을 대강 설명해주었다.

"뭐랄까, 지금까지는 분노와 울분, 한밖에 안 느껴졌는데, 이 남자의 환영에서는 강한 애정이 느껴졌어. 왜 그런 걸 보여준 걸까?"

"특별한 의미가 있으니까 보여준 게 아닐까? 이름이 뭔지는 들었어?"

성진의 말에 혜린은 말없이 고개만 저었다.

"이제 어떻게 하지?"

성진이 묻자 혜린은 잠시 뭔가를 생각하다가 대답했다.

"이제 조사를 하러 가야지."

"어디로?"

"임재호. 그 망할 놈의 후원자님에게."

"왜?"

"오노다 히로오의 책에 나온 제의의 중심이 되는 집안은 임용명의 집안일 게 분명하고, 임용명과 임재호는 분명 관련이 있으니까. 그 인간은 오노다 히로오의 책 말고도 아는 게 더 있을 거야."

혜린은 겉옷을 입으며 말했다. 성진은 시계를 보았다. 벌써 밤 아홉시가 넘은 시각이었다.

성진이 "지금 이 시간에 가려고?"라고 물었지만 혜린은 대답도 하지 않고 짜증이 잔뜩 난 얼굴로 배낭을 챙겨 들었다. 성진은 혜린이 재호와 관련된 일에는 이상하게도 화를 많이 낸다는 인상을 받았다.

"혜린아, 오늘은 좀 그만하자!"

성진이 혜린을 따라나서며 말했다. 밤도 늦었고 하루종일 너무 많은 일을 겪어서 지쳐 쓰러질 것 같았다. 혜린 역시 걷다가 이따금씩 현기증을 느껴 비틀거릴 정도로 힘이 소진된 상태였다.

"너도 좀 쉬어야지. 우리 오늘 저녁도 못 먹었다구!"

"배 안 고파."

성진의 말에 혜린이 건성으로 대꾸하고 들릴 듯 말 듯한 목소리로 중얼거렸다.

"내가 본 걸 너도 봤다면, 너도 여기서 멈추기 힘들 거야."

성진은 피곤한 나머지 혼자라도 방에 돌아가서 쉬고 싶었다. 하지만 방금 귀신을 몰아넣었던 방으로 혼자 되돌아가고 싶지는 않았다. 게다가 지금 혜린을 혼자 보냈다가는 재호의 얼굴에 주먹이라도 날릴 기세였다. 성진은 어쩔 수 없이 혜린을 뒤따라가며 더이상 사건은 없었으면 좋겠다고 마음속으로 빌었다.

"할 얘기가 생겼나요?"

재호는 입구에서 막는 비서를 밀고 막무가내로 들어온 혜린을 보며, 놀라지도 않고 말했다.

회의를 하던 중이었는지 커다란 회의 테이블에 서류들이 어지럽게 놓여 있었다. 재호와 함께 테이블에 앉아 있던 사람들이 놀란 눈으로 혜린을 쳐다보았다. 혜린은 아무 말 없이 재호의 사무실로 들어왔다.

성진도 그녀를 따라 터벅터벅 걸어들어왔다. 여기까지 오는 데 삼십 분이나 걸렸다. 호텔 프런트에서 한참 동안 실랑이를 하다가 결국 혜린에게 백기를 든 호텔 매니저가 재호에게 연락을 취한 뒤 이곳으로 안내했다. 성진은 이 모든 과정을 겪고 났더니 온몸에 힘이 다 빠졌다.

혜린은 들어오자마자 입술을 깨물고 재호를 노려보더니 말했다.

"그 신당은 어디에 있죠?"

혜린의 질문에 재호는 "잠시 쉬다가 다시 할까요?"라고 말하며 함께 있던 사람들을 내보냈다. 사람들이 다 나간 뒤, 재호가 태연하게 말했다.

"신당이라고 하면, 마을 신당 말하는 건가요? 중간신당 말고는 예전에 다 없어졌다는 것 혜린씨도 알잖아요."

혜린은 기가 찬다는 듯 "하" 하고 웃었다. 그녀는 고개를 들어 재호를 똑바로 쳐다보았다.

"이봐요. 그쪽은 다 알고 있잖아요."

"말해봐요. 내가 뭘 알고 있나요?"

재호는 의자에 몸을 깊숙이 파묻은 채, 오른손으로 턱을 문지르며 물었다.

"기둥이 있는 신당 말이에요."

혜린이 또박또박 낮은 목소리로 말했다. 그녀는 천천히 걸어와 재호의 맞은편 의자에 털썩 앉았다. 성진도 그녀의 옆에 슬그머니 가서 앉았다. 혜린은 앉은 채로 몸을 앞으로 기울이며 말했다.

"아침에 준 책, 그 책에 나오는 제의에는 '중심이 되는 집안'이란 게 있더군요. 그런데 그거 그쪽 집안이지 않나요?"

혜린이 날카로운 눈빛으로 그를 쳐다보았다. 재호는 미소를 지으며 깍지를 낀 손을 내려다보고 있다가, 혜린을 쳐다보며 말했다.

"맞습니다. 역시 대단하군요."

"입에 발린 말은 됐고요. 제가 알아내길 바라고 계속 암시했던 것 아닌가요?"

"그건 아닙니다. 전 혜린씨가 마을을 떠도는 이상한 존재들만 없애면 된다고 생각했습니다."

"거짓말! 그럼 그 책은 왜 준 거죠? 오노다 히로오의 책 말이에요."

"말투가 꼭 수사관 같군요."

재호가 웃으며 말했다. 옆에 있던 성진이 미안한 듯 눈을 내리깔며 주절주절 혜린을 대신해서 변명했다.

"죄송합니다. 요 며칠 이런저런 사건도 많았던데다가, 애가 지금 좀 흥분해서."

혜린은 성진이 변명하건 말건 따지듯 공세를 퍼붓기 시작했다.

"내가 알고 싶은 건 이거예요. 대체 신당은 어디 있죠? 그쪽 집안이 제주를 맡아왔다면 신당 위치도 알고 있겠죠. 큰 기둥이 있는 신당 말이에요. 내 말 무슨 뜻인지 알죠?"

재호는 한 손으로 턱을 괸 채 무언가를 생각하며 혜린을 쳐다보기만 했다. 혜린은 답답한 나머지 한숨을 훅 내쉬며 말했다.

"나랑 성진이를 불러다가 귀매를 쫓아달라면서요! 거길 가봐야 뭔가 하든가 말든가 하죠. 그렇게 숨길 필요는 없잖아요?"

"우리는 그저 신당을 찾고 싶을 뿐입니다."

성진이 흥분한 혜린의 말을 가로막으며 말했다.

"과거에 얽매일 필요 있나요. 사장님 집안이 과거에 무슨 일을 했건 우린 마을에 떠도는 귀매들만 없애고 빨리 집으로

돌아가고 싶을 뿐입니다. 그게 우리가 원하는 것이고, 또 사
장님이 원하는 게 아닙니까?"

"그렇긴 하죠."

재호가 한참을 뜸들이다 입을 열었다.

"신당은 아직 있어요. 그곳에 있는 신주 안에는 신도 모셔
져 있고요."

"말이 신이지, 사실은 요괴나 오니 같은 존재겠죠."

혜린이 퉁명스레 쏘았다. 재호는 씨익 웃으며 말했다.

"모든 신이 다른 종교에서는 악귀로 보일 수도 있는 법이
죠."

"그럼 그곳으로 안내해주실 수 있나요?"

성진이 물었다. 재호는 고개를 끄덕이며 말했다.

"물론입니다. 그런데 꼭 신당을 찾아가야 하는 겁니까?"

"나보고 귀매를 몰아내라면서요? 필요하니까 그런 것 아
니겠어요?"

혜린이 따지듯 대꾸했다. 성진은 그런 그녀를 조마조마한
표정으로 쳐다보다가 부드럽게 말했다.

"위치를 알려주시면 저희가 가보겠습니다."

"아닙니다. 제가 모시고 가야죠."

재호가 혜린을 지그시 쳐다보며 말했다. 혜린은 양미간에

주름을 잡으며 초조하게 재호의 다음 말을 기다렸다.

"내일, 함께 가는 겁니다."

"지금 당장 가고 싶은데요."

혜린의 퉁명스러운 대꾸에도 재호는 평정심을 잃지 않고 미소를 지으며 말했다.

"비까지 내리는 한밤중에 외진 곳에 있는 신당을 찾아가는 게 좋은 생각이라고 봅니까? 안 그래도 이 지역은 귀물들이 극성인데, 두 사람까지 위험에 처하게 할 수는 없죠. 게다가 지금 가면 문도 잠겨 있고 제대로 볼 수도 없을 테니 내일 갑시다. 내일이라면 나도 시간이 되니까."

혜린이 마지못해 고개를 끄덕이자, 재호는 미소를 지으며 말했다.

"내일 오후 세시에 여기서 다시 만나죠. 그때까지 신당 쪽에도 준비를 다 끝내놓겠습니다."

혜린은 재호를 쏘아보면서 고개를 끄덕였다. 성진은 혜린의 눈빛이 마치 재호를 죽이고 싶어하는 것같이 보여 갑자기 소름이 돋았다. 재호는 그런 성진과 혜린을 보면서, 두 사람이 거의 눈치채지 못할 정도로 희미하게 미소를 지었다.

제주 祭主

해질녘, 황금빛 강물이 조용히 흘러가고 있었다. 푸드득 새 날아가는 소리와 모래톱에 부딪치는 물결 소리만이 규칙적으로 들릴 뿐이었다. 가는 바람 한 줄기가 불어와 억새풀을 스치고 지나갔다. 사르르 풀 스치는 소리가 들렸다가 아련히 사라졌다.

긴 소맷자락이 펄럭 하늘로 솟아올랐다. 하얀 소매가 바람에 나부끼다가 천천히 아래로 내려왔다.

혜린은 저 소매가 누구의 것일까 궁금해하다가 문득 자신이 흰옷을 입고 있다는 것을 알았다. 그녀는 춤을 추고 있었다.

—여기서 빙빙 돌아, 하늘을 날듯이.

누군가가 스치듯 혜린의 귓가에 속삭였다. 그녀의 몸이 저절로 움직였다. 빙빙 돌다가 다시 소매를 하늘로 펼쳐 올리자 펄럭 소리와 함께 긴 소매가 하늘로 솟구쳤다.

—옳지, 이렇게 하는 거야.

목소리가 다시 속삭였다. 몸이 점점 빠르게 돌기 시작했다. 어지러웠다. 멈추려고 했지만 몸이 말을 듣지 않았다. 혜린은 멈추고 싶었다.

"그만!"

혜린이 소리를 질렀다.

찰싹대던 강물 소리와 바람 소리, 새의 날갯짓 소리가 순식간에 사라졌다. 그곳은 더이상 강가가 아니었다. 혜린은 자신이 방안에 있다는 것을 깨달았다. 또 그 꿈이다. 혜린은 침대에서 몸을 일으켜세웠다. 징 하고 울리는 듯한 두통이 머리를 짓눌렀다.

혜린은 얼른 시계를 보았다. 오후 두시 사십분. 세시에 재호의 안내로 신당에 가기로 했던 것이 떠올랐다. 그녀는 후다닥 방을 뛰쳐나가 공용 거실로 가서 성진을 찾았다. 성진은 주방 테이블에 노트북을 놓고 앉아 있었다. 그는 혜린을 발견하고 이어폰을 빼고 말했다.

"야, 너 진짜 안 일어나더라! 안 그래도 십 분 뒤엔 들어가서 깨우려고 했어."

"미안, 지금 빨리 준비하고 나올게. 조금만 기다려줘."

혜린은 도망치듯 방에 들어가서 세수를 하고 옷을 갈아입었다. 그녀는 배낭에 이것저것 아무렇게나 쑤셔넣고는 서둘러 나왔다.

혜린과 성진이 재호의 사무실에 도착한 것은 오후 세시 정각이었다. 재호는 소파에 앉아 오래된 검은색 커버의 노트를 들고 읽고 있었다. 소파 테이블에는 간단한 다과가 차려져 있었다. 재호는 혜린과 성진을 보고 앉으라는 듯 손짓을 했다.

"바로 출발하는 줄 알았는데요."

혜린이 퉁명스레 말했다.

"앉아요. 지금 혜린씨는 금방이라도 쓰러질 것 같은 얼굴이니까."

재호는 그렇게 말하고는 맞은편 소파를 가리켰다.

"가기 전에 혜린씨에게 할 이야기도 있고."

"그게 뭔데요?"

혜린이 퉁명스레 묻자 재호는 앉으라는 손짓을 했다. 성진이 뒤에서 혜린을 쿡 찌르며, "너 어제저녁부터 아무것도 못 먹었잖아"라고 재촉했다. 혜린은 한숨을 푹 쉬고 자리에 앉았다. 재호는 테이블에 차려진 커피잔 하나를 들어 혜린에게 건네주었다.

"할 얘기가 뭐예요?"

혜린이 유난히 쓰게 느껴지는 커피를 마시며 물었다.

"내가 기둥이 있는 신당을 처음 본 건 열 살 때쯤이었어요."

재호가 엷은 미소를 지으며 이야기를 시작했다.

"우리 일가는 일 년에 한 번씩 제사 때문에 모이곤 했거든요. 원래 열 살짜리 어린애가 갈 수 있는 곳은 아니었지만 그날은 달랐어요. 할아버지가 돌아가셨거든요. 그날은 제사도 있었지만 누가 다음 제주가 되어 제사를 잇느냐, 하는 문제로 회의도 함께 열렸죠."

재호는 거기까지 말하고는 멍하니 자신을 쳐다보고 있는 혜린에게 "드세요"라고 말하고는 다시 이야기를 이어나갔다. 혜린은 샌드위치 하나를 집어들고 한입 베어물었다가 입맛이 없어서 슬그머니 앞접시에 내려놓았다.

"그날 친족 회의에서 결론이 났어요. 아예 신당 문을 걸어 잠그고 모든 것을 묻어버리기로. 신도, 죽은 신녀의 영혼도 다 함께 가둬버리기로. 그러고 나서 일이 터졌어요. 가족들이 한 사람씩 죽기 시작한 거죠."

"그런 얘기를 하는 이유가 뭐예요? 이번에는 동정심이라도 유발하려는 건가요?"

혜린이 차가운 어조로 물었다. 옆에서 성진이 흥분을 좀 가라앉히라는 듯 '제발, 혜린아. 워워' 하고 입 모양으로 말하고 있었다. 재호는 혜린을 쳐다보며 의미를 알기 힘든 미소를 지으며 대답했다.

"사전지식을 주려는 거죠."

"그건, 지영주의 저주였나요?"

혜린이 물었다. 재호는 고개를 끄덕였다.

"제사를 그만두자 갑자기 저주가 시작되었다는 말, 믿기 힘든데요?"

"영주는 우리 할아버지 대의 신녀였죠. 물론 첫 몇 해를 제외하곤 내내 혼령의 형태이긴 했지만."

재호는 거의 비워가는 혜린의 커피잔을 내려다보며 말했다.

"할아버지가 죽었으니 영주는 더이상 신녀가 아니었어요. 우린 영주의 영혼을 풀어줘야 했는데, 그러지 않고 가둬버리는 쪽을 택했어요. 그래서 분노가 통제하기 힘든 지경에 이른 거죠."

"지영주는 왜 죽었어요?"

혜린이 문득 생각나서 물었다.

"자연사했다고 보기에 영혼의 분노가 너무 강한 것 같아서요."

"자살했습니다. 도망치려다 붙잡혔고, 그뒤에 신주 옆에서 목숨을 끊었다고 들었습니다."

재호가 무미건조하게 대답했다.

"뭐, 남자가 있었다고 하더군요."

마치 기계 구조라도 설명하듯 감정 없는 목소리에 혜린은 화가 치밀어올랐지만, 더 듣고 싶은 생각에 꾹 참았다. 그녀는 지난번 환영에서 보았던 남자의 모습을 떠올렸다. 징용을 피해서 도망쳐 온 남자. 지영주가 그에게 갈 액운까지도 모두 받고 싶다고 했던 남자.

"징용을 피해 도망치던 자인데, 어찌하다가 지영주를 만나게 되었던 것 같습니다. 그러다 둘이 도망칠 생각을 했었나봅니다."

"그래서 어떻게 되었죠?"

혜린이 몸을 앞으로 내밀며 물었다. 재호는 팔짱을 낀 채 혜린을 지그시 쳐다보면서 대답했다.

"영주는 도망치다가 붙잡혔죠. 남자가 배신을 했던 거죠."

"배신?"

"우리 집안은 원래 수송업을 했었죠. 만주사변이 터지고 나서 우리 증조할아버지께서 군과 함께 일을 해서 재산을 쌓았어요."

"증조할아버지라면, 혹시 성함이 임용명인가요?"

그동안 가만히 듣고만 있던 성진이 끼어들어 물었다. 재호는 고개를 끄덕이며 대답했다.

"맞아요. 증조할아버지께서 세운 대동아물산이라는 회사가 가업의 시작이죠. 태평양전쟁 때 부산을 오가는 물류 절반은 그 회사를 거쳤다죠. 물론 조선에서 노무자나 징용병을 모집하고 만주로 보내는 일도 했어요. 그러니 거기 갈 사람 하나 누락시키는 건 일도 아니었죠."

"그 남자가 징집을 피하려 지영주를 버리고 혼자 도망쳤다는 건가요?"

혜린은 다소 의아한 표정으로 물었다. 혜린의 환영 속에 등장한 그 남자는 자기 이익 때문에 누군가의 믿음을 배신할 사람처럼 보이지는 않았다. 하지만 사람은 겉만 봐서는 모르는 거니까. 혜린은 냉소를 띠며 생각했다.

"맞아요. 자기 목숨 하나 건지려고. 그리고 그걸 알게 된 지영주는 스스로 목숨을 끊었죠."

재호는 거기까지 이야기하고는 두 손을 맞잡으며 자리에

서 일어났다.

"이제 그만 출발할까요?"

"궁금한 게 더 있어요."

혜린도 자리에서 일어서면서 말했다. 그녀는 순간 현기증이 나서 다시 소파에 주저앉고 말았다. 오후 늦게까지 잤는데도 아직 잠이 덜 깬 듯 머리가 멍했다. 소파 팔걸이를 붙잡은 채 겨우 몸을 일으켜세우는 혜린을 보며, 재호가 말했다.

"아는 대로 대답해드릴 테니 가면서 물어보시죠."

혜린은 말없이 고개만 끄덕였다. 성진은 어쩐지 힘이 없어 보이는 혜린이 걱정되는 듯 "괜찮아?"라고 말하며 혜린의 배낭을 대신 챙겼다.

"지금자는 지영주의 어머니죠? 그리고 그쪽 증조할아버지 대의 신녀였고."

문을 열고 앞서 걸어가는 재호를 따라잡으려 애쓰며 혜린이 물었다.

"오노다 히로오의 책에 보면 지금자는 신과 혼인하기도 했지만 임용명과도 부부와 같은 관계였어요. 그럼 지영주는 임용명의 혼외자가 되는 거죠? 그래서 어머니 성을 따른 거고?"

'혼외자'라는 말에 재호의 얼굴에 어떤 미묘한 표정이 빠르게 스쳐지나갔다. 그는 엘리베이터 앞에 다다라 버튼을 누르며 대답했다.

"우리 집안에서 혼외자는 도깨비 새끼라고 불렀어요. 맞아요, 실질적으로 지영주는 증조할아버지의 딸이었겠죠. 하지만 호적에도 올리지 않았고 공식적으로는 존재하지도 않는 사람이었어요."

"그러면 결과적으로 자기 딸한테 그런 잔인한 일을 시킨 건가요? 그쪽 증조할아버지란 사람은?"

"잔인한 일이라니, 뭘 말하는 건가요?"

재호가 무심한 말투로 물었다.

옆에서 그 대화를 듣고 있던 성진은 갑자기 뭔가를 깨달은 듯 소스라치게 놀라 입을 열었다가, 재호를 힐끔 쳐다보고는 다시 입을 다물었다. 지영주가 임용명의 딸이라면, 지영주가 신녀로서 부부 관계를 맺었던 재호의 할아버지와는 이복 남매 아닌가. 성진은 혜린도 이 관계를 눈치챘을까 싶어서 그녀를 쳐다보았다. 하지만 혜린은 거기까지는 생각을 못 한 것 같았다. 그녀는 여전히 재호를 노려보며 물었다.

"오노다 히로오의 책에 따르면, 신녀를 계승하기 위해서 어머니를 죽이는 잔인한 의식을 행해야만 했잖아요!"

"아, 그거 말이군요."

재호는 표정 하나 변하지 않고 대꾸했다. 그는 자신은 잘 모르겠다는 듯 어깨를 으쓱하면서 대답했다.

"그 당시 지영주는 그저 신의 딸, 도깨비의 딸이었어요. 친딸이라고 생각한 적은 없을 겁니다. 증조할아버지께선 당시 어떤 수단을 써서든 회사를 더 크게 일으킬 힘을 얻어 아들에게 물려주고 싶어하셨고요."

혜린은 재호가 그 말을 하는 순간 환영에서 봤던 끔찍한 장면이 떠올라, 자신도 모르게 몸을 부르르 떨었다. 지영주의 한이 극에 달한 것이 이해가 갔다. 어떻게 그런 잔인한 짓을 할 수 있을까. 혜린은 부들부들 떨면서 재호를 노려보았다. 지영주가 겪은 일을 재호가 벌인 것은 아니었지만 혜린은 일순간 그의 목을 비틀어버리고 싶다는 충동이 들었다.

"그런데 어떻게 지영주에게 그런 짓을 시킬 수 있었죠? 협박이라도 한 건가요?"

혜린이 재호를 노려보며 물었다. 그는 혜린의 시선을 피해 고개를 돌리면서 무심하게 대꾸했다.

"글쎄요. 워낙 옛날 일이라서요. 뭔가 방법이 있었겠죠."

옆에서 듣고 있던 성진은 그 말에 어딘지 모를 서늘함을 느꼈다.

그러고 보면 재호는 자기네 집안의 치부를 너무 술술 풀어놓고 있었다. 아무리 수십 년도 전에 일어난 일이라지만, 보통 이런 이야기는 숨기려고 하지 않는가. 성진은 갑자기 변한 재호의 태도가 이상하다고 생각했다. 물론 귀매나 지영주의 원혼 문제를 해결하려는 절박함으로 해석할 수도 있겠지만, 지금껏 숨기고 있다가 갑자기 태도를 바꾸어 솔직하게 털어놓는 것은 수상쩍지 않은가. 성진은 고개를 갸웃거리며 생각했다.

호텔 로비에 도착하자 운전기사가 기다리고 있었다. 재호는 운전기사에게 키를 넘겨받아 직접 운전대를 잡았다. 조수석에 올라탄 성진은 안전벨트를 매면서 뒷좌석에 앉은 혜린을 힐끔 쳐다보았다. 혜린이 졸린 표정으로 앉아 있었다. 혜린은 이따금씩 재호를 잡아먹을 듯 노려보다가, 출발한 지십 분 정도 지난 뒤에는 완전히 곯아떨어졌다.

"혜린이가 많이 피곤했나봐요."

성진은 말없이 운전만 하고 있는 재호를 향해 어색하게 말을 건넸다. 재호는 대답을 하지 않고 고개만 끄덕였다. 자동차가 산길로 접어들기 시작했다. 울퉁불퉁한 임도가 눈앞에 펼쳐졌다. 짙게 우거진 나무 그늘 때문에 여름인데도 불구하고 어둡고 서늘한 기분이 들었다. 십오 분가량 임도를 따라가니 길을 가로막고 있는 철문과 '出入嚴禁출입엄금'이라고 적힌 오래된 표지판이 나왔다. 철문 양옆으로는 높은 담이 시야를 가로막고 있었다.

재호의 차가 철문 앞에 서자 안에서 관리인인 듯한 늙은 남자가 초소 같은 건물에서 나와 문을 열어주었다. 자동차가 열린 문 안으로 출발하자 그 늙은 남자는 고개를 숙이며 인사를 했다. 성진도 남자를 향해 꾸벅 인사를 하고는 자동차가 향하는 쪽으로 고개를 돌렸다. 커다란 나무와 관목이 거의 방치된 채로 자라고 있는 넓은 정원이 제일 먼저 보였고, 이층짜리 오래된 적산가옥이 보였다. 사찰처럼 보이기도 하고 집처럼 보이기도 하는 기묘한 모양의 집이었다. 집 앞에 자동차가 여러 대 세워져 있었다.

"혜린이 깨울게요."

성진이 뒤를 돌아보려는 순간 재호가 말없이 손을 들어 성진을 제지했다. 성진은 의아한 표정으로 재호를 쳐다보았다.

"먼저 들어가 있어요. 제가 데리고 가죠."

부드러우면서도, 마치 명령하는 듯한 말투였다. 성진이 뭔가 더 물어보려는데 차문이 바깥에서 열렸다. 밖에는 중년 여자 한 명이 성진을 안내하려는 듯 대기하고 있었다. 재호가 그 중년 여자를 향해서 말했다.

"안으로 모셔요. 시간이 다 되면 따라갈 테니까."

"무슨 시간요?"

성진이 그렇게 물었지만 재호는 대답하지 않았다. 성진은 한숨을 푹 내쉬고는 차에서 내렸다.

"이쪽으로."

중년 여자는 상냥하게 웃으면서 공손하게 성진을 건물 쪽으로 안내했다. 성진은 혜린을 돌아보았지만, 그녀는 아직도 뒷좌석에서 고개를 푹 떨구고 잠들어 있었다. 성진은 어쩔 수 없다는 듯 어깨를 한번 으쓱하고는 여자를 따라 걸어갔다.

성진이 건물 안으로 들어가는 것을 보고, 재호는 천천히 차에서 내렸다. 그는 뒷좌석에 잠들어 있는 혜린의 모습을 힐끔 보고서는 훅 하고 심호흡을 했다. 그는 핸드폰을 꺼내 전화를 걸었다. 쉰 듯한 남자 목소리가 들려왔다.

"도요조 씨, 지금 들여보냈습니다. 새로운 신녀는 시간에 맞춰서 데리고 들어갈 겁니다."

재호는 낮은 목소리로 성진이 들어간 문 쪽을 쳐다보며 일본어로 말했다.

"지금부터 그 일은 도요조 씨만 믿겠습니다."

전화기 속에서 뭐라고 당부하는 소리가 들렸지만 재호는 끝까지 듣지도 않고 짜증스러운 듯 전화를 끊어버렸다.

혜린이 잠에서 깬 것은 해 질 무렵이었다. 차가운 숲속 공기에 한기를 느끼고 퍼뜩 잠에서 깬 혜린은 여기가 어딘가 싶어서 주위를 두리번거리기 시작했다. 자동차는 세워져 있고 한쪽 문이 열려 있었다. 바깥에는 재호가 차에 기댄 채 서 있는 것이 보였다. 혜린이 창문을 두드려 재호를 불렀다.

"저기요. 성진이는 어디 있어요?"

"일어났군요. 어떻게 깨워야 하나 고민하고 있었습니다."

재호가 허리를 낮추어 혜린을 쳐다보며 말했다.

"성진씨는 먼저 들어가서 준비하고 있습니다. 혜린씨를 기다리고 있죠."

혜린은 '무슨 준비?'라고 물으려다가 정원 한가운데 서 있는 낡은 목조건물을 발견하고 시선을 그쪽으로 향했다. 나무로 만들어진 부분은 군데군데 썩어서 부서져 있었지만, 기와로 된 지붕만은 손을 본 듯 깨끗해 보였다. 담 안으로 침범해 온 소나무 가지에는 갖가지 색깔의 끈이 매달려 있고, 그 사이로 석양의 붉은 빛이 가물거리며 비치고 있었다. 이상하게도 기분 나쁜 느낌이 드는 건물이었다.

"죄송합니다. 제가 자꾸 기다리게 하네요."

한참 동안 홀린 듯 건물을 보고 있던 혜린이 문득 정신을 차리고 재호를 향해 사과를 했다. 혜린은 서둘러 안전벨트를 풀고 차에서 내렸다. 하지만, 차에서 내리는 순간 갑자기 현기증이 밀려와서 자신도 모르게 땅바닥으로 쓰러지고 말았다.

"출발하기 전에 혜린씨가 저에게 했던 질문 기억합니까?"

재호는 혜린의 팔을 잡고 일으켜세워주며 말했다. 혜린은 옷에 묻은 흙먼지를 털면서 "네?" 하고 되물었다.

"영주라는 신녀와, 우리 집안의 제사에 대해 여러 가지를 물었었죠."

재호는 손으로 낡은 목조건물의 출입구를 가리키며 말했다.

"그런데 가장 중요한 질문을 안 하더군요."

혜린은 무슨 말인가 싶어서 양미간을 찌푸리며 재호를 쳐다보았다. 자신이 빠뜨린 질문이 대체 뭐였을까 고민을 해봤지만, 뿌옇게 흐린 머릿속에는 아무 생각도 떠오르지 않았다. 그녀는 재호를 쏘아보며 퉁명스럽게 대꾸했다.

"그렇게 중요한 질문이면 직접 말해주시죠."

"지영주를 배신한 남자는 어떤 사람이었는가."

재호가 의미심장한 미소를 지으며 대답했다. 그는 양손을 주머니에 찔러넣은 채 턱짓으로 혜린을 가리켰다.

"지영주가 자살했다고 말했을 때 물어볼 줄 알았는데, 혜린씨는 별로 궁금하지 않은 것 같더군요."

"그래서 그 사람은 어떤 사람이었는데요?"

혜린은 치밀어오르는 화를 꾹꾹 참으며 물었다.

"내가 빠뜨린 게 있다면, 좀 깨우쳐주시죠."

"지영주를 배신했던 남자 이름은 김태준이었습니다. 징병 거부자, 김태준."

재호가 천천히 입을 열었다. 혜린은 재호의 뒤로 뉘엿뉘엿 넘어가는 해를 보며 불안해지기 시작했다. 벌써 저녁이다. 원래 한낮에 오기로 했는데 왜 이렇게 늦어졌을까. 혜린은 다음날 낮에 다시 오는 것이 낫겠다고 생각하며 재호를 쳐다보았다.

"그는 어쩌다 신당에 숨어들어와서 지냈다고 하더군요. 두 사람은 꽤나 가까워졌다고 해요. 그러니 후에 함께 도망치려고 했겠죠. 그런데 정작 도망치다가 들키자 김태준은 지영주를 두고 혼자 빠져나갔죠. 하긴, 나 같아도 전쟁터에 나가느니 그럴 테니까. 그렇게 김태준은 잘 살다가 나중에 다른 여자를 만나 결혼을 했죠. 그리고 아들을 낳았습니다. 김명현."

"김명현은 또 누군데요?"

혜린이 참지 못하고 초조하게 물었다. 재호는 마치 쥐를 갖고 노는 고양이 같은 미소를 지으며 대답했다.

"김명현씨가 바로 김성진씨의 아버지죠. 그러니까 김성진씨는 김태준씨의 손자란 말입니다."

"그래서요?"

혜린은 멍한 표정으로 되물었다. 재호는 "잘 생각해봐요"라고 말하며 손가락으로 혜린의 이마를 툭툭 쳤다.

"성진이가 지영주를 배신한 남자의 손자란 말인가요?"

혜린은 고개를 숙인 채 중얼거리듯 되뇌다가 순간 자신이 여기에 왜 와 있는지를 떠올리고 소스라치게 놀랐다. 그녀는 하얗게 질린 얼굴을 한 채 재호를 노려보았다.

"설마, 내가 생각하는 그런 건 아니죠?"

"맞아요. 혜린씨가 생각하는 그것 맞습니다."

재호는 천연덕스럽게 웃으며 대답했다.

"지영주의 한을 풀어주려면 할 수 있는 건 다 해야죠. 누구 한 사람 피를 바쳐서라도. 아쉽네요. 성진씨는 꽤 좋은 사람 같았는데."

그때였다. 멀리서 북소리가 들려왔다.

둥둥둥둥.

고요한 숲속에 울리는 북소리는 잔인한 피의 제사를 예고 하는 듯 불길하게 들렸다. 혜린은 북소리가 나는 곳을 찾아 고개를 두리번거렸다. 소리는 건물 안에서 들려오고 있었다. 처마 네 귀퉁이에 매달린 붉은 등이 바람에 흔들렸고, 그에 맞춰 아련한 북소리는 점점 더 크게 들려왔다.

'정말 사람을 제물로 바치겠다는 건가?'

혜린은 고개를 돌려 재호를 쳐다보았다. 미소를 짓고 있는 재호의 얼굴을 보자 다시 분노가 치밀어올랐다. 그녀는 머리카락을 거칠게 쓸어넘기고 한숨을 푹 내쉬며 말했다.

"임재호씨, 그렇게 해서 영주를 천도한다고 당신 생각대로 일이 잘 풀릴 것 같아? 신녀의 통제를 받지 않는 당신네 신, 아니 그 요괴는 어쩔 거야? 그 생각 해봤어요? 요괴가 혼자 풀려나면 당신 집안은 아예 망하는 거야. 저주를 받아서."

"혜린씨, 너무 흥분하는 것 같군요."

재호가 차가운 미소를 지으며 말했다. 혜린은 그를 한 번 쏘아보고 다시 말을 이었다.

"흥분이라고? 이런 건 흥분이 아니라 분노라고 하는 거야. 당신 초등학교 때 국어 안 배웠어? 아니, 마음대로 지껄여, 이 미친놈! 나, 당신 경찰에 신고할 거야!"

혜린은 그렇게 말하며 배낭을 뒤졌지만 핸드폰이 어디 갔는지 보이지 않았다. 북소리가 점점 더 크게 들려왔다. 혜린은 마음이 급해진 나머지 얼른 건물로 다가갔다. 문을 열려고 하는 혜린의 앞을 재호가 막아서며 물었다.

"혜린씨가 직접 갈 겁니까? 정말 가고 싶은 게 맞냐는 겁니다."

"쓸데없는 소리 하지 말고 어서 비켜요!"

"이성적으로 생각해요. 지금은 혜린씨를 지켜주는 존재도 없지 않습니까. 가서 혜린씨가 뭘 할 수 있겠어요?"

"어쨌든 난 그리 갈 거예요. 비키라니까요!"

혜린은 독기어린 눈으로 재호를 쏘아보며 말했다. 재호는 어쩔 수 없다는 듯 두 손을 들어올리고는 문에서 비켜섰다. 의외로 순순히 비키는 재호를 보고 혜린은 조금 놀랐지만, 북소리에 다시 마음이 다급해졌다. 혜린은 금방이라도 부서져버릴 것 같은 문을 열었다.

삐이걱.

요란한 소리를 내며 문이 열렸다. 혜린은 잔뜩 긴장한 채 문 안쪽을 두리번거렸다. 재호가 그녀의 어깨를 툭 치며 따라 들어왔다.

"여기엔 사람이 없습니다. 모두 신당에 모여 있을 겁니다."

재호의 말에 혜린은 경계를 풀고 안쪽으로 발걸음을 옮겼다. 길게 이어진 복도에 북소리가 울려퍼지고 있었다. 혜린은 순간 다리에 힘이 풀려 휘청거렸다. 재호는 혜린의 팔을 잡고 그녀를 복도 끝으로 이끌었다. 혜린은 갑자기 태도를 바꿔 안내를 해주는 재호가 이상하다고 생각했지만, 지금으로선 그가 이끄는 대로 따라갈 수밖에 별도리가 없었다.

복도 끝으로 나가자 건물의 뒤편이 나왔다. 그 너머에는 커다란 별채가 세워져 있었다. 별채에서는 밝은 불빛이 새어나오고 있었고 북소리도 규칙적으로 들려왔다.

"저게 신당인가요?"

"그렇습니다."

혜린은 재호의 손을 뿌리치고 신당을 향해 힘겹게 뛰어갔다. 그리고 헉헉거리며 신당의 문을 열었다.

둥둥둥둥.

문을 열자마자 커다란 북소리가 제일 먼저 들려왔다. 이윽고 생전 처음 보는 괴상한 광경이 펼쳐졌다.

스무 명 남짓 되는 사람들이 닐찍한 방 중앙의 커다란 기둥을 빙 둘러싸고 있었다. 그들은 기둥 앞에 엎드려 무언가 기도하고 있는 듯 보였다.

방 한구석에 바랜 느낌의 흰 의상을 입고 머리에 두건을 싸맨 사람들이 앉아 북을 치고 있었다. 악사인 듯 보이는 그 사람들은 눈을 감은 채 각자 크고 작은 북을 열심히 연주하고 있었다. 마치 신들린 듯한 모습이었다. 사람들의 이마에 굵은 땀이 송글송글 맺혀 있는 것이 한참 떨어진 곳에 있는 혜린의 눈에도 보였다.

사람들이 하나둘씩 혜린을 쳐다보기 시작했다. 모두 소리 없이 일어나서 혜린을 향해 머리를 숙였다. 혜린은 당혹감에 뒷걸음쳤다.

"이런 일로 놀라다니 혜린씨답지 않네요."

재호가 뒤에서 그녀의 등을 살짝 떠밀며 말했다. 멍하니 서 있던 혜린이 깜짝 놀라 뒤를 돌아보았다. 그녀의 뒤에 재호가 엄숙한 표정으로 서 있었다. 그는 입구에서 옷매무새를 바로 하고는 신당 안으로 들어왔다. 그리고 손가락으로 기둥 쪽을 가리켰다.

혜린은 재빨리 그쪽을 쳐다보았다. 기둥 앞에서 절을 하고 있던 사람들이 고개를 숙인 채, 뒷걸음치며 기둥에서 멀어졌다. 기둥 앞에 무언가 놓여 있었다. 커다란 상자였다. 나무로 만들어진 그것은 혜린이 환영에서 봤던 바로 그 상자였다. 혜린은 그것을 보자 퍼뜩 성진의 생각이 났다.

"저 안에 성진이가 있나요?"

혜린은 떨리는 목소리로 물었다. 재호는 아무런 대답도 하지 않고 혜린의 뒤에서 출입문을 닫았다.

문이 닫히는 소리에 혜린은 어깨를 움찔했다. 그녀는 기둥 쪽으로 한 걸음씩 다가섰다. 방 중앙에 놓인 기둥은 반질반질한 바닥이 반사하는 빛 때문인지 환하게 빛나는 듯 보였다. 기둥에는 금줄이 둘러져 있었는데, 그 금줄 곳곳에 붉은색, 노란색, 파란색 등의 끈이 늘어져 있었다. 금줄 사이사이에 끼워진 특이한 종이 장식이 혜린의 눈에 띄었다.

'아니, 저것은 일본의 신사에서 문을 장식할 때 쓰는 거잖아?'

지그재그로 접힌 하얀 종이 장식물은 일본의 신사에서 봉납물로 쓰이기도 하고, 악령이 신사 안에 침투하는 것을 막기 위해 쓰이기도 하는 일종의 상징물이었다. 혜린은 그 장식물을 흥미로운 듯 보다가 퍼뜩 이곳에 온 목적을 떠올리고 고개를 세차게 저었다.

혜린은 천천히 상자를 향해 걸어갔다. 상자에 가까이 가자 누군가의 목소리를 들을 수 있었다. 상자에 갇힌 성진이었다.

"저기요, 여기 너무 좁다구요! 막무가내로 이러시면 안 되죠! 어서 열어주세요, 예?"

성진의 목소리를 들은 혜린은 상자에 들러붙어 틈새로 성진을 보려고 애쓰며 물었다.

"성진이니?"

"어? 혜린아."

성진의 의아한 목소리가 상자를 통해 들려왔다. 혜린은 반가운 마음에 손으로 상자를 두드리며 말했다.

"야! 너 무사했구나?"

"너 여기 어떻게 들어왔어? 사람들은 다 어떻게 하고?"

성진이 물었다. 혜린은 그제야 주변을 둘러보았다. 기둥 주위에 둘러앉은 사람들이 혜린을 주시하고 있었다. 사람들은 그녀가 하는 일을 하나하나 유심히 쳐다보면서도 아무런 제지도 하지 않았다. 혜린은 이상하다고 생각했지만, 성진을 구하는 일이 더 급했기에 상자를 열려 애쓰기 시작했다.

상자는 보기보다 단단하게 못 박혀 있었다. 상자의 뚜껑을 뜯어내려고 해봐도 손톱 사이에 가시만 박힐 뿐이었다. 한참을 애쓴 끝에 겨우 좁은 틈이 벌어졌다. 그 틈 사이로 성진이 손가락을 내밀었다.

"혜린아, 이거 좀 열어봐!"

"너도 안에서 좀 밀어봐!"

안간힘을 써도 열리지 않는 상자 뚜껑을 다시 잡아당기려 하는 순간 혜린은 머리가 핑 도는 것을 느꼈다. 그녀는 숨을 헐떡이며 바닥에 주저앉고 말았다.

갑자기 이상한 기분이 들었다. 어느새 기둥 주위에 둘러앉은 사람들이 뭐라고 중얼거리며 무릎을 꿇고 손을 모으고 있었던 것이다. 북소리가 둥둥거리며 그 이상한 중얼거림에 동참했다. 혜린은 바닥에 주저앉은 채 재호를 쳐다보았다. 재호는 씨익 웃으며 천천히 혜린이 있는 곳으로 걸어왔다.

"지금 사람들이 뭐라고 말하고 있는지 아십니까?"

"이 사람들 다 누구인가요?"

혜린은 재호의 말을 무시하고 물었다.

"말하자면 제 친척이라고 할 수 있겠죠. 지금 이들이 외우고 있는 주문의 뜻을 아십니까?"

"아뇨."

"제물을 훔쳐가려는 나쁜 도둑을 벌하시옵소서."

"뭐라구요?"

혜린이 정색을 하고 물었다. 재호가 고개를 끄덕였다.

"지금 여기서 김성진씨를 구해 나간다면, 아니 나갈 수는 없습니다. 이미 혜린씨는 이 안으로 자진해서 들어왔으니까요."

"구해서 나간다면? 어쩔 건데요? 나도 죽일 건가요?"

"그럴 리가요."

재호는 어울리지 않게 사근사근한 말투로 대답했다.

"만약 성진씨를 구하려고 애쓴다면 혜린씨는 영주의 영혼과 맞서게 됩니다. 그게 어떤 결과를 이끌어낼지는 잘 알고 계시겠죠?"

"어떤 결과를 이끌어내는데요?"

혜린이 냉소를 띠고 물었다.

"혜린씨는 지영주의 영혼을 당연히 물리칠 수 있겠죠. 혜린씨가 훨씬 강하니까요."

"그런데요?"

"문제는 우리 신이죠."

"그 요괴 따위가 어쨌다는 거죠?"

"말 함부로 하지 마세요. 만약 혜린씨가 지영주의 영혼을 없앤다면 신녀의 계승 방식에 따라 다음 신녀가 되니까요. 기억나죠? 선대의 신녀를 죽여서 계승한다. 즉, 혜린씨는 결국 그 요괴를 당신의 손으로 받들게 될 겁니다."

"뭐라구요?"

"알기 쉽게 설명하죠. 혜린씨가 여기서 나갈 방법은 단 하나입니다. 조금 가혹하긴 하지만…… 뭐, 인간은 누구나 궁지에 몰리면 자신을 먼저 챙기니까요."

"본론부터 말해요."

"성진씨를 죽이는 겁니다. 혜린씨의 손으로."

혜린은 순간 말문이 턱 하고 막혔다. 그 모습을 보며 재호는 여유 넘치는 표정으로 말했다.

"성진씨를 죽인다면 영주의 한을 풀어주는 결과가 되니까, 지영주의 영혼은 성불하겠죠."

"잠깐, 왜 나에게 여기서 나갈 방법을 알려주려는 거죠?"

혜린은 뭔가 불편한 기분이 들었다. 이유는 모르겠지만 재호는 뭔가를 숨기고 있었다. 그녀는 머리를 굴려봤지만 아무 생각도 떠오르지 않았다. 머릿속이 텅 빈 것 같았다.

"왜 이런 불편한 방법을 쓰나요? 직접 하지 않고? 내가 뭘로 당신을 믿지?"

혜린의 말에 재호는 팔짱을 끼고 물러나며 혜린에게 속삭이듯 말했다.

"날 믿든 안 믿든 이미 판은 벌어졌어요. 이제 당신이 선택하는 일만 남았습니다. 날 믿고 성진씨를 죽이느냐, 아니면 성진씨를 구하려다가 혜린씨가 신녀가 되느냐. 정답은 혜린씨가 더 잘 아시겠죠."

"옴 나모 라쿠샤샤……훔훔 마하데비……"

중얼거림이 점점 커졌다. 어지러움이 심해졌다. 이게 말로만 듣던 밀교 주술일까. 혜린은 비틀거리며 상자에 몸을 기댔다. 그때 그녀의 눈에 작은 장구처럼 생긴 악기와 그 악기를 연주하는 사람이 들고 있는 채가 보였다. 혜린은 제대로 일어나지도 못한 채 미친 사람처럼 기어가서 장구채를 빼앗았다. 그러고는 상자 뚜껑의 틈에 장구채를 밀어넣고 지렛대처럼 힘껏 밀었다.

팟, 하는 소리와 함께 못질이 되어 있던 나무 상자 뚜껑이 열렸다. 그 안에 웅크린 채로 있던 성진이 얼른 상자에서 기어나왔다. 그는 밖으로 나왔다는 것이 믿기지 않는 듯 주변을 둘러보다 혜린을 발견하고 반갑게 웃었다.

그때 성진의 눈에 재호가 다가오는 것이 보였다. 재호의 손에는 시퍼렇게 빛나는 검이 들려 있었다.

"혜린아! 조심해!"

"미안하지만, 성진씨."

재호가 그 검을 혜린에게 억지로 쥐여주며 말했다.

"조심할 사람은 바로 당신입니다."

성진이 이해할 수 없다는 표정을 지었다. 재호가 턱으로 성진을 가리키자, 옆에 서 있던 건장한 체격의 남자 두 명이 성진의 팔을 뒤로 꺾어 결박했다. 성진은 순식간에 포박당한 채 바닥에 꿇어앉혀졌다.

"혜린씨, 이제 시간이 얼마 남지 않았습니다."

재호가 혜린의 귓가에 속삭이듯 말했다. 혜린은 떨리는

손으로 검을 꼭 쥔 채 가슴께로 가져갔다. 그녀는 한참을 갈등했다. 그냥 성진을 데리고 나간다면? 그랬다가 정말 지영주의 혼과 맞서게 된다면? 그래서 괴상한 신을 모시는 신녀가 되어버린다면? 다시 현기증이 엄습했다. 주위가 빙빙 돌고 있었다. 혜린은 눈을 지그시 감고 정신을 가다듬으려고 애썼다.

이윽고 혜린은 결심한 듯 눈을 떴다. 그녀는 창백하게 빛나는 칼등을 손가락으로 스윽 훑었다. 그러고는 차가운 눈빛으로 성진에게 다가갔다. 성진을 붙잡고 있던 두 남자가 조용히 뒤로 물러났다.

"미안해. 이 방법밖에 없어. 난 신녀가 될 수는 없어."

혜린은 검을 높이 쳐들었다. 그녀의 주변에 원을 그리고 앉아 있는 사람들이 다시 주문을 중얼거리기 시작했다.

"옴 나모 라쿠샤사…… 훔훔 마하데비……"

지그시 감은 혜린의 눈에서 눈물이 흘러내렸다. 그녀는 흐느끼며 한 걸음씩 성진에게 다가섰다.

"왜, 왜 그래? 혜린아, 정신 차려."

성진이 겁에 질린 목소리로 말했다. 혜린은 실눈을 뜨고 성진을 바라보며 성진의 가슴에 칼날을 갖다댔다.

"널 죽여야 지영주의 한을 풀 수 있대. 너희 할아버지, 김태준이라는 분 맞지?"

"응, 그건 맞는데."

영문도 모른 채 성진이 대답했다. 혜린은 주위가 빙빙 도는 듯한 어지러움에 비틀거리면서 말했다.

"김태준, 그러니까 너희 할아버지가 지영주를 배신해서 그녀를 사지로 몰아넣은 사람이래. 만약 내가 널 구해준다면 난 지영주의 영혼과 맞서게 돼. 내가 살려면 지영주의 영혼을 없애야 하고. 그렇게 되면 난 의식 절차에 따라 새로운 신녀가 되는 거야."

성진은 문득 할아버지의 생전 모습이 떠올랐다. 할아버지가 매년 여름이면 어떤 고마운 분의 이야기를 했었다.

'내 목숨은 덤이란다. 그분이 자진해서 액을 받아주신 덕에 내가 살아 있고, 네 아버지가 태어났고, 그리고 네가 태어났지. 그러니까 그 은혜를 늘 돌려줄 생각을 해야 돼.'

성진은 다급하게 말했다.

"우리 할아버지는 지영주를 배신한 게 아니야."

혜린은 의아한 표정을 지었다. 그녀는 고개를 갸우뚱하며 성진의 가슴에 가져다댄 검을 치우며 물었다.

"그럼?"

"믿어줘. 그건 내가 할아버지께 들어서 알아. 할아버지가 끌려갈 위기에 처했을 때 그분이 도와줬다고 했어. 할아버지를 풀어주는 대신 자신이 원래의 자리로 되돌아가겠다고."

성진은 할아버지의 얼굴을 떠올리며 말했다. '그분'의 이야기를 할 때마다 할아버지의 얼굴에 나타난 건 죄책감이나 양심의 가책이 아니었다. 그것은 헤어진 연인에 대한 그리움으로 가득한 젊은이의 표정이었다.

"저 사람들, 지금 널 속이고 있는 거야. 지영주가 스스로를 희생하면서까지 사랑했던 사람이 우리 할아버지라고! 그 사람의 후손을 죽인다면, 그 사람과 같은 피가 지영주의 제단에 올려진다면 어떨 것 같아?"

"지영주의 영혼은 분명 화를 내겠지."

"그럼 넌 지영주와 맞서게 되는 거야."

성진이 다급하게 말했다. 무언가 이상한 낌새를 눈치채고 아까 성진을 결박했던 건장한 체격의 남자들이 걸어오고 있었다. 재호가 풋, 하고 웃으며 말했다.

"성진씨, 살고 싶어서 온갖 거짓말을 꾸며대는군요."

재호가 혜린의 뒤에 서서 귓가에 대고 속삭였다.

"만약에 성진씨의 말이 맞다고 칩시다. 그러면 성진씨를 데리고 도망칠 수 있을 것 같습니까?"

"어떻게 할 셈인가요?"

"죽어서도 신녀의 의무에 얽매여 있는 사람이 있죠. 지영 주. 당신도 그 여자처럼 영혼까지 얽매이고 싶습니까?"

성진은 순간 창백하게 질린 혜린의 표정을 보며 물었다.

"무슨 뜻이야?"

혜린은 눈을 몇 번 깜빡거리다 굳어진 혀를 겨우 움직여 말했다.

"날 죽여서 신녀로 만들겠다는 말이지."

"난 사실 죽은 신녀가 더 편해요. 도망칠 염려도 없고, 원한 때문에 힘도 더 강하니까. 하지만 난 그런 불상사는 원하지 않아요. 혜린씨가 마음에 들거든요. 그러니……"

재호는 그렇게 말하며 혜린의 손에 들려 있는 검을 툭툭 쳤다. 혜린은 긴장한 나머지 검을 떨어뜨렸다. 재호는 한숨을 푹 쉬고 바닥에 떨어진 검을 주워 다시 혜린의 손에 쥐여 주며 말했다.

"어서 찔러요."

혜린은 고개를 푹 숙였다.

"성진아, 미안해."

혜린이 울먹이며 말했다. 그녀는 덜덜 떨면서 칼끝을 성진의 목덜미에 가져다댔다. 성진은 발버둥치며 벗어나려고 했지만 남자들에게 붙잡혀 움직일 수가 없었다.

"야, 갑자기 왜 그래?"

성진이 다급하게 외쳤다. 혜린은 눈을 꾹 감고 칼을 높이 들어올렸다.

"너 뭐 잘못 먹었어? 이러지 마!"

그 순간 혜린의 손이 허공에서 멈췄다.

혜린은 출발하기 전 마셨던 커피를 떠올렸다. 커피잔을 내가 집어들었던가? 아니다. 임재호라는 인간이 건네줬었다. 혜린은 커피를 마실 때마다 재호가 지그시 미소를 지었던 것을 떠올렸다. 또다른 것도 생각났다. 어떻게 지영주가 어머니를 죽이게 만들었냐는 질문에 재호는 그렇게 말했다. '……뭔가 방법이 있었겠죠.'

안개가 낀 것처럼 흐릿하던 머릿속이 갑자기 확 맑아졌다.

수화기제 水火既濟

"좋아요. 시키는 대로 다 할게요."

혜린이 검을 든 손을 내리며 말했다. 그 말에 성진은 가슴이 철렁 내려앉았다.

"하지만, 실패하고 싶지 않으니까 의복부터 제대로 갖추고 하게 해줘요. 의례 절차에 따라서."

재호는 혜린이 꾀를 부리는 게 아닌지 잠시 머릿속으로 재어보는 듯했다. 혜린이 얼른 덧붙였다.

"내 능력이 어떤지 알고 있잖아요? 내가 농담하는 걸로 보여요?"

혜린의 말에 재호는 잠시 생각을 하다가, 신경질적인 손짓으로 누군가를 불렀다. 흰 저고리에 치마처럼 통이 넓은 붉은 바지를 입은 여자 두 명이 다가왔다. 그들은 혜린을 신당에 연결된 구석방으로 데리고 갔다.

그들은 혜린에게 옷을 갈아입혔다. 기다란 소매의 흰옷이었다. 혜린은 붉은 허리띠를 단단히 묶으며 자신이 입고 있는 옷이 신녀의 복장이라는 것을 직감적으로 알아챘다. 그녀는 냉소를 띠며 생각했다.

'비열한 놈, 어차피 신녀로 만들 생각이었어.'

붉은 바지를 입은 여자가 익숙한 솜씨로 혜린의 머리에 흰 머리띠를 둘러주었다.

"화장실도 좀 가야겠어요."

혜린은 그 여자 손을 잡으며 말했다.

"그리고, 의식에 쓸 거니까 맑은 물과 소금을 갖다주세요."

여자 둘은 서로 의논을 하더니, 혜린을 화장실로 안내했다. 혜린은 화장실에 들어가자마자 문을 걸어 잠그고 물부터 틀었다. 그녀는 바깥에서 북소리가 다시 들리기 시작하는 것을 신중하게 확인하고는, 손가락을 목구멍에 넣어서 오늘 먹었던 것을 변기에 게워냈다. 먹은 것이 별로 없어서 전부 토해내는 데 오랜 시간이 걸리지는 않았다. 혜린은 차가운 수

돗물을 꿀꺽꿀꺽 마셨다. 차가운 물이 들어가자 어지러움이 조금씩 가라앉는 기분이 들었다.

혜린이 화장실에서 나오자 깨끗한 샘물과 소금이 든 그릇이 상 위에 놓여 있었다.

"이거면 될까요?"

붉은 바지를 입은 여자가 물었다. 혜린은 고개를 끄덕였다.

둥둥둥둥……

북소리가 시끄럽게 울려퍼졌다. 사람들의 목소리도 점점 커졌다.

"옴 나모 라쿠샤사…… 훔훔 마하데비. 하나하나 사루바 사도로나모 소와카……"

혜린은 양손에 소금과 물이 든 그릇을 들고, 하얀 옷자락을 나부끼며 신당으로 들어섰다. 그녀는 물그릇을 바닥에 놓고는 소금이 든 그릇을 들고 여기저기 뿌리기 시작했다.

"뭐 하는 겁니까?"

재호가 짜증스러운 목소리로 물었다.

"당신네들 보호하려고 하는 거예요. 소금은 액막이 역할을 하니까."

혜린이 차가운 목소리로 대꾸했다.

"보호받을 가치가 있는 사람들인지는 의문이지만."

혜린은 소금 그릇을 바닥에 놓고 크게 심호흡을 했다.

'제발, 내가 생각한 것이 맞기를.'

그녀는 마음속으로 간절히 빌며 검을 집어들었다. 시퍼런 칼날이 그녀의 얼굴에 창백한 살기를 반사했다. 혜린은 한쪽 입술을 추켜올리며 야릇한 미소를 짓고는 북소리에 맞춰서 춤을 추기 시작했다. 꿈에서 추었던 바로 그 춤이었다.

'저 여자가 왜 저러지?'

재호는 갑자기 소매를 휘날리며 춤추는 혜린을 보자 묘한 기분이 들었다. 혜린은 마치 칼춤을 추는 무희처럼 칼날을 돌리며 발끝을 추켜세웠다.

둥둥둥둥.

혜린은 북소리에 맞추어 발끝을 까딱까딱하며 장단을 맞추었다. 그녀는 잠시 숨을 돌리고 눈을 감았다. 혜린은 눈을 감은 채로 검을 사방으로 돌리며 나무 기둥을 시계방향으로 돌기 시작했다.

하얀 소맷자락이 어지러이 허공을 스쳐지나갔다. 혜린은 꿈속에서 보았던 여인을 떠올렸다. 그리고 그녀의 춤을 되짚어보았다. 여기서 팔을 들어올렸지. 그녀는 꿈속에서 본 여인과 똑같은 동작을 반복하며 계속해서 기둥 주위를 돌며 걸었다. 혜린이 기둥을 한 바퀴씩 돌 때마다 웅장한 나무 기둥에 처진 금줄이 거친 바람이라도 부는 듯 세차게 흔들거렸고, 색색의 천들은 파라락 하는 소리와 함께 나부꼈다.

춤추는 혜린의 모습은 일순간은 아름다웠다가 또다른 순간은 파괴와 죽음을 끌어들일 듯 소름 끼치게 보였다. 성진은 혜린이 하얀 소매를 한 번씩 휘두를 때마다, 시퍼런 칼날을 한 번씩 돌릴 때마다 가슴이 철렁철렁 내려앉는 것 같았다. 금방이라도 이 신당 전체를 피로 물들일 것 같은 혜린의 춤사위에 소름이 끼쳤던 것이다. 춤을 추는 순간 그녀는 마치 인간이 아닌 존재처럼 보였다.

한편, 혜린은 눈을 감고 같은 동작을 계속 반복하며 누군가를 기다렸다. 눈을 감고 있었지만 혜린은 마음의 눈으로 앞을 보려고 애썼다. 혜린의 눈앞에는 붉은 빛의 덩어리가 이리저리 움직이며 그녀의 시야를 방해하고 있었다.

'네 모습을 드러내라.'

혜린은 심연 속에 돌멩이를 집어던지듯 마음속으로 말을 던졌다. 아무런 소리도 되돌아오지 않았다. 혜린은 계속해서 말을 건넸다.

'네 모습을 드러내라.'

그때였다. 눈앞에 검은 물체가 획 스쳐지나갔다. 거대하면서도 조금의 무게감도 느껴지지 않는 빠른 움직임이었다.

드디어 왔구나. 혜린은 안도의 한숨을 쉬었다. 그녀는 다시 정신을 집중하며 말을 걸어보았다.

'어서 나타나라. 기둥 속 신이여.'

눈을 감고 있으면서도, 혜린은 자신 앞에 서려 있는 어두운 기운을 느낄 수 있었다. 그 기운은 혜린을 탐색하듯 이리저리 움직였다. 혜린은 마침내 눈을 떴다.

눈앞에 커다란 기둥이 보였다. 기둥 뒤편에서 검은 물체가 휙 하고 움직였다. 혜린은 회심의 미소를 지으며 천천히 기둥 뒤편으로 다가갔다. 검은 물체가 기둥 전체에 엉겨붙어 마치 커다란 구렁이처럼 꿈틀거리고 있었다. 혜린은 조용히 속삭였다.

"네 본모습을 보여라."

그녀의 말에 기둥에 엉겨 있던 커다란 검은 물체가 이리저리 꿈틀거리며 점점 커지기 시작했다. 하나의 덩어리에서 다섯 개의 촉수가 뻗어나오더니 그것은 각각 두 개의 팔과 두 개의 다리, 그리고 머리로 변했다가 다시 검은 구름 같은 물체가 되어 기둥에 엉겨붙었다. 혜린은 순간 겁이 났다. 그녀는 침을 꿀꺽 삼켰다.

─크아아아아.

마치 짐승의 포효 같은 고함소리가 들려왔다. 고함과 함께 세찬 바람이 불어와서 그녀의 검은 머리카락과 하얀 옷자락을 헝클었다. 그녀는 두 팔을 벌리고 냄새를 맡아보았다. 짐승에게서 나는 노린내가 뜨거운 바람에 섞여 날아왔다.

혜린은 알겠다는 듯 미소를 지었다. 그녀는 눈을 가늘게 뜨고 검을 얼굴 앞에 똑바로 세웠다. 그러고는 검은 존재가 꿈틀거리는 나무 기둥으로 달려들었다.

픽, 하는 소리를 내며 검이 나무 기둥에 꽂혔다. 검이 꽂힌 부분을 중심으로 정체불명의 검은 존재가 마치 연기처럼 흩어졌다. 혜린은 이마에 송글송글 맺힌 땀을 닦았다.

혜린은 한숨을 쉬며 주변을 둘러보았다. 성진은 이미 반쯤 정신을 잃은 상태였고, 재호는 멍하니 서서 기둥에 꽂힌 검을 바라보고 있었다. 북소리가 멈추었다. 사람들이 동요하기 시작했다. 그들은 겁에 질려 하나둘씩 자리에서 일어서서 출입문을 향해 뒷걸음쳤다.

혜린은 나무 기둥에 꽂힌 검을 그대로 두고 일어서서 두 개의 그릇이 있는 곳으로 걸어갔다. 그녀는 소금이 든 그릇을 집어들고 기둥 주위를 돌며 소금을 기둥에 뿌렸다. 기둥을 한 바퀴 돌았을 때, 갑자기 기둥에서 묘한 소리가 흘러나오기 시작했다.

신음소리 같기도 하고, 분노의 외침 같기도 한 기묘한 소리였다. 그 소리는 마치 땅속 깊은 곳에서 들려오는 것처럼 건물 전체에 진동했다. 사람들이 비명을 지르며 문 쪽으로 몰려가기 시작했다.

크르르대는 소리가 아까보다 더 크고 또렷하게 들렸다. 사람들은 서로 먼저 나가려고 한꺼번에 좁은 문으로 달려들었다. 넘어지고 밟혀 바닥에 나뒹굴며 피를 흘리는 사람들로 실내는 마치 생지옥을 보는 듯했다. 그러나 신당의 문은 굳게 닫혀 열리지 않았다. 얇은 창호지가 발린 나무문이 밀고 당겨도 도무지 열릴 생각을 않자, 당황한 사람들이 소리를 지르며 다급하게 문을 두드리기 시작했다.

"문이 잠겼어! 빨리 열쇠 가져와!"

"여러분, 열쇠는 없습니다!"

팔짱을 끼고 우두커니 서서 지켜보기만 하던 재호가 큰 소리로 말했다. 재호의 말을 들은 사람들은 행동을 멈추고 그의 다음 말을 기다렸다.

"문은 애초에 잠겨 있지 않았습니다."

"그럼 왜 안 열리는 거야?"

노인 한 명이 지팡이를 흔들어대며 물었다. 재호는 눈을 내리깔며 대답했다.

"신이 분노하신 거죠."

"그럼 우린 어떻게 되는 건가요?"

한 젊은 여자가 거의 비명을 지르듯 말했다.

"아마 괜찮을 겁니다. 신께선 이 집안을 지켜주시는 분이니까, 우리들은 아무 영향을 받지 않을 겁니다."

재호 곁으로 한 초로의 남자가 다가서며 일본어로 말했다. 그는 좌중을 둘러보며 말을 이었다.

"신께서는 저 건방진 둘을 벌하려고 나오시려는 겁니다. 그러니 모두 자리로 돌아가주세요."

그의 말이 효과가 있었는지, 사람들이 제자리로 돌아와 앉기 시작했다. 혜린은 초로의 그 남자를 자세히 보았다. 그는 거친 삼베로 만든 의상을 입고 있었는데 허리와 어깨에 새끼줄이 둘러져 있었다. 혜린은 그가 일종의 주술사 같다는 느낌을 받았다.

다시 짐승의 울음소리 같은 외침이 들렸다. 성진이 그 소리를 듣고 화들짝 놀라 눈을 떴다. 그는 결박된 팔을 풀려고 애쓰며 혜린 쪽으로 기어갔다.

"혜린아."

"쉿!"

혜린이 재빨리 입술 위에 손가락을 가져다대며 성진의 말을 제지했다. 성진은 머쓱한 표정을 지으며 차가운 마룻바닥에 이마를 대고 엎드렸다. 그는 묶인 손을 풀어달라고 말할 참이었던 것이다.

혜린은 가만히 서서 들려오는 소리에 귀를 기울였지만 신당 안은 적막만 가득할 뿐이었다. 그녀는 사각거리는 하얀 치맛자락을 움켜쥔 채, 물그릇이 있는 곳으로 천천히 걸어갔다. 그릇 안에 담겨 있는 물의 표면에 이따금 작은 파동이 스치고 지나갔다.

혜린은 물그릇 앞에 무릎을 꿇고 앉았다. 그녀는 귀매에 씌었던 유정의 모습을 떠올리고 있었다.

'사람이 귀매에 씌는 게 가능하다면, 내가 하려는 일도 충분히 가능할 거야.'

그녀는 크게 심호흡을 하며 눈을 감고, 자신의 허리에 감긴 붉은 허리띠를 풀었다.

'아마도 붉은색은 방해가 되겠지.'

혜린은 허리띠를 저멀리 던져버렸다. 이 광경을 본 재호는 대체 뭔가 싶어서 삼베옷을 입은 남자를 쳐다보았다. 하지만 삼베옷을 입은 남자는 일단 지켜보자는 듯 한 손을 들어올렸다.

으르렁대는 괴물의 소리가 다시 아주 가까운 곳에서 들려왔다. 공포에 질린 사람들이 비명을 질렀다. 혜린의 옷을 갈아입혔던 붉은 바지의 여자 둘은 벌벌 떨면서 바닥에 엎드려 기도를 하기 시작했다. 지금까지 침착하던 재호마저 목을 움츠렸다. 그는 자신의 옆에 선 삼베옷의 남자에게 귓속말로 무언가를 중얼거렸지만 남자는 괜찮다는 듯 손을 저었다.

혜린은 집게손가락을 물그릇에 담그고 시계방향으로 저었다. 그리고 붉은 입술을 달싹거리며 작은 목소리로 중얼거리기 시작했다.

"오날이오, 오날이로다. 오날이오, 오날이로다."

혜린의 목소리가 점점 커졌다.

"바다의 신령이요, 물의 신령이요, 귀신을 물리치는 말의 신령이로다. 오날이오, 오날이로다."

마치 그녀의 목소리가 아닌 듯한 묘한 소리가 바쁘게 달싹거리는 혜린의 입술에서 나왔다. 그것은 마치 만트라를 외는 승려의 목소리처럼 고요하면서도 마음에 파문을 일으키는 음성이었다. 그와 함께 그녀의 얼굴이 서서히 하얗게 변해가는 것이 사람들의 눈에 보였다.

"혜린이 얼굴이 저렇게 희었나?"

성진이 중얼거렸다. 그의 머릿속에 비적의 모습이 떠올랐다. 비적. 유난히 하얀 얼굴을 한, 천상의 신과 같이 보이던 신령. 성진은 왜 갑자기 비적이 떠오르는지 모르겠다고 생각하며 고개를 세차게 저었다.

나무 기둥에서는 으르렁거리는 소리가 더욱 크게 들렸다. 혜린은 개의치 않고 물그릇에 넣은 손가락을 계속해서 저으며 주문을 읊조리고 있었다.

파팟!

갑자기 나뭇결이 터지는 큰 소리가 났다. 혜린은 하얀 기운이 맴도는 얼굴에 미소를 띠고 나무 기둥을 쳐다보았다. 나무 기둥의 한구석이 검게 변하더니 그 부분에서 묘한 빛깔을 띤 연기가 소리 없이 새어나왔다. 연기가 점점 짙어지며 기둥 전체를 검은 구름으로 뒤덮었다. 보이지는 않았지만 그 안에서 어떤 존재가 움직이고 있다는 것을 느낄 수 있었다. 키가 천장에 닿을 만큼 큰 존재였다.

쾅, 하고 마치 천둥 같은 요란한 소리와 함께, 거대한 검은 구름 속에서 커다란 발 하나가 모습을 드러냈다. 혜린은 감은 눈을 뜨고 바로 코앞에 있는 그 이상한 존재의 발을 물끄러미 쳐다보았다.

갑자기 어디에선가 시원한 바람이 불어와 혜린의 얼굴을 스치고 지나갔다. 혜린은 그 바람을 쓰다듬기라도 할 듯이 팔을 뻗어 손가락을 펴며 미소를 지었다. 바람이 그녀의 하얀 치맛자락을 살랑거리게 했다. 그러다 바람이 점점 거세어져서 마치 회오리처럼 혜린의 몸을 휘감으며 위로 올라갔다. 혜린의 새하얀 소매가 세차게 나부꼈다.

혜린은 바람이 자신의 몸을 휘감는 것을 느끼며 전신의 힘을 손바닥으로 집중했다. 그녀는 자신의 손바닥에 어떤 뜨거운 바람이 모이는 것을 느꼈다. 마치 수증기같이 부드럽고 촉촉한 바람이 혜린의 손바닥 안에 머물렀다. 혜린은 고개를 들고 하얀 소맷자락을 휘둘렀다. 그녀의 팔을 휘감은 바람이 앞으로 세차게 불어나갔다. 그 바람은 휘이 소리를 내며 기둥 주위에 뒤덮인 검은 구름을 걷어냈다.

구름이 흩어진 기둥 옆에서 검붉은 색깔의 큼직한 물체가 서서히 모습을 드러냈다.

혜린은 그것을 본 순간 오랜 세월을 살아온 도깨비라는 것을 알았다. 그녀는 도깨비를 올려다보았다. 짐승 같은 외모였지만, 짐승보다는 식충식물 같은 느낌을 주는 기이한 존재였다. 머리에는 커다란 뿔이 두 개 달려 있고 노란 두 눈은 승냥이같이 번득였으며 거대한 입에는 송곳니가 삐죽삐죽 튀어나와 있었다. 도깨비가 숨을 내뿜을 때마다 진한 피비린내와 함께 노린내가 확 끼쳐왔다. 도깨비의 핏빛 피부는 검은 털로 온통 뒤덮여 있었는데, 그것이 거친 숨을 몰아쉴 때마다 온몸이 씰룩거리며 검은 빛깔로 물들었다가 다시 붉은 빛깔로 돌아오기를 반복했다. 도깨비가 입을 열었다.

─누가 나를 불렀느냐.

마치 화난 짐승의 포효 같은 소리가 신당 안에 울려퍼졌다. 사람들에게는 도깨비가 보이지 않았기 때문에, 그들은 정체 모를 그 목소리에 몸을 부르르 떨었다.

"내가 그랬다!"

혜린이 도깨비를 똑바로 쳐다보며 말했다. 도깨비는 목소리의 주인공을 찾는 듯 누런 눈동자를 이리저리 굴리다 자신의 밑에서 올려다보고 있는 혜린을 발견했다. 작고 왜소한 혜린에게 겁을 주려는 듯 도깨비는 피처럼 붉은 입을 쫙 벌리고 이빨을 드러냈다. 도깨비의 날카롭고 하얀 이빨이 불빛에 반사되어 연분홍색으로 반들반들하게 빛났다. 혜린은 겁을 먹는 대신 도도한 미소를 지으며 말했다.

"널 없애려면 먼저 널 불러내야 했거든. 본모습으로 말이야."

─날 없앤다고!

도깨비가 소름 끼치는 소리를 내며 포효했다. 그의 기다란 팔이 허공으로 올라가더니, 날카로운 손톱을 빛내며 혜린이 있는 곳을 향해 돌진했다.

혜린은 재빨리 뛰어올라 그 자리를 피했다. 그녀가 서 있던 자리에 거대한 손이 마루를 뚫고 박혀 있었다. 같은 공간에 있던 사람들에게는 도깨비가 보이지 않았지만 마룻바닥이 뚫리는 것은 보였다. 갑자기 큰 소리와 함께 마룻바닥에 넓은 구멍이 파이자 사람들은 혼돈과 공포에 빠졌다.

혜린은 자신의 예감이 맞은 것은 기뻤지만 도깨비가 물리적인 힘을 가지고 있을 줄은 몰랐기 때문에 뚫린 바닥을 보고 당황했다.

기둥 안에 도깨비가 있다는 것은 기운을 통해 느끼고 있었다. 하지만 그것이 어떤 성질을 가진 존재인지는 몰랐다. 보통 도깨비는 숲을 지키는 정령과 같은 존재이므로 오행설에서 말하는 목木의 성질을 지닌다. 그러나 이따금 금金이나 화火의 성질을 지닌 도깨비도 존재한다. 도깨비의 어원인 '두두리'가 대장장이를 뜻하고, 도깨비 역시 대장장이 신을 말하는 것이기도 하기 때문이다. 이 도깨비는 다행히도 불의 성질을 지니고 있었다.

혜린은 도깨비가 불의 성질을 띤다는 사실에 안도하며 자신의 손을 내려다보았다. 지금 자신의 몸에는 두 개의 기운이 들어 있다. 하나는 자신의 영혼이고, 다른 하나는 물의 힘을 가진 존재다. 혜린이 불을 의미하는 붉은 허리띠를 벗어던진 것도 이 때문이었다. 시원한 물의 기운이 몸안을 흘러다니는 것이 느껴졌다. 그녀는 파도의 거품처럼 하얀 자신의 손에서 영기靈氣가 뿜어져나오는 것을 보았다.

지금 자신의 몸안에 있는 물의 기운은 목木의 성질을 지닌 도깨비를 이겨내기는 힘들 것이다. 물은 나무를 더욱 강하게 만들어줄 뿐이다.

'하지만, 수극화水克火니까.'

혜린은 미소를 띠고 도깨비를 쳐다보았다.

'화火는 수水를 당하지 못한다. 불의 성질을 지닌 너는 나에 의해 파멸할 것이다.'

혜린의 몸안에서 비적이 눈을 뜨며 미소를 지었다.

도깨비는 이상함을 감지한 듯 혜린을 향해 누런 눈동자를 굴렸다. 그것은 커다란 손을 마룻바닥에서 빼내 제자리로 가져갔다. 도깨비의 손이 있던 곳에는 직경 일 미터가량의 커다란 구멍만 남았다. 혜린이 얼굴에 조소를 띠며 큰 소리로 외쳤다.

"야! 도깨비! 너 이거밖에 안 되냐?"

도깨비가 으르렁거리며 입을 벌렸다. 크게 벌린 입안에서 검은 혓바닥이 날름댄다. 갑자기 혜린이 있는 곳으로 돌진해왔다. 혜린은 미소를 띠며 손을 들어 막았다. 그녀의 손에서 희미한 푸른 기운이 나와 보이지 않는 방패막을 형성했

다. 도깨비의 혀는 그 푸른 기운에 부딪혀 바닥에 힘없이 내
동댕이쳐졌다가 뱀이 기어가듯이 입안으로 되돌아갔다. 도
깨비는 누런 눈으로 혜린을 노려보며 코를 킁킁거렸다. 그
것은 한참을 킁킁거리다가 송곳니를 드러내며 징그럽게 웃
었다.

　─다른 놈이 들어 있구나.

　혜린은 그 웃음소리에 온몸이 얼어붙는 것 같았다. 마치
뱀이 스멀스멀 기어오르는 듯한 도깨비의 웃음소리가 온몸
을 휘감았다.

　혜린은 아득해져 몸을 휘청거리다, 곧 다시 정신을 다잡았
다. 그녀의 손에서 희미한 푸른 빛이 번득거렸다. 그것은 푸
르면서도 검고, 차가우면서도 따듯한 기운이었다. 그녀는 천
천히 손을 들어올렸다. 그녀는 손바닥을 펴 도깨비 쪽으로
향하며 눈을 감았다.

　"아니! 저것은?"

　재호의 옆에서 혜린을 지켜보던 삼베옷의 남자가 깜짝 놀
라며 자신의 옷 안주머니를 마구 헤집기 시작했다. 재호가
물었다.

　"도요조 씨, 대체 뭡니까?"

　도요조라고 불린 남자는 자신의 주머니에서 작은 목조 말

인형을 꺼내며 말했다. 하얀 목조 인형에는 금줄과 기묘한 종이 장식이 칭칭 감겨 있었다.

"눈치를 챈 것 같습니다. 저 여자가 신령을 자기 몸에 불어넣었어요."

그는 손을 들어 혜린을 가리켰다. 재호는 그 말을 듣고 깜짝 놀라며 물었다.

"뭐라구요? 그러면 어떻게 해야 합니까?"

"내가 나서야죠."

도요조는 말 인형을 손에 올려놓았다. 인형의 몸통에 새겨진 글자가 빛에 반사되어 어렴풋이 보였다.

'飛滴'

혜린이 늘 목에 걸고 다니던 것이었다. 도요조는 혜린을 지켜주는 힘이 목걸이의 신령에게서 나온다는 것을 알고 민경이 죽은 뒤 그 목걸이를 빼돌렸다. 그리고 그것에 주술을 걸어 비적을 가둔 것이다. 완벽한 줄 알았다. 혜린이 비적을 자신의 몸안으로 부르기 전까지는.

도요조의 집안은 도깨비를 모시는 임재호 집안의 제사를 도맡아왔다. 신녀가 따로 있었지만 이 제사를 만들어 신녀의 강력한 힘을 끌어오게 만든 장본인은 도요조의 외할아버지인 오노다 히로오였다. 오랜 세월 동안 두 집안은 인척 관계

356

를 만들어가며 결속을 다졌다. 그리고 이제, 삼십 년간 사라졌던 제사를 다시 부활시키려는 중요한 시점에 이런 방해를 받다니. 도요조는 양미간을 찌푸렸다.

"뭔가 좀 해보십시오."

재호가 차가운 목소리로 도요조를 나무랐다. 도요조는 눈을 감고 중얼중얼 진언을 외기 시작했다.

"즈바라 즈바라 훔훔 파토파토 소와카."

그는 진언을 외면서 손에 든 나무 인형을 화롯불에 던져넣었다. 불길이 확 솟구쳐올라왔다.

"즈바라 즈바라 훔훔 파토파토 소와카."

"그걸로 나를 없앨 수 있을 것 같으냐."

그때 혜린의 입에서 남자 목소리 같기도 한 기묘한 음성이 흘러나왔다.

"감히 날 가두려 하다니."

그 음성을 들은 도요조의 얼굴이 일그러졌다.

혜린은 눈을 감고 손바닥을 위로 향한 채 힘을 주었다. 손바닥에서 나온 희미한 영기가 점점 위로 치솟았다. 그것은 천장 쪽으로 피어오르는 듯싶더니, 금세 어떤 희미한 영체靈體가 되었다. 영체는 서서히 위로 솟구치며 또렷해지더니 커다란 칼의 형상으로 변했다.

대부분의 사람들은 그것을 볼 수 없었지만 다들 혜린의 손바닥 위에 어떤 수증기가 떠도는 것은 느낄 수 있었다. 칼을 본 도깨비는 약간 주춤했다. 누런 색깔의 커다란 눈이 점점 새빨갛게 타올랐다.

그 모습을 본 도요조가 얼른 수인을 맺으며 진언을 외기 시작했다.

"옴 라쿠샤사 훔훔 즈바라…… 옴 라쿠샤사 나마하……"

도깨비의 몸에서 무형의 불길이 화르르 타올랐다. 도깨비는 선홍색으로 빛나는 송곳니를 드러내며 씨익 웃더니, 입을 크게 벌리고 괴성을 질렀다.

—크아아아아!

마치 야차가 소리를 지른다면 꼭 그런 소리를 낼 것 같은 느낌이 드는 괴성이었다. 혜린은 살며시 눈을 뜨고 도깨비를 바라보며 자신의 손바닥 위에서 맴돌고 있는 검푸른 색깔의 칼을 움켜쥐었다. 그녀는 도깨비를 노려보았다.

도깨비의 눈에서 활활 타오르는 붉은 기운이 점점 퍼져나왔다. 불처럼 이글거리며 타오르는 연기였다. 핏빛의 연기가 점점 혜린의 코앞까지 침범해왔다. 혜린은 별로 놀라는 기색도 없이 손목을 조금 움직여 칼을 휘둘렀다.

챙, 하는 소리와 함께 도깨비가 내뿜은 연기가 무無로 화해서 사라졌다.

사람들의 눈에는 칼이 보이지 않았기 때문에 혜린을 지켜본 사람들은 그녀가 손목을 이상하게 비튼다고 생각했다. 하지만 이 모든 것을 보고 있던 도요조는 화들짝 놀랐다.

"저것은?"

도요조가 놀란 얼굴로 중얼거렸다.

도깨비가 내뿜는 연기는 불과 같아서 닿은 것은 무엇이든지 새까맣게 타버린다. 그런 위력을 단순히 영체 따위로 이겨낸 것이다. 도요조는 자신의 잿빛 머리카락을 움켜쥐었다. 이대로 가면 도깨비가 질 수도 있겠다 싶었다. 그런 생각이 들자 정신이 번쩍 들었다.

'방법을 생각해내야 한다.'

그는 혜린을 노려보며 생각했다.

'저 여자가 이길 경우 도깨비는 소멸한다. 그것도 이 집안에 안겨준 부와 함께.'

선택의 여지가 없었다. 그는 재호에게 귓속말로 무엇을 중얼거리더니, 어떤 열쇠를 건네받았다. 그리고 그것을 가지고 신당 한구석으로 달려가서 작은 벽감을 열었다. 그 안에는 비단으로 칭칭 감은 작은 물건이 있었다. 그는 천을 풀어헤쳐 그 안에서 하얀 물체를 꺼냈다.

성진은 간신히 고개를 들어올려 도요조를 관찰하고 있었다. 그는 도요조가 조심스럽게 꺼내는 하얀 물체를 자세히 보고 기절할 뻔했다.

"말도 안 돼."

성진은 재빨리 몸을 들썩거려 소음을 만들어냈다. 그는 있는 힘을 다해 혜린을 불렀다.

"혜린아! 혜린아!"

그의 노력에도 불구하고 혜린은 도깨비의 눈을 노려보고 있을 뿐 대답이 없었다. 성진은 당황하며 도요조를 돌아보았다. 바닥에 결가부좌를 튼 채 눈을 감은 도요조는 그 하얀 물체를 오른손에 든 채 두 팔을 교차시켜 기묘한 수인을 만들며 알 수 없는 주문을 중얼거리기 시작했다.

"훔훔 야쿠샤 치리치리 훔훔, 훔훔 라쿠샤 기리기리 훔훔."

성진의 필사적인 노력에도 불구하고 전혀 눈치채지 못한 혜린은 계속해서 도깨비만 노려보았다. 그녀의 몸속에는 두 개의 정신이 있었다. 하나는 자신, 그리고 하나는 비적이었다. 조금이라도 정신을 놓쳐버린다면 혜린의 몸속에서 두 개의 정신은 산산조각이 날 것이었다. 비적은 인간의 넋이 아니라 자연에 존재하는 정령의 일종이기 때문에 이질적인 두 개의 기운이 충돌하지 않게 하기 위해서 혜린은 정신을 집중해야 했다.

혜린에게는 도깨비의 소름 끼치는 괴성이 물속에 잠긴 듯 희미하게 들려왔다. 도깨비가 내뿜는 핏빛 연기는 시간이 지날수록 점점 짙어지고 그 양도 많아졌다. 혜린은 그것이 자신의 몸에 닿기 전에 재빨리 비적의 칼로 쳐내기를 반복하며 조금은 지쳐 있었다. 그녀는 자신 안에 있는 비적에게 마음속으로 속삭였다.

'힘이 더 빠지기 전에 빨리 도깨비를 없애야 할 텐데. 비적, 어떻게 하면 좋지?'

비적은 대답이 없었다.

혜린은 비적을 자신의 몸에 부르면 모든 것이 해결될 줄로만 알았다. 하지만 시간이 지날수록 점점 힘이 빠지기만 했다. 처음에는 도요조가 건 주술 때문에 비적이 오랫동안 나무 인형에 갇혀 있었던 탓이라고 생각했다. 하지만 시간이 지나도 회복이 되지 않는 것은 이상했다.

'나와 비적의 기운이 상충해서 그런 걸까.'

혜린이 그런 생각을 하고 있는 와중에 도깨비의 괴성과는 다른 이상한 울림이 들려왔다. 성진도 그것을 느끼고 주변을 경계하며 둘러보았다.

—캬아아아.

묘한 외침과 함께 희끄무레한 덩어리들이 몰려와 기둥을 중심으로 원형을 그리며 돌기 시작했다. 그 아래에서 만족한 표정의 도요조가 하얀 물체를 치켜들고 흔들면서 무언가를 중얼거리고 있었다. 혜린은 도요조의 손에 늘린 하얀 물체를 자세히 쳐다보았다.

"저건 뼈잖아!"

혜린이 놀라며 소리쳤다. 그 바람에 정신이 흐트러져 몸안에 있던 비적의 기운과 그녀 자신의 기운이 충돌하며 엄청난 고통이 엄습했다.

혜린은 신음소리를 내며 어깨를 움켜쥐고 바닥에 무릎을 꿇었다. 성진이 소리쳤다.

"혜린아! 괜찮아?"

"괜찮아."

창백해진 혜린이 애써 괜찮은 척하며 대답했다. 그제야 혜린은 아직도 묶여 있는 성진을 발견하고 얼른 달려가 풀어주었다.

"혜린아! 조심해!"

성진이 혜린의 뒤에서 무언가를 본 듯 다급하게 소리쳤다. 혜린은 의아한 표정을 지으며 뒤를 돌아보려 했다.

하지만 뒤를 채 돌기도 전에 그녀의 등에 둔탁하면서도 뜨끔한 일격이 가해져왔다. 뒤에 있던 도깨비가 핏빛 기운을 내뿜어 그녀의 등을 공격한 것이었다. 혜린은 믿을 수 없다는 표정으로 등 쪽을 만져보았다. 비적의 기운 덕에 죽음은 면했지만, 온몸에 뜨거운 고통이 엄습했다.

"이건 대체 무슨⋯⋯"

그녀의 말이 채 끝나기도 전에 또다시 도깨비의 일격이 전해져왔다.

"악!"

뜨거운 인두로 지지는 듯한 고통이 등골을 타고 온몸으로 퍼져나갔다. 혜린은 비명을 질렀다.

"혜린아, 괜찮아?"

성진이 재빨리 부축하며 물었다. 고통스러워하면서도 혜린은 손을 들어 성진의 부축을 제지했다. 그녀는 재빨리 몸을 굴려 뒤를 돌아보았다. 그녀의 바로 눈앞에서 도깨비가 이빨을 드러낸 채 웃고 있었다.

도깨비가 검은 털로 뒤덮인 붉은 팔을 들었다. 손끝에서 날카로운 손톱이 소름 끼치게 빛났다.

도깨비가 손톱을 세워 혜린을 내리쳤다. 혜린은 자신도 모르게 손을 들어 그것을 막았다. 그녀의 앞에 푸르스름한 영기가 방패처럼 펼쳐졌고, 도깨비의 손은 그 보호막에 부딪혀 상상도 할 수 없을 만큼 큰 소리를 내었다.

혜린은 실눈을 뜨고 도깨비 쪽을 바라보았다. 그녀는 자신의 손에서 나오는 푸른 빛이 도깨비의 손톱을 막아낸 것을 보고 가슴을 쓸어내렸다. 도깨비의 손은 그 푸른 빛과 충돌하자 한참을 타들어가다가 조금씩 무無로 화했다. 비적이 지닌 물의 기운이 도깨비를 이루는 불의 기운과 충돌해서 그런 것 같았다. 도깨비는 타격이 컸는지 기이한 신음소리를 내며 구름처럼 가볍게 뒤로 물러섰다. 혜린은 마음속으로 비적에게 고마워하며 성진을 돌아보았다.

방금 전까지도 뒤에 있던 성진이 어디 갔는지 보이지 않았다. 혜린은 주위를 두리번거리며 성진을 찾았다.

"여기야, 혜린아!"

성진의 목소리가 들려왔다. 혜린은 재빨리 소리가 들리는 쪽으로 고개를 돌렸다. 하얀 덩어리들이 몰려와서 원을 그리며 돌고 있었다. 그 중심에 성진이 완전히 파묻힌 채로 혜린을 향해 마구 손을 휘젓고 있었다.

"귀매!"

그녀는 작은 소리로 말했다. 정신이 다시 흐트러져 몸안의 기운이 충돌했다. 마치 전기가 흐르는 듯한 충격이 온몸을 휘저었다. 혜린은 창백한 얼굴로 바닥에 털썩 주저앉았다. 그녀의 이마에는 식은땀이 송글송글 맺혀 있었다.

─카아아아악!

성진을 둘러싼 엄청난 수의 귀매들이 섬뜩한 소리를 내었다. 혜린은 재빨리 몸을 일으켜 성진이 있는 곳을 돌아보았지만 이미 성진은 귀매들에게 파묻혀 보이지 않았다. 흐느적거리며 제대로 된 형체를 갖추지 못한 존재부터 마치 사람의 형상처럼 보이는 존재들까지 수없이 많은 귀매들이 성진의 주위를 맴돌고 있었다.

"어떻게 해야 하지?"

혜린이 반쯤 신음이 섞인 목소리로 중얼거렸다. 몸안에 깃들었던 비적의 기운도 이제 더이상 느껴지지 않았다. 비적은 결국 힘을 잃고 사라져버린 걸까. 혜린은 마음속으로 간절하게 비적을 불렀지만, 비적은 끝내 답하지 않았다.

귀매들이 내는 엄청난 소음에 신당 안에 모여 있던 사람들은 태반이 혼절해버렸다. 나머지 사람들도 정신이 반쯤 나간 채 기도만 중얼거리고 있었다.

혜린은 이마에 맺힌 땀을 닦으며 도깨비의 동정을 살폈다. 도깨비는 혜린에게 입은 타격을 보충하려는 듯 검은 구름으로 화해서 기둥 주변을 맴돌고 있었다. 혜린은 검은 구름의 빛깔이 다시 검붉은 핏빛으로 변해가며 커지는 것을 보고 남은 시간이 얼마 되지 않는다는 사실을 직감했다. 그녀는 주변을 두리번거리며 빠른 시간 내에 자신이 할 수 있는 일을 생각해내려고 애썼다.

"이제 어떻게 할 겁니까?"

도요조가 손에 든 뼛조각을 흔들면서 한국어로 말했다. 혜린은 뭐라고 맞받아치려다가 그의 손에 들린 뼛조각에 눈길이 닿았다. 신녀의 계승 의식에 따르면 지영주의 손가락뼈일 것이었다. 저 주술사는 지영주의 힘을 이용해 귀매를 조종하는 게 분명했다. 혜린은 흰 뼈를 손에 들고 장난감처럼 흔드는 도요조를 보며 순간 토기를 느꼈다.

"짐승만도 못한 놈들."

혜린의 입에서 누구를 향한 것인지 모를 욕이 튀어나왔다.

"용서 못한다."

혜린은 얼음장같이 차가운 분노의 눈빛으로 귀매들의 덩어리를 노려보았다.

—캬아아아악!

귀매들의 소리는 점점 더 커져 신당 안을 섬뜩한 기운으로 가득 채웠다. 등골을 타고 올라오는 차가운 기운에 머리가 쭈뼛 섰다. 혜린은 천천히 나무 기둥으로 다가갔다. 그리고 기둥에 단단히 박혀 있는 검을 한 번에 뽑아들었다. 그러고는 심장까지 얼어붙게 만들 것 같은 차가운 미소를 띠며 날카로운 칼날에 손바닥을 한번 스윽 훑었다.

손바닥에서 붉은 피가 솟아올라왔다. 혜린은 혀를 내밀어 피를 맛보았다. 달콤하고도 짭짤한 맛이 혀끝에 녹아 나왔다. 혜린은 손을 높이 들어올렸다. 그러자 그녀의 손바닥에서 피가 흘러내려 차가운 마룻바닥에 뚝뚝 떨어지기 시작했다. 그것을 본 도요조는 조금 당황했다.

"무슨 짓을 하는 거야!"

혜린이 그를 물끄러미 쳐다보며 냉소했다. 그녀는 피가 줄줄 흐르는 손바닥을 높이 쳐들고 말했다.

"난 체질적으로 지영주와 비슷한 사람이지. 귀매를 끌어당기는 힘은 누가 강할까?"

그녀는 눈을 감고 손을 흔들었다. 진한 핏방울이 점점이 흩어지며 사방으로 떨어졌다.

그 순간 귀매들의 외침이 멈추었다. 그 희끄무레한 덩어리들이 갑자기 사방으로 흩어져 그 속에 파묻혀 있던 성진의 모습이 드러났다. 그는 눈도 제대로 뜨지 못하고 고개만 두리번거렸다. 사방으로 흩어진 귀매들이 공중에서 다시 희끄무레한 덩어리를 형성하더니 이번에는 혜린을 향해 날아오기 시작했다. 정신을 차린 성진의 눈에 피가 뚝뚝 떨어지는 손을 높이 치켜든 혜린의 모습과 그곳을 향해 달려드는 섬뜩한 덩어리들이 보였다.

"혜린아! 조심해!"

혜린이 성진의 목소리를 듣고 눈을 게슴츠레 떴다. 그녀는 괜찮다는 듯 고개를 끄덕였지만, 성진은 걱정이 되어 견딜 수가 없었다. 방금 전까지 귀매들에게 둘러싸여 있는 동안 그것이 얼마나 견디기 힘든지 알게 된 것이다. 마치 아귀처럼 주변을 맴도는 귀매들이 내는 그 고음의 괴성. 성진은 몸을 부르르 떨었다. 그것은 공포 그 자체였다. 그는 혜린에게 날아가는 귀매들을 바라보며 소리쳤다.

"안 돼!"

성진은 귀매들을 잡으려고 허공을 이리저리 움켜쥐었지만, 그의 손에는 아무것도 잡히지 않았다. 귀매는 물체가 아니라 인간의 공포에서 생겨난 일종의 허상이었다. 성진은 귀매를 잡는 것을 포기하고 마지막 수단을 쓰기로 했다.

성진은 어젯밤 잡귀들을 봉인하면서 혜린이 썼던 방법을 떠올렸다. 성진의 머릿속에는 이미 공포 따위는 남아 있지 않았다. 조금 전 공포에서 태어난 존재들에 둘러싸여 있으면서 이미 모든 종류의 두려움을 겪은 뒤였다.

성진은 결연한 표정을 지으며 있는 힘껏 손가락을 물어뜯었다. 잇자국이 선명하게 난 그의 손가락에서 피가 배어나왔다. 너무 힘껏 물어뜯었는지 손가락 한쪽이 푹 파인 듯이 보였다. 불에 달군 인두로 지지는 듯한 고통이 손 전체로 퍼져나갔다. 성진은 혜린이 그랬듯이 손을 흔들며 피를 사방에 뿌렸다.

혜린이 그런 성진을 발견하고 외쳤다.

"바보야! 미쳤니?"

혜린은 다급하게 말했다.

"어서 닦아! 그 피. 빨리!"

성진은 고개를 저었다.

"아니, 싫어! 널 죽게 할 순 없어!"

성진의 대답을 들은 혜린이 기가 찬다는 듯한 표정을 지으며 말했다.

"야! 누가 죽는대? 네가 지금 일을 망치고 있잖아!"

혜린의 표정은 고마움이 아니라 힐책을 담고 있었다. 뒤늦게 깨달은 성진이 미안한 표정을 지으며 황급히 피가 흐르는 손가락을 입안에 집어넣었다.

"성진씨, 일을 쉽게 만들어줘서 감사합니다."

도요조가 조용히 미소를 지으며 말했다. 그는 이미 성진이 사방에 흩뿌린 피를 손에 들고 있던 뼈에 묻히고 있었다. 하얀 뼈에 성진의 검붉은 피가 배어들었다. 그는 뼈를 높이 치켜들며 낮은 목소리로 말했다.

"큰 존재가 분노한다."

도요조는 낮은 목소리로 주문을 외기 시작했다.

"다라다라 비다라 파토파토 소와카…… 훔훔 마하데비 소와카……"

그의 주문이 채 끝나기도 전에 어디선가 섬뜩한 여자 비명소리가 들려왔다. 성진은 그 비명소리가 마치 가슴을 갈가리 찢는 듯해 흠칫 놀라며 뒤로 물러섰다.

―아아아악!

비명소리가 다시 터져나왔다. 그것은 땅속 깊은 곳에서 울려나오는 듯한 소리였다. 그와 함께 도요조가 들고 있던 뼈에서 어떤 기운이 서서히 스며 나왔다. 그 기운은 화장터의 굴뚝에서 나오는 연기처럼 조용하면서도 어떤 불길함을 띠고 있었다.

그 연기는 기둥을 돌던 도깨비의 기운과 섞여서 소용돌이치기 시작했다. 그러고는 곧 쿵 하는 소리와 함께 도깨비로 화해 나타났다. 도깨비가 징그럽게도 긴 송곳니를 드러내며 웃었다. 그 모습을 본 혜린과 성진은 온몸이 얼어붙는 것 같았다.

그때 도깨비의 목이 조금씩 뒤틀리기 시작했다. 도깨비의 등뒤에서 누런 연기가 뭉쳐지더니 도깨비의 목이 확 꺾이며 뒤로 돌아갔다. 그리고 도깨비의 뒤통수가 있어야 할 자리에 하얀 피부의 여자 얼굴이 만들어지기 시작했다. 그것은 마치 모양을 빚는 것처럼 이리저리 움직이더니 송곳니와 시뻘건 두 눈, 그리고 이마의 긴 뿔을 만들어냈다. 마치 일본 귀신 가면 같은 얼굴이었다. 여인이 천천히 눈을 떴다. 그녀는 시뻘건 눈을 번득이며 쟁쟁 울리는 목소리로 말했다.

―그 사람의 피로 나에게 맞서는 자가 누구냐.

도요조가 잔인한 웃음을 띠며 혜린을 손가락으로 가리켰다.

"저 여인이다. 가서 죽여라."

도요조의 말에, 여인이 천천히 붉은 눈동자를 돌려 혜린을 쳐다보았다. 혜린은 여인과 눈이 마주친 순간 머리카락이 쭈뼛 서는 것 같았다. 그녀는 공포에 질린 나머지 고개를 저으며 입만 벙긋거렸다. 여인은 혜린의 그런 반응을 보고 붉은 입술로 소름 끼치는 미소를 지었다.

―너.

그녀는 혜린을 가리켰다. 혜린은 아무 말도 못 한 채, 덜덜 떨면서 고개만 세차게 저었다. 그러나 여인은 혜린이 자신의 뼈에 피를 뿌린 범인이라는 것을 믿어 의심치 않는 눈빛으로 혜린을 노려보며 점점 접근해왔다. 혜린은 허공에 뜬 채 서서히 다가오는 여인을 바라보며 뒷걸음쳤다.

'내가 지영주와 맞서서 진다면 분명 죽게 되겠지. 내가 이긴다면 난 새로운 신녀가 된다. 이길 수도 없고, 질 수도 없다.'

혜린은 분노로 인해 점점 일그러지는 여인의 얼굴을 보며 머릿속이 복잡해졌다. 결정을 내릴 수가 없었다. 어차피 잃는 게임이었다. 혜린은 성진을 힐끔 쳐다보았다. 성진은 창백하게 질린 얼굴로 피가 나는 손가락을 입에 넣고 있었다.

혜린은 점점 다가오는 여인의 차가운 기운 때문에 몸을 움찔했다. 주변에는 귀매들이 마구 몰려들고 있었다. 수많은 귀매들이 뿜어대는 공포의 감정 때문에 온몸이 싸늘해졌다. 귀매들이 혜린의 주위를 뱅뱅 돌며 묘한 소리로 정신을 흐리게 만들었다. 고음의 휘파람 소리가 혜린의 귓가를 스치다가 허공으로 흩어지기를 반복했다. 성진은 공포에 손을 덜덜 떨면서 자신의 실수가 낳은 결과를 멍하니 보고만 있었다.

씻김

혜린은 눈을 게슴츠레 뜨고 귀매들의 덩어리 사이로 순간순간 보이는 여인의 모습을 관찰했다. 여인은 점점 도깨비처럼 변해서는 시뻘건 혀를 드러내며 혜린에게 걸어오고 있었다. 송곳니 사이로 뱀처럼 미끈거리는 혀가 이리저리 흔들렸다.

눈앞에서 휙휙 소리를 내며 스쳐지나가는 귀매들을 바라보며 혜린은 이대로 끝인가 하는 생각이 들었다. 정신이 점점 가물가물해졌다. 소름 끼치도록 크게 들리던 고음의 휘파람 소리가 점점 커지다가 갑자기 뚝 하고 멈추었다. 이제 아무 소리도 들리지 않았다.

혜린은 마치 자신의 존재가 흩어져 세상의 일부가 된 듯

한 느낌이 들었다. 존재 자체가 없는 것 같은 기분이었다. 그 기분이 그녀를 편안하게 했다. 머릿속에 무無가 자리잡는 것을 느끼며, 혜린은 그 달콤하도록 편안한 느낌에 의식을 맡겼다.

그때 그녀의 마음 깊은 곳에서 이상한 소리가 들려왔다. 그것은 자신이 과거에 들은 적이 있는, 그러나 누가 말했는지 기억할 수가 없는 그런 소리였다. 혜린은 귀찮은 듯 그 소리에 귀를 기울였다.

—너는 춤으로 세상을 창조하고 춤으로 세상을 멸하는 존재다.

누군가의 입이 보였다. 그것은 혜린에게 무언가를 말하고 있었다.

'저 사람이 누구지? 어디서 본 사람인데……'

혜린은 이런 생각을 하며 그 소리를 향해 헤엄쳐가듯 의식을 집중했다. 소리는 허공을 쟁쟁 울리며 커지기 시작했다.

—춤으로 세상을 창조하고 춤으로 세상을 멸하는 자.

누군가가 계속 같은 말을 반복하고 있었다. 그 소리는 커지고 또 커지다가 혜린의 머릿속을 가득 메웠다. 혜린의 머릿속에 울려퍼지던 그 소리가 이제 어떤 형상으로 변하기 시작했다. 푸른 피부를 가진 거대한 신의 모습이었다. 해골로 만든 목걸이를 하고 무아지경에 빠져 춤을 추는 신. 혜린은 자신도 모르게 중얼거렸다.

"춤으로 창조하고 춤으로 멸하는 자."

그 말을 입 밖에 낸 순간 갑자기 머릿속이 환한 빛으로 채워지는 것이 느껴졌다. 혜린의 머릿속에 황금빛 생명의 빛이 가득 차올랐다. 혜린은 그 빛 속에 몸을 맡겼다. 그 빛은 점점 밝아지다가 더이상 밝아질 수 없다는 느낌이 들었을 때 다시 확 꺼졌다. 혜린은 눈을 번쩍 떴다.

한편, 성진은 혜린이 귀매들에게 둘러싸여 정신을 잃어가는 것을 보며 발을 동동 구르고 있었다.

"혜린아."

성진은 울음 섞인 목소리로 그녀를 불렀다. 흐리멍텅한 눈으로 성진을 바라만 보고 있던 혜린의 입가에 순간 슬쩍 미소가 떠올랐다. 성진은 문득 희망을 가졌지만, 그뒤 혜린의 입가에서는 미소가 점점 지워졌고 그녀의 눈꺼풀도 서서히 아래로 내려왔다.

"혜린아! 안 돼! 눈을 뜨란 말이야!"

성진은 다급한 마음에 냅다 소리를 질렀다. 그러나 한번 감긴 그녀의 눈은 다시는 떠지지 않았다. 귀매들이 점점 큰 소리를 내며 혜린과의 간격을 좁혔다.

그때 귀신 가면 같은 얼굴을 한 여인이 분노의 기운을 내뿜으며 혜린에게 달려가는 모습이 보였다. 하얀 얼굴에 피처럼 붉은 입술을 한 그 여인은 긴 혀를 날름거리고 커다란 붉은 눈을 좌우로 굴리며 달렸다. 성진은 그 모습을 보면서 온몸이 얼어붙는 것 같았다. 하지만 그는 용기를 내어 혜린과 도깨비 여인 사이에 끼어들었다.

여인은 성진을 발견하고 잠시 주춤하더니 멈춰 섰다. 여인은 날카로운 송곳니를 드러내며 소름 끼치는 미소를 지었다. 성진은 그 미소가 호의를 뜻하는지 적의를 뜻하는지 헷갈렸다.

—꺄아아아……

혜린을 향해 달려드는 귀매의 섬뜩한 소리가 성진의 등골을 차갑게 훑었다. 혜린이 새파랗게 변한 입술로 갑자기 무언가를 중얼거렸다. 성진은 자신에게 하는 말인 줄 알고 다가가서 물었다.

"혜린아! 뭐라고?"

혜린이 마른 입술을 달싹거리며 다시 무슨 말인가를 했다. 성진은 그 말을 이해할 수는 없었지만 그것이 자신에게 하는 말이 아니라는 것은 알 수 있었다. 혜린은 계속해서 같은 말을 중얼거렸다.

"나는 춤으로 창조하고 춤으로 멸하는 자이니라."

혜린은 귀매가 인간의 의식 속으로 파고들어 마음 깊은 곳에 숨어 있는 원초적인 공포를 자극한다고 했다. 성진은 혜린이 귀매들에게 당한 것이 아닌가 하는 불길한 예감이 들었다.

그는 퍼뜩 혜린의 얼굴을 쳐다보았다. 혜린의 목에 푸른 멍 같은 것이 보였다. 마치 독이라도 삼킨 사람처럼 목 부분의 검푸른 빛깔이 조금씩 온몸으로 퍼져나갔다. 성진은 흠칫 놀라 뒤로 물러섰다.

그 순간 혜린의 팔이 조금씩 움직이기 시작했다. 그녀는 팔을 이리저리 비비 꼬며 손으로 기묘한 모양을 만들어냈다. 성진은 그녀가 무슨 발작이라도 하는 것은 아닌가 해서 자세히 쳐다보았다. 그녀는 춤을 추고 있었다.

혜린의 춤이 시작되자 그녀 주위를 맴돌고 있던 탁한 공기가 점점 밀려났다. 맑은 공기가 허파 속으로 들어와 성진은 심호흡을 했다. 흐렸던 정신도 맑아지는 것 같았다. 방금 전까지도 혜린의 주위를 돌던 귀매들은 마치 안개가 흩어지듯 서서히 투명해지고 있었다. 심지어 도깨비 여인조차 뒤로 밀려나고 있었다.

혜린은 귀매와 도깨비 여인이 밀려나고 있는 것을 아는지 모르는지 눈을 감고 검을 든 채 계속해서 춤을 추고 있었다. 마치 무아지경에 빠진 무당처럼. 그 모습을 본 도요조가 순간 화들짝 놀라며 영주의 뼛조각을 바닥에 떨어뜨렸다. 그는 혼이 빠진 사람처럼 멍한 표정으로 "마헤슈비라?" 하고 중얼거렸다.

눈을 뜬 혜린이 도요조를 차가운 눈빛으로 쳐다보았다. 그 순간, 영주의 뼛조각이 화르르 타오르기 시작했다. 푸른 불길이 순식간에 뼈를 태우고 재를 허공으로 날려 보냈다. 그것을 본 도요조가 화들짝 놀라며 엎드려 절을 하기 시작했다.

혜린의 춤이 다시 시작되었다. 다리가 굽혀진 채 올라가고 팔이 재빠르게 움직였다. 그녀가 한 번 움직일 때마다 하얀 소맷자락이 하늘로 치솟아오르며 펄럭이는 소리를 냈다.

—이렇게 떠날 수는 없어!

도깨비 여인이 소름 끼치는 목소리로 울부짖었다. 뱀과 같은 기다란 혀가 들락날락하며 독한 냄새를 풍겼다. 여인의 커다랗고 붉은 눈에서 피눈물이 흘러내렸다. 그 모습은 소름 끼치면서도 측은해 보였다.

이윽고 여인이 사람들 쪽으로 눈을 돌렸다.

—가기 전에 그놈의 일족을 전부 죽여버리겠다.

여인의 시뻘건 눈동자가 사람들을 훑다가 재호에게 고정되었다. 재호는 자신도 모르게 뒷걸음질을 치며 다급하게 외쳤다.

"도요조 씨? 어떻게 좀 해봐요!"

그때, 도깨비 여인이 재호에게 마치 짐승처럼 달려들었다. 톱니처럼 송곳니가 잔뜩 삐져나온 커다란 입이 자신을 향하자, 재호는 겁에 질려 발버둥치며 뒤로 물러섰다. 그는 다른 사람들을 제 앞으로 떠밀었지만 도깨비 여인이 날카로운 손톱이 달린 검지를 까딱하자 사람들이 양옆으로 날아갔다.

여인이 고음의 괴성을 내며 재호에게 달려들었다. 거대한 이빨이 재호의 어깨에 박혔다. 우둑, 하는 소리와 함께 처절한 비명소리가 울려퍼졌다.

"아악!"

엄청난 양의 피가 바닥으로 쏟아졌다. 재호는 어깨를 부여잡으며 힘없이 자신의 핏물 속에 풀썩 쓰러졌다. 도깨비 여인은 이번에는 재호의 목덜미로 달려들었다.

그때, 혜린이 여인에게로 한 손을 뻗었다. 마치 그것은 춤 동작의 하나인 듯 보였다. 도깨비 여인의 머리가 혜린의 작은 손에 붙잡혀 뒤로 끌어당겨졌다. 혜린은 손에 쥔 도깨비 여인의 머리 위로 들고 있던 검을 내리쳤다. 칼날이 도깨비 여인을 머리부터 몸까지 무를 썰듯 반으로 갈랐다.

—아아아아악!

소름 끼치는 비명소리가 허공에 울려퍼졌다. 그리고 반으로 갈라진 두 개의 몸은 각각 도깨비와 영주로 변했다. 몸의 절반만 남은 도깨비는 기운을 회복하려는 듯 재빨리 검은 구름 속에 숨어버렸다. 영주는 도깨비 여인의 모습이 조금씩 사라지며 인간의 형상으로 되돌아왔다. 분노로 붉어진 눈동자와 하얀 얼굴을 제외하고 성진이 다대포로 오기 전 꿈에서 봤던 영주의 모습 그대로였다.

영주가 붉은 눈동자를 재호에게로 다시 돌렸다. 그러자 그녀의 모습이 다시 아까처럼 괴이하게 변하기 시작했다. 바닥에 쓰러진 채 버둥대는 재호를 향해 영주가 손을 뻗었다. 그와 동시에 재호의 처절한 비명소리가 들려왔다. 재호는 마치 악몽을 꾸는 사람처럼 온몸이 뻣뻣하게 굳은 채 몸을 뒤틀고 있었다.

"영주씨!"

그때 성진이 영주의 이름을 불렀다. 그는 머뭇거리면서도 용기를 내어 영주에게 다가갔다.

"영주씨, 잠시만요!"

성진이 부르자, 영주의 영혼이 앳된 소녀가 되어 성진을 돌아보았다. 성진은 영주의 모습이 더이상 무섭게 보이지 않았다.

"저기, 우리 할아버지가 늘 고마워하셨어요."

성진이 말했다. 그 말에 영주는 잠시 멈칫하다가, 이내 다행이라는 듯 고개를 끄덕였다. 성진이 무슨 말을 더 하려는 찰나, 혜린의 팔에서 푸른 화염이 흘러나와 허공으로 치솟았다.

혜린이 손으로 영주를 가리키자 영주의 혼이 희미하게 미소를 지었다. 그때, 혜린이 눈을 번쩍 떴다. 그러자 혜린의 팔에서 솟아오르던 푸른 불길이 영주를 향해 허공을 휩쓸듯이 뻗어나갔다. 그 화염은 미소를 짓고 있는 영주의 몸을 휘감아 화르르 타올랐다.

푸른 불길은 순식간에 사라졌다. 영주도, 영주를 둘러싼 푸른 화염도 사라지고 그 자리에는 아무것도 남지 않았다. 영주의 영은 사라진 것이다.

성진은 놀란 나머지 입을 다물지 못한 채 혜린을 멍하니 쳐다보았다. 그사이 혜린의 얼굴은 더욱 푸른빛으로 변해갔다. 혜린이 성진을 보면서 살짝 웃었다. 잔인함과 포용이 혼재된 묘한 미소였다.

혜린에게 악귀라도 씐 것은 아닐까. 하지만 지금 성진의 눈에 비친 그녀의 모습은 사악하기보다는 오히려 신성하게 보였다. 처음 보는 모습은 아니었다. 며칠 전 부두에서 배서 낭 인형에 들린 귀매에게 쫓겼을 때도 비슷한 느낌을 받은 적이 있었다. 혜린의 몸에서 뿜어져나온 붉은 빛이 귀매를 물리치던 순간, 성진은 같은 기운을 느꼈던 것이다.

그때였다. 우뢰 같은 소리와 함께, 몸을 회복한 도깨비가 모습을 드러냈다. 도깨비는 입맛을 다시며 싯누런 눈으로 혜린을 쳐다보았다.

―내 새로운 신부가 여기 왔구나.

땅을 쟁쟁 울리는 불길한 목소리가 신당 안에 울려퍼졌다.

도깨비는 거대한 검은 구름으로 변했다가 다시 원래의 형체로 되돌아오기를 반복하면서 기둥을 시계방향으로 맴돌기 시작했다. 이따금씩 도깨비가 혜린을 쳐다보며 시뻘건 혀를 내밀고 입맛을 다실 때마다 강철 같은 이빨이 드러났다.

"으악! 저게 뭐야?"

젊은 여자 한 명이 도깨비의 모습이 보이는지 비명을 지르기 시작했다.

"어서, 문을 열어!"

정신을 잃고 쓰러진 재호의 상처를 지혈하고 있던 한 남자가 고함을 질렀다. 몇몇 사람들이 악기를 휘둘러 아예 문을 부수려고까지 했지만, 문은 꿈쩍도 하지 않았다. 이 와중에 도요조는 허탈한 표정으로 멍하니 자리에 엎드린 채 혜린의 모습을 보고 있었다.

"잘못 선택했어. 저 여자애를 선택하는 게 아니었어."

그는 미친 사람처럼 웃으며 중얼거렸다. 하지만 그의 웃음소리는 신당 안의 소음과 도깨비의 웃음소리에 묻혀서 들리지 않았다.

도깨비가 징그러운 이빨을 드러내며 웃었다. 소름 끼치도록 꽹꽹한 웃음소리가 신당 안에 울려퍼졌다. 그 소리를 들은 사람들은 그 자리에 얼어붙어버렸다. 도깨비의 입에서 정신을 몽롱하게 만드는 검은 기운이 피비린내와 함께 뿜어져 나왔다.

성진 역시 정신을 차릴 수가 없었다. 그는 혜린을 쳐다보았다. 그녀는 도깨비가 내뿜는 탁한 기운에도 아랑곳하지 않고 푸른 팔을 이리저리 움직이며 춤을 추고 있었다. 놀리기라도 하듯이 계속해서 춤만 추자, 화가 난 도깨비가 더 검고 진한 기운을 내뿜었다. 신당 안에 도깨비가 뿜어낸 탁한 피비린내가 진동했다.

그런 도깨비를 향해 혜린은 오히려 불쌍히 여기는 듯한 미소를 지었다. 그녀는 조용히, 그러나 머릿속을 쟁쟁거리며 울리는 듯한 목소리로 말했다.

"나는 춤으로 멸하는 자. 나의 앞에 무릎을 꿇어라."

혜린은 계속해서 검을 흔들며 춤을 추었다. 도깨비가 내뿜는 검은 기운은 혜린의 하얀 소매에 닿을 때마다 조금씩 사라지기 시작했다. 혜린은 다시 미소를 지으며 시를 읊듯이 조용히 말했다.

"나는 춤으로 멸하는 자. 나의 앞에 무릎을 꿇을지어다."

도깨비가 큰 소리로 포효하면서 혜린을 향해 양손을 번갈아 내저었다. 그것이 손을 내저을 때마다 검붉은 불길이 일어났다. 신당 안은 순식간에 불과 연기로 가득찼다. 사람들은 이제 울부짖으면서 어떻게든 살기 위해 발버둥을 치기 시작했다. 누군가 무거운 북을 던져 창문을 뚫고 나가려고 시도했지만 전혀 먹히지 않았다.

성진은 연기와 불길 때문에 한 치 앞도 볼 수가 없었다. 그는 손으로 앞을 더듬으며 천천히 걸어나갔다. 도깨비의 으르렁거리는 소리가 들렸다. 매캐한 연기와 검붉은 불길 사이 누군가 서 있는 것이 어렴풋이 보였다. 성진은 그것이 혜린이라는 것을 느낄 수 있었다. 그는 소리를 지르며 그쪽을 향해서 달려가려고 했다.

다시, 도깨비의 짐승과도 같은 포효가 들렸다. 성진은 자신도 모르게 바닥에 주저앉고 말았다. 성진은 불길 사이로 거대한 도깨비가 혜린을 향해 달려드는 것을 보았다. 그리고 그와 동시에 혜린이 도깨비를 향해 고개를 돌리며 혀를 빼고 웃는 모습을 보았다. 푸른 피부로 변한 혜린이 그렇게 웃자 소름이 쫙 돋았다.

불길 사이에서 검무를 추던 혜린이 무서운 힘으로 검을 휘둘러 도깨비의 팔을 잘라냈다. 도깨비가 소름 끼치는 소리를 내며 쓰러진 채 울부짖었다. 도깨비가 구름으로 변해서 도망치려는 순간 혜린은 검을 던져버리고 두 손을 뻗어 도깨비의 머리를 움켜쥐었다. 그리고 도깨비의 머리를 잡아 뜯었다. 두둑, 하고 뼈가 부러지는 듯한 소리와 함께 도깨비의 목에서 피가 솟구쳐올랐다. 혜린은 도깨비의 머리를 두 팔로 높이 쳐들고는 거기서 흘러나오는 피를 마시기 시작했다. 너무나 괴상한 광경이라, 성진은 자신이 연기를 마셔서 헛것을 보는 건 아닌지 헷갈릴 지경이었다.

그때였다. 지금까지 열리지 않던 출입문이 벌컥 열렸다. 시원한 공기가 신당 안으로 쏟아져들어왔다. 그러자 불길이 더욱 맹렬하게 타오르기 시작했다.

"혜린아! 어서 나와!"

성진이 불길 속에 그대로 서 있는 혜린을 보며 외쳤다.

"혜린아, 위험하다니까!"

성진은 혜린에게 달려가다 뭔가에 발이 걸려 바닥에 넘어지고 말았다. 성진은 손으로 바닥을 더듬어보았다. 다 타버린 숯과 같이 바스락거리는 물체였다. 성진은 눈을 크게 뜨고 그것이 무엇인가를 확인했다.

그것은 도깨비였다. 거대했던 도깨비가 쭈그러든 채로 바짝 말라붙어 있었다. 성진은 마른 고치처럼 변한 도깨비의 시체를 잡고 있다는 것을 깨닫고 황급히 손을 뗐다.

옆에서 까륵거리는 웃음소리가 들려왔다. 성진은 고개를 들어 그 웃음소리의 주인공을 찾았다. 어느새 혜린이 눈앞에 서 있었다. 그녀는 하얀 이를 드러내며 웃었다.

"누, 누구야? 너 혜린이 맞아?"

성진이 겁에 질려 기어들어가는 목소리로 물었다. 뜨거운 연기가 혜린과 성진 사이를 훅 하고 지나갔다. 성진은 눈을 질끈 감으며 두 팔로 얼굴을 가렸다. 뜨거운 연기가 걷힌 뒤 그는 다시 혜린을 찾았다.

"혜린아?"

"응, 나 여기 있어."

입가에 피를 잔뜩 묻힌 혜린이 기진맥진한 채 성진의 눈앞에 서 있었다. 그녀는 붉은 피로 흠뻑 젖은 자신의 옷을 보며 소름 끼친다는 듯 온몸을 부르르 떨었다.

불길이 더욱 거세졌다. 성진은 얼른 혜린을 부축해서 신당을 빠져나갔다. 신당 안에 있던 사람들 대부분은 이미 밖으로 대피해 있었다. 불길은 이제 신당 전체를 휩싸며 하늘로 솟구쳤다. 저 멀리서 소방차 사이렌 소리가 들려왔다.

성진은 문득 도요조라는 남자가 보이지 않는다는 것을 알아차렸다. 혜린의 모습을 보고 겁에 질려 있던 그의 모습이 떠올랐다. 성진은 혜린을 힐끔 쳐다보았다. 여느 때와 다름없는 모습이었다. 금방이라도 쓰러질 것처럼 보이기는 했지만.

"성진아."

혜린이 갑자기 성진의 팔을 툭 쳤다.

"저것 좀 봐."

혜린이 손가락으로 산 위쪽을 가리키며 말했다. 성진은 눈을 가늘게 뜨고 혜린이 가리킨 곳을 쳐다보았다.

아미산 꼭대기에서 작은 불빛 하나가 좌우로 이리저리 움직이다가 빠른 속도로 아래로 내려오기 시작했다. 작은 불빛이 점점 커지더니 여러 개로 나뉘어 순식간에 바다 쪽으로 날아갔다. 나무 사이로 흰옷을 입은 덩치 큰 남자가 횃불을 들고 산길을 뛰어내려가는 것이 보였다. 그와 동시에 산 위에서 바람이 강하게 불어왔다. 주위에 있던 텁텁한 공기가 바다 쪽으로 쓸려내려가는 것이 느껴졌다.

"임무 완수했네."

성진이 웃으며 말했지만 혜린에게서는 아무 대답도 들리지 않았다. 성진은 혜린 쪽으로 고개를 돌렸다. 혜린이 정신을 잃고 땅바닥에 쓰러져 있었다. 성진이 놀라서 깨우려고하는 찰나, 혜린이 코를 골기 시작했다. 성진은 자신도 모르게 킥 웃고 말았다.

혜린은 허공에 붕 뜬 채 환한 빛에 둘러싸여 어디론가 실려가고 있었다. 주위에 가득한 빛 때문에 눈을 뜰 수가 없었다. 아무것도 보이지 않는 가운데 철썩철썩 밀려오는 파도 소리만이 규칙적으로 들려올 뿐이었다. 이따금씩 갯벌의 게 구멍에서 나는 뽀륵대는 거품 소리가 혜린의 예민한 귓가에 들려왔다. 바람이 불어와서 혜린의 머리카락을 흐트러뜨렸다. 모래사장을 밟는 걸음 소리가 저 멀리서 들려오기 시작했다. 발소리는 점점 가까워지고 있었다. 혜린은 소리가 나는 방향으로 고개를 돌리고 눈을 가늘게 떴다.

밝은 빛에 눈이 점점 익숙해지기 시작했다. 사람과 같은 어떤 형체가 아른아른 보였다. 그 형체는 혜린의 앞에 와서 해변에 앉아 있는 혜린을 가만히 내려다보았다. 혜린은 눈이 부셔서 상대의 얼굴을 제대로 볼 수가 없었다. 그녀는 손으로 빛을 가리며 물었다.

"나 죽었나요?"

―아가, 무슨 그런 소릴.

그 형체가 그렇게 말하며 허공에 손을 저었다. 그러자 눈부신 빛은 사라지고 희미한 황금빛 빛줄기만이 주위를 온화하게 비춰주었다.

혜린은 자신과 마주앉아 있는 흰 한복의 할머니를 발견했다. 이십 년 전에 바닷가에서 만났던 바로 그 할머니였다. 세월이 한참 흘렀지만 할머니의 모습은 그대로였다.

―아가야, 할머니 기억나지?

"기억나요. 다음에 만나면 비적을 돌려달라고 하셨죠?"

혜린은 그렇게 말하며 자신의 목에 걸려 있는 말 모양의 목걸이를 내려다보았다. 그녀는 목걸이를 끌러 할머니에게 내밀었다. 혜린은 문득 도요조라는 주술사가 그 목걸이를 불태웠던 것이 떠올랐다.

'이건 어차피 꿈이니까, 뭐.'

혜린이 머릿속으로 생각했다.

―아가야, 이건 꿈이 아니란다.

할머니는 목걸이를 받아들고 웃으며 말했다. 할머니가 받아든 목걸이는 어느새 백마로 바뀌었다. 말은 혜린에게 다정한 눈빛을 보내며 기분좋은 울음소리를 냈다.

"비적."

혜린은 눈물을 글썽이며 말했다. 어린 시절부터 혜린과 같이 지내온 비적은 비록 인간은 아니지만 혜린에게 가족이나 다름없는 존재였다. 혜린은 비적과 지내온 과거를 떠올리며 굵은 눈물방울을 뚝뚝 흘렸다.

—아가야, 울지 말거라.

할머니가 위로하듯 말했다. 혜린이 눈물을 훔치며 고개를 들자 할머니는 그녀의 등을 토닥거리며 달래듯 말했다.

—비적은 더이상 네 곁에 있으면 안 된단다.

"왜요?"

혜린이 울음 섞인 목소리로 물었다. 할머니는 얼굴에 한가득 인자한 주름을 만들며 웃었다. 그녀는 혜린의 눈물을 손으로 닦아주며 대답했다.

—너에게도, 비적에게도 좋지 않기 때문이지.

혜린이 의아한 표정을 지으며 할머니를 쳐다보았다. 그러나 할머니는 더는 말하지 않고 웃기만 했다. 할머니는 혜린을 내려다보며 한참을 미소만 짓더니 고개를 끄덕이고 말했다.

—얼른 가야겠다. 나도 이제 다른 데로 떠나야지.

할머니는 흰 치맛자락을 여미며 일어섰다. 밑에서 올려다보는 혜린의 눈에 할머니가 마치 거대한 장승처럼 보였다. 할머니는 혜린을 돌아보고 미소를 지으며 말의 볼기를 툭툭 쳤다. 눈처럼 새하얀 말이 맑고 커다란 눈을 깜빡이며 혜린을 돌아보고 고개를 흔들었다.

혜린은 흐르는 눈물을 닦을 생각도 하지 않고 그 말을 쳐다보며 떨리는 손을 흔들었다. 백마는 혜린을 보며 몇 번 울더니 저 앞에 치마를 여미고 걸어가는 할머니의 뒤를 따랐다. 할머니는 뒤도 돌아보지 않은 채 혜린에게 말했다.

—애야, 고맙구나.

"뭐가 고맙단 말이죠?"

혜린은 어리둥절한 표정으로 물었다. 그러나 할머니는 대답하지 않고 계속 걸어갔다. 둘의 뒷모습이 찬란한 빛 속으로 사라졌다. 혜린은 빛이 점점 밝아지는 것을 느끼고 손등으로 눈을 가렸다. 빛 속에 자신의 형체가 녹아내리는 것 같은 편안하고 포근한 느낌. 혜린은 빛 속에 몸을 맡겼다. 편안했다.

아니, 거의 편안할 뻔했다.

"……그 상황에서 혜린이가 박차고 일어나서는, 어허! 내 앞에 썩 무릎을 꿇지 못할까? 하는 거야. 그런데도 그 괴물이 말을 안 듣고 으르렁댔거든. 그러니까 혜린이가 손으로 그걸 확 찢어버렸지."

바로 옆에서 시끄럽게 떠드는 소리가 들렸다. 성진의 목소리였다. 혜린은 머리가 지끈거렸다.

"역시 문화인류학과 전속 무당이라니까."

추임새를 넣는 형섭의 목소리가 들렸다. 유정도 옆에 있는지 좋알대는 말투로 "혜린 선배, 확실히 한 성격 하신다니까" 하고 거들었다.

"으으음……"

혜린은 신음소리를 내며 손을 휘저었다.

"야! 혜린이 깼어!"

성진이 큰 소리로 말하자 우르르 발소리와 함께 여러 명의 목소리가 한꺼번에 귓가에 울려퍼졌다.

"어디? 정말 깬 거 맞니?"

"혜린아!"

"혜린 선배!"

혜린은 한숨을 푹 내쉬며 눈을 떴다. 익숙한 얼굴들이 자신을 내려다보고 있었다. 혜린은 조금 전 그 빛 속으로 되돌아가고 싶다고 생각했다. 혜린의 바람과는 반대로 시끌벅적한 목소리가 점점 크게 들려왔다.

"여기가 어디야?"

혜린이 조금 짜증이 섞인 목소리로 물었다. 성진이 재빨리 대답했다.

"여기? 병원이지. 너 어젯밤에 쓰러졌잖아. 연기를 너무 많이 마셔서 그런 것 같다던데."

성진은 거기서부터 어젯밤 불길이 얼마나 크게 치솟았는지 조잘조잘 이야기하기 시작했다. 혜린은 피곤한 눈을 비비려고 손을 들었다가 붕대가 감겨 있는 것을 보고 그날의 일이 차례로 생각났다. 그 와중에 괴물처럼 변한 영주가 재호에게 달려들었던 것도 생각났다. 순간 잠이 확 달아났다.

혜린은 몸을 벌떡 일으켰다가 현기증이 나서 도로 드러누웠다.

"어디 가려고?"

성진이 묻자, 그녀 옆에서 떠들던 형섭과 유정 역시 한마디씩 보탰다.

"의사가 좀 쉬어야 한대."

"선배, 안정을 취해요."

혜린은 성진의 팔을 툭툭 치며 작은 목소리로 물었다.

"그런데, 사람들은 다 어떻게 됐냐?"

"무슨 사람들?"

"신당 안에 있던 사람들 말이야. 그리고 그 주술사, 무엇보다도 임재호."

혜린은 문득 재호의 이름을 말하는데도 분노가 치밀어오르지 않는다는 것을 깨달았다.

'어쩌면 영주의 염이 나에게 영향을 끼쳐서 그랬던 걸까?'

혜린이 머릿속으로 추측했다.

"그 사람들, 소방차 오고 난리 치는 사이에 전부 사라졌어. 임재호 말고는 인적사항조차 없고 신당은 불에 타서 흔적도 안 남았고. 그러니까 찾기는 그른 것 같아."

성진이 조심스레 말을 꺼냈다. 혜린이 의아한 표정으로 되물었다.

"전부?"

"그리고 좀 웃기긴 하지만, 신당이 불탄 건 화로가 넘어져서 그렇게 된 걸로 마무리되었고."

"임재호는?"

혜린이 물었다. 그녀는 성진을 죽이라고 속삭이던 그의 모습이 떠올라서 소름이 끼쳤다. 역시, 세상에서 제일 무서운 건 귀신이 아니라 산 사람이었다.

"그 사람, 어떻게 됐어?"

"유감스럽게도 그 나쁜 놈이 그런 짓을 해놓고도 아직 안 죽었어. 지금 중환자실에 들어가 있대."

형섭이 성진을 대신해서 대답했다. 그는 핸드폰을 꺼내 뉴스를 검색하고는 덧붙였다.

"대표가 그렇게 된 이후로 온갖 소문이 다 돈대. 폭력 조직과 연관이 있다, 그래서 그런 치명상을 입은 거다, 뭐 그런 내용이지. 그래서 지금 그 회사도 언론 쪽 불 끄느라 정신없다고 하더라."

혜린은 말없이 고개를 끄덕였다.

"게다가 지난번 그 자료 있잖아. 오노다 히로오가 쓴 『다대포의 부락제』. 호텔에 다시 가보니까 그것도 사라지고 없더라. 그거 진짜 석사논문 감인데!"

형섭은 재호가 저지른 수많은 나쁜 짓 가운데 자료를 줬다가 뺏은 것이 가장 사악한 짓이라는 듯 이를 악물었다.

"그러면 결국, 우리가 밝혀낼 수 있는 건 아무것도 없는 거네."

혜린이 씁쓸한 표정으로 말했다.

"과거에 그 집안에서 해온 짓도, 신당에서 벌인 짓도 슬그머니 묻혀버리다니. 기가 찬다."

"그래도 더이상 이어지지 않게 막았잖아. 그 정도라도 했으니 다행이지."

성진이 혜린의 어깨를 두드리며 말했다.

'이십 년 전에 내가 여기로 왔던 이유는 이 일을 하기 위해서였을까?'

혜린은 성진의 말에 고개를 끄덕이며 생각했다. 그녀는 꿈에서 만났던 흰옷의 할머니를 떠올렸다. 이십 년 전 혜린과 처음 만났을 때, 그 할머니는 혜린이 이곳에 다시 와서 비적을 돌려줄 것이라고 말했다. 결국 그 말이 맞았다.

혜린은 여기에 다시 왔고, 그뒤 모든 것이 달라졌다. 이 지역을 맴돌던 귀매들과 이들을 불러들이며 괴물이 되었던 영주의 영혼도 사라졌고, 오랫동안 이어지다가 잔인하게 변질된 제사도 사라졌다. 신녀도 더이상 존재하지 않는다. 여름이 지나 이 지역의 개발이 시작되면, 홍촌마을이 있던 자리에는 아파트가 들어서게 된다. 그러면 동제도, 도깨비 고사도 전부 사라질 것이다. 혜린은 흰옷의 할머니 역시 떠난다고 말했던 것을 떠올렸다.

'춤으로 세상을 창조하고, 춤으로 세상을 멸하는 자라는 말은 그런 뜻일까.'

혜린이 그런 생각을 하는 동안, 그녀의 옆에서는 왁자지껄 수다가 계속되고 있었다.

성진은 이제 산망을 하던 중에 만났던 도깨비 이야기까지 늘어놓고 있었다. 혜린은 도깨비 이야기는 좀 하지 말아달라고 부탁하려고 했지만, 이미 성진은 도깨비에게 어떤 소원을 들어달라고 할지 고민된다는 이야기까지 줄줄 읊어대고 있었다.

혜린의 예상대로, 형섭과 유정은 저걸 믿어야 하나, 말아야 하나 하는 표정이었다. 하지만 이내 두 사람 모두 성진에게 합세해 토론을 시작했다. 성진은 '로또 1등'과 '주식 대박' 중에 고민이라고 했고, 형섭과 유정은 각각 어떤 게 나은지 장단점을 따지고 있었다. 그 모습을 보며 혜린은 '아무렴 어때' 하는 표정으로 미소를 지었다.

도깨비불

"야, 왜 밤중에 가야 하는 거야? 차라리 내일 출발하는 게 어때?"

성진이 투덜댔다. 원래는 아침에 출발하려고 했지만 혜린이 핑계를 대며 늑장을 부렸고, 나중에는 김옥분 할머니에게 인사를 꼭 드리고 가야 한다고 고집을 피우는 바람에 일행과 떨어져 늦게 서울로 출발하게 된 것이었다. 게다가 이 밤중에 아미산 전망대까지 들렀다 가자고 하다니. 성진은 가끔 혜린이 무슨 생각을 하고 사는지 궁금했다.

혜린은 조금 미안한 표정을 지으며 말했다.

"그래도 나랑 데이트도 하고 좋지 않니?"

"야! 무슨 그런 오해받을 소리를!"

성진이 눈을 동그랗게 뜨며 자리를 박차고 일어나다가 차 안의 손잡이에 머리를 부딪혔다. 혜린이 입을 가리고 웃었다.

"농담이야. 그게 그렇게 큰일날 일이야?"

혜린이 느긋하게 대꾸하자, 성진은 부딪힌 곳을 문지르며 혜린을 째려보았다. 혜린은 그런 성진을 향해 미소를 지으며 말했다.

"사실, 마지막으로 도깨비 아저씨한테 인사는 하고 가야 하잖아. 그래서 따로 오자고 했지."

"도깨비."

성진이 창밖을 내다보며 중얼거렸다. 그는 저 먼 곳에서 이리저리 움직이는 반딧불을 보고 있다가 문득 생각난 듯 물었다.

"막걸리하고 메밀묵은 챙겨왔어?"

"아니."

"너 예의 없다. 김서방 아저씨가 섭섭해하시겠네."

"그럼 네가 챙기지 그랬어?"

"미리 말을 해줬으면 챙겼지. 너는 정보 공유를 안 해줘, 정보 공유를."

성진이 투덜대자 혜린이 씨익 웃으며 뒷좌석에서 부스

력하고 검은색 비닐봉지를 꺼내 성진에게 건네주었다. 봉지를 열자 막걸리 한 병과 메밀묵이 담겨 있었다. 성진은 그 사건 이후로 혜린이 장난기가 부쩍 늘었다고 생각하며 피식 웃었다.

나흘 전, 두 사람은 불이 난 신당을 겨우 빠져나왔다. 성진은 신당에서 있었던 일에 대해 경찰에 진술할 준비를 단단히 하고 있었다. 하지만 사건은 의외로 허술하게 마무리되었다. 신당의 화재는 화로가 넘어져서 생긴 사고가 되었고, 그날 신당에 모였던 사람들은 흔적 하나 남기지 않고 다들 사라져 버렸다. 그리고 이 모든 것의 원흉인 임재호는 아직도 중환자실에서 사경을 헤매고 있다. 성진은 인간 세상의 마무리는 어딘가 찜찜하게 되었다는 느낌을 지울 수가 없었다.

"아, 그런데……"

성진이 망설이는 기색을 보이며 어렵게 말을 꺼냈다.

"왜?"

혜린이 물었다. 성진은 슬쩍 고개를 돌려 혜린의 얼굴을 쳐다보았다.

"그런데, 춤으로 창조하고 춤으로 멸하는 자가 뭐야?"

"아, 그거?"

"그날 밤에 네가 그 말을 중얼거릴 때부터 무언가 깊은 뜻

400

이 있다고 생각했었는데, 무슨 뜻이었어?"

"글쎄. 예전에 누가 나에게 그 얘기를 해줬어. 찾아봤는데 칼리라는 신을 가리키는 말이었어. 칼리는 '시간'을 의미하는 인도의 여신인데, 파괴의 신 시바의 배우자이면서 시바의 파괴적인 측면이 극대화된 모습이기도 해. 불교에서는 마하칼라라는 수호신으로 나타나기도 한대."

혜린은 주황색 가사를 입은 늙은 승려와 박물관에 걸려 있던 탱화를 떠올리며 무심하게 대꾸했다. 그날 박물관에서 본 해골 목걸이를 한 푸른 피부의 여신. 빙글빙글 돌면서 춤을 추던 그 모습이 아직도 생각났다.

"그런데 갑자기 왜?"

혜린의 물음에 성진이 짐짓 진지한 목소리로 물었다.

"이제 앞으로 어떻게 할 거야? 그거 일종의 신내림 같은 거였잖아. 인류학 계속할 수 있겠어?"

"그건 왜 물어?"

"인류학은 기본이 참여 관찰이잖아. 그 속에서 참여하되, 관여하지 않고 관찰만 한다."

"그런데 나는 지나치게 참여해버렸다는 거지?"

혜린이 피식 웃으며 물었다. 성진은 고개를 끄덕였다.

"일단 석사논문부터 끝내고, 그뒤에 앞으로 어떻게 할지 생각해보려고. 사실 내가 뭘 할 수 있을지도 모르겠지만."

혜린은 그렇게 대답하고는 뭔가를 골똘히 생각하며 한동안 말없이 앉아 있었다. 성진은 뭐라고 더 말을 하려다가 문득 산 저편에서 움직이는 반딧불을 발견하고 창밖으로 내다보았다.

성진은 노랗게 빛나는 반딧불이 이리저리 움직이는 것을 보며 낭만에 잠겼다. 그러던 중 문득 이상한 느낌이 들었다. 산 저쪽에서 아른거리던 작은 불빛이 점점 커지고 있었던 것이다. 빛이 다가오고 있었다.

'아차, 산 저쪽에 있는 반딧불이 보일 리가 없지. 그럼, 저건 뭐지?'

그가 이런 생각을 하는 사이에 노란 불빛은 더욱더 커지고 있었다.

"어?"

자동차 시동이 갑자기 꺼졌다. 혜린은 다시 시동 버튼을 눌렀지만, 시동이 걸리지 않았다.

"차가 왜 이러지?"

혜린은 답답한 나머지 계기판을 손으로 쳤다. 성진은 조용히 하라는 듯 입술에 손가락을 갖다댔다.

"지금 이상한 불빛이 다가오고 있어."

성진이 나직이 말했다. 혜린은 고개를 죽 빼고 앞쪽을 쳐다보았다.

"어디?"

"저기 있잖아. 노란 빛."

성진이 재빨리 말했다. 혜린은 다시 고개를 쭉 빼고 성진이 가리키는 곳을 쳐다보았다. 그녀의 눈에 무언가 희미한 형체가 보였다. 그것을 확인한 혜린은 안도의 표정을 지으며 웃었다.

"야, 왜 웃어? 혹시 저게 귀매면 어떡하냐? 넌 걱정도 안 돼?"

"넌 예리한 것 같으면서 의외로 둔하다니까. 귀매가 아니라 도깨비야. 지난번에 두 번이나 봤잖아. 메밀묵 꺼내야겠다."

혜린이 놀리듯 말했다.

"도, 도깨비?"

성진의 뜻밖의 반응에 의아해하며 혜린이 물었다.

"왜? 도깨비 만나러 왔다고 했잖아. 아직도 무서워?"

"으응, 마음의 준비가 덜 되어서."

성진이 얼버무리며 대답했다.

"허! 실망이구먼. 도령도 나를 좋아하는 줄 알았는데!"

성진의 옆에서 쩌렁쩌렁하는 목소리가 들려왔다. 놀란 성진은 후다닥 몸을 피하며 소리가 들려오는 곳을 쳐다보았다.

"날세, 도령."

목소리의 주인공이 창문으로 고개를 쑥 들이밀며 말했다. 오늘은 흰색 한복이 아닌 추리닝을 입고 있었다. 도깨비 딴에는 달밤에 체육공원에 나온 동네 아저씨처럼 보이려고 한 듯했다. 성진은 털이 북실북실 난 손에 횃불을 움켜쥐고 있는 도깨비를 보며 평범한 인간처럼 보이려면 아직 한참 멀었다고 생각했다.

"허! 그 예의바른 젊은 처자도 있구먼."

"안녕하세요? 김서방 아저씨."

혜린이 반가운 듯 인사를 건넸다.

"소원 들어주러 오셨어요?"

혜린이 명랑한 목소리로 물었다.

"하하하. 물론이지. 내가 그 은혜를 잊을 턱이 있나? 무엇을 바라는지 말해보게나."

도깨비는 무엇이 그리 좋은지 연신 허허 웃어댔다. 그가 한 번 웃을 때마다 자동차가 들썩거렸기 때문에 성진은 잔뜩 긴장한 채 손잡이를 꼭 잡았다.

횃불이 아른거리며 험상궂은 도깨비의 얼굴을 비추었다. 성진은 몸을 움찔하며 혜린을 쳐다보았다. 마치 도움이라도 구하듯이 자신을 바라보는 성진의 시선을 무시하고, 혜린은 도깨비를 향해 작은 목소리로 말했다.

"앞으로 나로 인해서 주위 사람들이 다치는 일이 없었으면 좋겠어요."

혜린은 어두운 표정으로 고개를 숙이며 덧붙였다.

"그런 건 이루어지지 않겠죠?"

"하하하! 젊은 처자는 생각보다 소심하구먼."

도깨비가 차를 두드리며 웃었다. 쾅! 쾅! 쾅! 차를 부숴버릴 듯 호쾌한 동작이었다.

"아, 아저씨. 이 차 렌트한 건데."

차가 심하게 흔들리자 성진이 겁에 질려 기어들어가는 목소리로 말했다. 그 말을 들었는지 못 들었는지 도깨비는 한바탕 호탕하게 웃다가 갑자기 웃음을 멈추었다. 그는 횃불이 반사되어 이글거리는 눈동자로 혜린을 쳐다보며 말했다.

"물론 나는 운명을 관장하는 존재가 아니라서 그런 것은 들어줄 수 없지만 말이야."

도깨비는 눈을 크게 뜨고 고개를 차창에 바짝 들이밀며 덧붙였다.

"그건 이미 이루어졌어."

"네?"

혜린이 눈을 동그랗게 뜨고 반문했다. 도깨비가 고개를 끄덕이며 땅을 울리는 목소리로 말했다.

"당할미께서 말씀해주셨다네."

그는 낮은 목소리로 속삭이듯 덧붙여 말했다.

"자신의 운명을 깨달음으로써 모든 나쁜 안개가 걷힌다네. 존재 가치라는 건 그것을 모를 때는 위험한 것이 될 수도 있으니까 말일세."

"그게 무슨 말이죠?"

성진이 물었다. 궁금한 나머지 도깨비에 대한 두려움을 잊은 모양이었다. 도깨비는 다시 큰 소리를 내며 웃어서 의도치 않게 성진에게 두려움을 되살려주고 말았다.

"하하하. 인간세계의 일과 비교하자면 그 뭐라나, 거울이라는 것이 무엇인지 모를 때는 거기에 비친 자신의 모습을 보고 흠칫 놀라 괴물이라고 소리치며 도망가거든. 그런데 거울이라는 것이 자신의 모습을 비춰준다는 것을 알 때는 그것을 사용할 수가 있는 거지. 아, 이게 아니었던 것 같은데. 무슨 악귀들이 어쩌고저쩌고하는 말도 있었는데……"

도깨비는 커다란 손으로 머리를 북북 긁었다. 혜린이 웃으며 물었다.

"그 말 당할머니께서 하신 말씀이죠?"

"허허. 이 처자 눈치 한번 빠르구먼. 내가 그 말을 이해할 수가 있어야지. 그대로 외워 왔는데, 그만 까먹었구먼. 근데 말이지. 내가 처음에 그 거울이라는 물건을 보고 얼마나 놀랐냐면 말이지……"

도깨비는 몇백 년 전에 처음 거울을 보았을 때 얘기를 주절주절 늘어놓기 시작했다. 혜린은 황급히 고개를 끄덕이며 말했다.

"맞아요, 맞아요. 처음 거울을 본 사람은 그게 어떤 건지 모르니까 매우 놀라죠. 그리고 거울이 무엇인지 아는 다른 존재들은 그 거울을 사용하기도 하고, 처음 거울을 본 사람을 놀리겠지요."

"하하하. 맞아, 맞아. 그게 당할미께서 말씀하신 그 내용이야. 역시 처자는 머리가 좋구먼."

"뭘요."

혜린이 소리 내어 웃다가 성진을 힐끔 보고 도깨비에게 말했다.

"그럼, 제 소원은 들어주실 필요가 없겠군요. 성진이의 소원도 들어주실 거죠?"

"참, 그렇지. 이 도령도 고생 많이 했지. 어디 소원을 말해 보게."

도깨비는 털로 수북한 얼굴을 성진에게 들이밀며 말했다. 성진은 흠칫 놀라며 쭈뼛쭈뼛 말을 꺼냈다.

"으음. 너무 갑작스러운 질문이라."

그는 무슨 소원을 말할까 하고 생각하다가 문득 머릿속에 '담배라도 한 대 물면 좋은 소원이 생각날 텐데' 하는 생각이 떠올랐다. 그때 도깨비가 벌떡 일어섰다.

"그럼 나는 가겠네. 둘 다 잘 가게나."

"어, 난 아직 소원을 말하지도 않았는데."

"참! 당할미께서 비적은 언젠가 다시 만나게 되니까 그때까지 잘 돌봐주마고 하시더라."

"아, 아저씨! 내 소원 아직 안 들어줬는데요!"

성진이 다급하게 말했다. 도깨비는 험상궂은 얼굴에 어울리지 않는 장난스러운 미소를 지으며 성진의 오른손을 가리켰다. 그리고 뒤를 돌아 왔던 길로 뛰어갔다. 성진은 자신의 오른손을 쳐다보았다. 그의 집게손가락과 가운뎃손가락 사이에 어느새 불이 붙여진 담배 한 개비가 끼워져 있었다.

성진은 울상을 지으며 도깨비가 뛰어간 곳을 황급히 쳐다보았다. 도깨비는 벌써 저만치 멀리 가 있었다. 작은 횃불만

이 이리저리 흔들리며 멀어지는 것이 보였다. 성진은 낭패한 표정을 지으며 말했다.

"아깝다. 미리 소원을 생각해놓을걸."

그는 망연자실한 표정으로 손에 든 담배를 입으로 가져갔다. 그러나 한 모금 빨기도 전에 혜린이 얼른 담배를 낚아채 빈 깡통에 넣어버렸다.

"이거 렌터카야. 차 안은 금연이거든!"

성진은 속상한 표정으로 혜린을 쳐다보았다. 혜린은 미소를 지으며 달래듯 말했다.

"공짜는 나쁜 거야."

멍하니 입을 벌리고 자신을 쳐다보는 성진의 얼굴을 외면한 채, 혜린은 시동을 켜고 차를 출발시켰다. 그녀는 도깨비가 한 말을 곰곰이 되씹어보았다.

'나의 존재 이유. 그것을 앎으로써 모든 나쁜 안개가 걷힌다.'

혜린은 그 나쁜 안개라는 것이 무엇인지 알 것 같았다. 그 나쁜 안개들은 거울이 무엇인지 알고, 거울이 무엇인지 몰랐던 나를 희롱하고, 자신들이 거울을 사용했던 것이다. 무지로 인한 공포가 자신의 주변에 나쁜 안개가 끼는 것을 허락했을 것이다.

혜린은 상상 속에서 자신의 거울이 깨끗하게 닦여 있는 것을 보았다. 그리고 그 거울 안에는 잔인한, 그러나 자애로운 표정을 한 신이 파멸의 춤을 추고 있는 모습이 비쳤다.

"아차, 메밀묵이랑 막걸리 드리는 것 깜빡했다!"

옆에서 성진이 비닐봉지를 들고 호들갑을 떨었다. 혜린은 그 모습을 보며 살짝 미소를 지었다.

문득 영주가 생각났다. 그녀 또한 마찬가지였을 것이다. 자신의 존재 가치가, 자기 어머니의 존재 가치가 한 집안의 부보다 못하다는 사실을 깨달았을 때의 공포. 자신의 손으로 어머니를 죽여야 했을 때, 자신의 한스러운 운명에 대한 공포가 아마도 그녀의 가슴에 사무쳤을 것이다. 그리고 그런 공포가 혜린이 그랬듯이 귀매들을 끌어들였을 것이다. 귀매는 인간의 공포의 원천이요, 인간의 공포를 먹고 사는 존재들이니까.

혜린은 문득 울어대던 새끼 고양이가 생각났다. 창백한 달빛이 땅으로 고요하게 내려앉는 것을 보며, 그녀는 새끼 고양이가 더이상 한스럽게 울지 않으리라 확신했다. 새끼 고양이는 아마도 바닷가의 부드러운 백사장 위에 앉아 달빛 같은 옅은 눈동자로 일렁거리는 푸른 파도를 쳐다보고 있을 것이다. 혜린은 새끼 고양이의 눈이 자신을 주시하는 것 같은 착

각에 빠졌다. 고양이가 혜린을 바라보고, 또 혜린이 막 빠져
나온 마을을 쳐다보고 있는 것만 같았다. 달빛처럼 푸르게
일렁이는 눈동자로.

초판 작가의 말

위카Wicca라는 종교를 들어본 적이 있는가?

정말 드물겠지만 만약 그것을 들어본 적이 있는 사람이라면 역사적으로 마녀가 얼마나 많은 편견에 시달려왔는지 잘 알 것이다. 위카는 고대 마녀를 계승한 종교운동인데, 중세의 마녀사냥에서 연상되는 마녀의 이미지와는 달리 자연을 사랑하는 생태주의적인 종교이다.

한국에도 이런 종교가 있다. 바로 무속이다.

무속은 한국 고유의 종교로 단순히 무당이 행하는 굿 등의 행위뿐만이 아니라, 우리 조상들이 숭배했던 자연신들과 그에 관한 의식 전반을 지칭하는 말이다. 무속에서는 큰 나무를 숭배하여 나무를 베는 것을 금기시하고, 생명을 주관하는 여신인 삼신을 모신다.

이것은 환경 파괴가 심각한 문제로 등장하고 있는 현대에 많은 도움이 될 만한 종교라고도 할 수 있을 것이다. 그러나 이 아름다운 종교 또한 편견과 오해로 인해서 점점 사라져가고 있다.

『귀매』는 이처럼 사라져가는 종교와 그 사라짐을 가속화시키는 사회 외적인 요소에 관한 글이다. 빠르게 변화하는 사회의 무분별한 서구화는 마치 '프로크루스테스의 침대'처럼 우리의 민속을 잘라내거나 늘여서 그들의 기준에 맞추려 한다. 그러나 피로 흥건한 침대 위에서 신음하고 있는 것은 더이상 우리 고유의 민속이 아니다.

그것은 이미 구멍이 뚫려 죽어가는 혼돈混沌*일 뿐이다. 이미 뚫린 구멍은 어쩔 수 없을지라도, 혼돈이 죽기 전에 더이상 구멍을 뚫지 못하게 막을 수는 있다. 그래서 나는 태어나서 처음 써본 이 『귀매』라는 소설로 사라져가는 것들에 대한 아쉬움을 이야기하며 그것이 더이상 박해받아서는 안 된다

---

*『장자』 '응제왕' 편에 나오는 중앙의 신. 그 신화에서 남해의 신 '숙'과 북해의 신 '홀'은 혼돈에게 모든 사람이 가지고 있는 일곱 개의 구멍이 없음을 가엾게 여겨 하루에 하나씩 구멍을 뚫어주었으나, 칠 일째 되는 날 혼돈은 그만 죽고 말았다고 한다.

고 서투르게나마 표현하고 싶었다.

『귀매』에서는 대부분 실제 지명과 인명을 사용했다. 물론 여기 나오는 내용들 중 상당 부분은 실제가 아니다. 그러나 몇몇 대목은 실제 인명과 사건들을 그대로 혹은 약간 왜곡해서 써놓은 것이다. 그런 면에서 이 작품에 나온 여러 이름과 사건에 관련된 사람들에게 약간 미안한 감도 있지만, 이름의 주인 대부분은 고인이고 여러 사건들 또한 세인들에게 잊혀져가는 것들이 대부분이라는 어줍은 변명으로 그들에게 할 사과를 대신하고 싶다.

이 소설을 쓰는 데에 가장 일등공신은 아마도 우리 동네 고양이들일 것이다. 나를 밤새도록 잠 못 들게 했던 그 고양이들의 울음소리에 감사하며, 정신적 지주 노릇을 해준 친구 김영의, 나에게 용기를 불어넣어주신 장지선님께도 감사의 말을 전하고 싶다.

그리고 사랑하는 나의 부모님과 동생 은정이, 소설 출판을 위해 수고하신 초록배매직스 관계자분들께도 고마운 마음을 표현하고 싶다.(2004)

개정판 작가의 말

이십 년 전 『귀매』를 쓸 때까지만 해도, 나는 소설이라고
는 한 번도 써본 적 없는 이공계 대학생이었다.

당시 나는 우연찮게 남해안 도깨비 신앙에 관한 책을 접하
게 되었다. 책을 읽는 순간 횃불을 손에 들고 산을 내려오는
도깨비의 모습이 눈앞에 그려졌다. 여기에 더해서 어디선가
들었던 기괴한 이야기들과 일제강점기에 변질된 가상의 제
의에 대한 아이디어가 연쇄적으로 떠올랐다.

소설을 출간할 수 있을 것이라 기대하지도 않았고, 앞으
로 작가가 되리라고도 생각하지 못했다. 그저 머릿속에서
강렬하게 맴도는 이야기를 끄집어내 천대당하고 무시당하
며 사라져가는 무속과 민간신앙을 말하고 싶었다. 나는 제

일 익숙했던 공간, 그러니까 어린 시절과 청소년기를 보냈던 부산의 다대포를 배경으로 그 이야기를 풀어나가기 시작했다. 『귀매』는 그렇게 아주 우연한 계기로 만들어진 소설이다.

첫 소설이자 첫 출간작이 된 『귀매』는 내 삶을 크게 변화시켰다. 이 소설을 쓰면서 나는 글쓰기의 기쁨을 알게 되었고, 민속학을 배우기 위해 진로를 변경했다. 그렇게 이십 년의 세월이 흘렀고, 이따금 나는 첫 출간작을 아쉬운 마음으로 떠올렸다. 민속학도로서 일제강점기 민속지를 접하고 실제로 현지 조사를 해보면서 소설에 보완되어야 할 부분이 조금씩 눈에 띄었던데다가, 당시 거대한 개념을 표현하는 데 집중한 나머지 구체적인 인물과 개연성 있는 이야기를 만드는 데에는 소홀했다는 생각이 들었기 때문이다.

이번에 감사하게도 개정판 출간 기회를 준 문학동네, 그리고 내 소설을 망각에서 끄집어내주신 편집자님 덕분에 그동안 아쉬움으로 남아 있던 점들을 수정하여 소설을 다시 세상으로 내보낼 수 있게 되었다. 개정판으로 출간된 『귀매』가 조금이라도 나아진 점이 있다면, 나에게 많은 가르침을 준 여러 민속학자 선생님들과 현지 조사를 하며 만난 어

르신들, 그리고 조언과 격려를 아끼지 않은 정은진 편집자
님 덕분이다.

2024년 여름

유은지

문학동네 플레이 시리즈

귀매

ⓒ유은지 2024

1판 1쇄 2002년 9월 7일
2판 1쇄 2024년 7월 31일
2판 2쇄 2024년 8월 30일

지은이 유은지
책임편집 정은진 | 편집 방원경
디자인 이보람 유현아 | 저작권 박지영 형소진 최은진 오서영
마케팅 정민호 서지화 한민아 이민경 안남영 왕지경 정경주 김수인 김혜원
       김하연 김예진
브랜딩 함유지 함근아 박민재 김희숙 이송이 박다솔 조다현 정승민 배진성
제작 강신은 김동욱 이순호 | 제작처 천광인쇄사

펴낸곳 (주)문학동네 | 펴낸이 김소영
출판등록 1993년 10월 22일 제2003-000045호
주소 10881 경기도 파주시 회동길 210
전자우편 editor@munhak.com | 대표전화 031)955-8888 | 팩스 031)955-8855
문의전화 031)955-2696(마케팅) 031)955-1906(편집)
문학동네카페 http://cafe.naver.com/mhdn
인스타그램 @munhakdongne | 트위터 @munhakdongne
북클럽문학동네 http://bookclubmunhak.com

ISBN 979-11-416-0644-2 04810

www.munhak.com